Centre Court

センターコート 下

中庭球児
NAKANIWA KYUJI

幻冬舎 MC

センターコート（下）

センターコート【下巻】目次

装画　小池 柊

田中　野村　中井

ベアーズ。一番端のコート。コート№は13。テニスコートは定期的に改修工事をしなければならないが、この13番コートだけは何故か蔑ろにされていた。塗装が剥げていたり、ひび割れているところもある。しかも日当たりは最悪で、満席で無い限り、進んでこのコートを選択する会員はいなかった。強制された訳ではない。だが二人にとってここはお気に入りだった。いつの間にかコート№13は、中井と田中の指定席になっていた。

二人は意識して目立たない様にしていた。だからこのコートを選んだ。練習をジロジロ見られるのは本意ではない。だから隠れる様にプレーしているつもりだった。だがそれは無理だった。どんなに隠しても隠し切れない理由があったのだ。

一《いち》、音が違う。二人の放つ打球音は、一般プレーヤーのそれとは別次元だった。中井の、高く澄み切った「パーン！」という音。田中の、ボールを潰すような低く重い「バーン！」という音。否が応でもその音は周囲に鳴り響く。聞きなれたベアーズのスタッフは、目を瞑っていても、どちらがそのボールを打ったのか、分かる様になるまでになっていた。

二《に》、速さが違う。音に惹かれてコートを覗けば、二人の打球の速さは桁違いだ。ギャラリーは一瞬にして目を奪われる。

三《さん》、フットワークが違う。見る者は「どうしてそのボールに追いつけるんだ?」の連続だ。そして四《よん》、存在感が違う。二人共長身。ただでさえ度肝を抜かれるのに、二人はただデカイだけではない。二人が自然に醸し出すその雰囲気が、そのオーラが、「隠そうとしても隠しきれない」ものになっていたのだ。

そして今日も13番コートでは、熱いラリーが繰り広げられていた。

田中の快進撃は続いた。のど自慢荒らし、コンクール荒らし、ならぬ、草トーナメント荒らし状態になっていた。だが快進撃と見るのは周囲ばかりで、田中自身は冷めていた。厳密にいうと田中は全勝していた訳ではない。だがその内訳を例えるとするならば、一四〇km/hの豪速球を投げる草野球のピッチャーが、ストライクが入らないで押し出しのフォアボールを連発する状態に過ぎなかった。エントリーを重ねると、中井も田中も草トーナメントのレベルを吟味するようになっていく。レベルの高い大会ともなると、田中も四割、五割の力という訳にはいかない。どうしても力む。それが故の結果だった。記録上のみの試合結果を見れば、確かに田中に勝ったプレーヤーはいたが、実感として、田中に勝った!と思えたプレーヤーは皆無であり、田中としてもこいつには負けた!と感じた対戦相手は一人もいなかった。

いや、一人いた。中井だ。中井にだけはいつも「負けた」と実感させられていた。ところが中井は田中に「勝った」と感じた事は一度も無かった。

田中が中井との練習で行うべき事は、草トーナメントで、記録上負けた部分の修正のみだった。もはや二人の練習は、単なる球出しの打ち込みや、単なるラリーの連続では済まなくなり、明確な目的を持った具体的なショットの習得に費やされた。

田中が負ける。課題を持ち帰る。修正し、克服する。リベンジする。さらにレベルの高い大会に挑戦する。これの繰り返しだった。

一年もすると、草トーナメントの世界で田中の存在を知らぬ者は誰もいなくなった。田中は常々中井に聞いていた。「このままでいいのか?」と。中井の答えはこうだった。「大丈夫、周りが黙っていない。周囲が放って置かない」と。「勝ち進めば自然と上のステージに上がっている」と。その通りだった。田中はテニスに打ち込む事によって、株式会社野村製作所内での立ち位置が劇的に変わったのだ。

株式会社野村製作所　専務取締役　野村廣一は不審に思っていた。田中がいつまで経っても音を上げない。田中に課した早朝納品は、田中にとって相当負荷の掛かるものであるはずだった。廣一は、田中が退職を申し出てくるのを早くて一か月、普通で三か月、長くても半年と踏んでいた。ところが田中は半年はおろか一年近く経ってもギブアップしない。それどころか最近の田中の体調は頗る好調で、日々の業務を生き生きと熟《こな》している様子だった。無遅刻無欠勤である事は勿論、残業も積極的に行った。はじめ遠巻きに見ていた他の作業員も田中の仕事ぶりに感心し、責任ある（早朝納品以外の）業務を任せるようになってきた。余所者扱いから、信頼すべき仲間として認められつつあったのである。それで良かった。野村製作所にとっては良い事ずくめなのだ。今や田中は、田中自身が人減らしの対象となる事について、会社の議論からは完全に外されていた。むしろ居てもらわなくては困る存在にすらなっていた。工場長兼専務の立場としても、野村製作所の会社組織としても、この事に文句は無い。ただ野村廣一個人は、この事態に納得できなかった。納得できないというよりも、理解できなかった。（何で体、大丈夫なの？　何で参ったしないの？　納品の前日は何時に寝てるの？当日は何時に起きてるの？　キャプソン入りは何時なの？　受け入れ担当者と上手くいってるの？どういう日常を送ってるの？）等々。そんな廣一は決心する。やってはいけないと重々自分を戒めているつもりだったが、どうしても、どうしても我慢できなかった。そして廣一は、ある日とうとう田中を「尾行」してしまったのである。

廣一はこっそりベアーズテニスクラブに潜入し、田中をすぐ発見。田中はいつも通り中井とプレーしていた。一番端のコートだった。「裏の顔」という言葉がある。大抵はネガティブに用いられる。だが、廣一の見た田中の裏の顔は違った。輝いていた。そもそもテニスをしている田中は裏の姿なのだろうか？　違う。廣一は瞬時で、テニスをしている時の田中こそが、本物の姿であると悟った。あとからの情報で、田中と中井の関係を知り、田中と中井の間に「闇納品」の協定がある事も知った。キャプソンの業務違反である事も分かっている。だがそんな事はどうでもよかった。それぐらいコート上の田中は、そして同じコート上にいる中井は、見る者を惹き付け、圧倒した。テニス素人の廣一にも、その凄さが一目で分かった。田中をサポートする、バックアップするのは決定だ。あと廣一がする事は、それをどう具体的な形にするかだけだった。廣一は次期社長。人を動かすのには、その組織のトップに直談判するのが一番手っ取り早い事を知っている。このテニス倶楽部で一番偉い人は誰だ？　廣一は居ても立っても居られず、アポイントも取らず、足早にフロントに向かっていた。田中がプレーに夢中になっている間に決着を付けてしまおう。超短期決戦、その気概だった。野村は単刀直入にこう切り出す。

「突然失礼いたします。私、こういう者です。うちの従業員の田中が大変お世話になっております。近藤様はいらっしゃいますか？」野村が名刺を差し出す。そこには、株式会社野村製作所　専務取締役　野村廣一、の表記が……。フロントが確認する。

（アッ！）有栖が反応した。（の、の、野村製作所！　あの田中さんが勤めている会社の偉い人だ。何事？）「しょ、少々お待ちください」幸い近藤は倶楽部内にいた。有栖がオーナー室に案内する。久しぶりのフロントでの緊迫した場面を、春日が、またしても春日が目撃していた。この後の展開は、急転直下だった。

数日後。野村製作所、工場。

「業務連絡。田中さん、田中さん、田中健次さん、至急社長室まで。田中さん、田中健次さん、至急社長室までお越しください」工場内スピーカーからの社内放送に、工場作業員全員が色めき立った。

（な、な、何？　田中さん、何かやらかした？）田中に視線が集中した。さすがにこの事態を見て見ぬ振り、聞こえて聞こえぬ振りをするのは無理だった。作業員は田中に気を遣う余裕は無かった。田中も、従業員全員にここまで露骨に好奇の目を向けられたのは初めてだった。田中の顔からみるみる血の気が引いていく。咄嗟に悟った。（闇納品がバレたんだ！）作業現場から社長室までは、死刑囚が死刑台に趣く心境そのものだった。（クビだ！　ああ、せっかくここまで築き上げたのにどうしてバレたんだろう。キャプソン経由か？　となると中井さんの立場も危うい。いや、個人の処分だけじゃ済まないぞ。キャプソンとうちの会社同士の問題だ！　大問題だ！　他の業者がキャプソンにクレームを入れたのか？　ああ、やっぱり危ない橋だと思っていたんだ。どうする？　言われる前に謝るか？　いや、まだ何で呼ばれたかも分からないうちに自首もおかしい。でも絶対あの件だ。どうするどうする？　ただハッキリしているのは俺はクビだ！　間違いなくクビだ！）足が竦む。全身の震えが止まらない。自分でもハッキリ分かる（ああ、〈社長室に〉着いてしまった）。

トン、トン、と、止むを得ずノック。「どうぞ！」声が聞こえる。ドア越しで音は濁っていたが、人の声が二つ重なっていたのは確かだった。間違いなく二人いる。社長と専務、野村製作所の正式ツートップ（終わりだ）。「失礼します」とは言ったものの、廣一郎と廣一には、その子音しか聞き取れなかった。

「掛けなさい」廣一郎が促した。

応接用のお客様が座る、会社で一番高価な革張りのソファーだ。できる事ならこんな形で座りたくなかった。

「………」言われるままに座ったがダメだ、声が出ない。

「専務経由で色々聞いたんだが……」（ああ、やっぱり専務か。最近専務とは上手くやっていけていると思っていたんだが。やっぱりクビにするつもりだったんだ。それにしても何で今頃、どうせならもっと早く切って欲しかった）田中はネガティブ思考のスパイラルに入り込んでいた。目は開いているのだが、目の前の二人はまるっきり見えていない。

「田中君はテニスを始めてどれぐらいになる？」

「エッ!?」正面からの前蹴りを予想していたが、死角からの攻撃だった。後頭部に回し蹴りを喰らったみたいだ。意表を突かれ、痛みを感じる暇もない。（テ、テ、テニス？　な、何でテニスの話なの？）

「おや、じ、いや社長。このあとはおれ（俺）か、私からお話しさせていただきます」

「まあまあ、そんなに固くなるな。そう他人行儀でも田中君が緊張するだろうし、別に会社の人事の事でもないんだから、ざっくばらんに話そう」

「ありがとうございます、社長。じゃ、お言葉に甘えて」

（何、何、何？　何が起こっているの？）

「田中君、単刀直入に言おう。これから君は、うちの看板を背負って戦ってもらう！」

「？？？」

「分かる？　君の所属は『野村製作所』だ。だから、今後『フリー』での参戦はNGだよ」

「えっ？」

「オーナーの近藤さん、それからパートナーの中井さん、だっけ？にも、話はついているから。二人ともそれは良い事だって、喜んで賛成してくれたよ」

「ちょっと待ってください。私には何の事かサッパリ」（オーナー？　中井さん？　何で二人が出てくるんだ？　それより何で突然テニスなんだ？　どうやら俺がテニスをやってる事がバレてたみたいだけど、それと野村製作所とどういう関係があるんだ？）田中は、今の段階では、トップ会談で既に決定された事項を知る由もない。理解できる訳がない。ただ少なくとも話の主眼は、解雇とか移動とか、自身の人事では無さそうだ。社長自身が言っていたので、それだけは少し安堵していた。だがその議題が専務によって蒸し返される。やっぱり人事の報告があるのだ。

「それから田中君、辞令だ。正式には来月の一日付けからになるんだけど」廣一の声が弾んでいる。廣一の顔が綻んでいる。田中にしては意味不明の専務のテンションだ。（もう人の心を弄ぶのは勘弁してくれ。人事の話は無いって言ったじゃないか！　俺、どこかに飛ばされるのか？）田中の感情は、ジェットコースターのように急激なアップダウンを繰り返す。廣一がトドメの、どんでん返しの、しかし田中にとっては最高の、次の発言で締め括る。

「正社員として、頑張ってもらう事になったから」

「えっ、正社員？」

「そう、正社員だ。君の働きっぷりを評価して」

「あ、あの」

「頼むよ！　用件は以上だ」

唐突すぎて瞬時に正しい受け答えはできなかった。田中は放心状態に陥った。ドッキリに掛かって、ネタ晴らしをされた芸能人の様だった。

野村廣一がベアーズテニスクラブに乗り込んだ当日、オーナー室。

「そうですか、今まで一言もお話しされていなかったんですか」

「そうなんです。私もこんな尾行の様な事をしてしまって、お恥ずかしいのですが」

「それにしても、一年とは。田中さん、よっぽど知られたくなかったんでしょうね」

「今となれば、もっと前に正直に話しておいてもらえば良かったのに。もっとも田中としても話すタイミングを逸してしまったのかも」

「そうかもしれません。私の眼から見ても、最初は単なる、いちスクール生に過ぎなかったですから。それが今では」

「それなんです。先程彼のプレーをチラッと見ましたが、素人の私が言うのもおこがましいですし、自分の社員の事をこう言うのも僭越ですが、ビックリしました。物凄く高いレベルだと思います。うちの社内ではテニスをやっている素振りなど全く見せないのに。別人かと、自分の眼を疑いましたよ」

「ハハ、無理も無いです。田中さんのプレーの上達ぶりは尋常ではありませんから。今、彼は素人のレベルではありません。今すぐ全日本選手権に出場してもおかしくないですから」

「ええっ！　そんなに凄いレベルなんですか？」

「勿論本選に一発で行ける程とまでとは言いませんが、可能性はあります」

「可能性はある？」

「はい。ところで、田中さんと打ち合っていた人がいたでしょう」

「はい、その方が凄い人である事も一目で分かります。何と言うか、次元が違うと言うか」

「野村さん、お目が高いじゃないですか。彼は中井といって、かつて世界レベルの大会で準優勝になった程の男です」

「！！！」

「まあ、二十年、厳密に言うと二十一年前の話ですけどね。事実です」

「……」

「その中井氏に対して対等に打ち合っている。しかも田中さんはまだキャリアが浅い。四十二歳にしてまだ伸び代がある。これからもっと上手く、強くなる可能性がありますかもしれません、と曖昧な表現を使わず、あります、と断定した。それぐらい強く言い切る近藤に、廣一は喰い付いた。

「可能性があるんですね」念を押した。

「あります！」断定した。これで決定だ。

「近藤さん、私は会社の経営を通じて、いろいろな人間を見てきました。その中でも今の田中は格別です。あれほどまでに、生き生きとした姿勢の社員を初めて見た。目の輝きが違う。何か秘めたものがあるのではないかと、ここ最近特に感じておりました。そうしたら今日の彼の姿です。おそらく彼は『これだ！』というものを掴んだのではないでしょうか？　文字通り、夢中でボールを追っていました。私の存在など全く気が付かなかったでしょう。こうなったらサポートしてあげたい。で、もし、とことんまでやらせてあげるとしたら、どんな形がベストでしょう。近藤さん、初対面でいきなり不躾ですが、何かアドバイスがあったら頂戴できないでしょうか？」近藤は、廣一の一言一句にその都度首を大きく縦に振り、無言ではあるが賛同の意を明確に表した。いいタイミングだと思った。今だ！と思った。あとはそれを具体的な形にするだけだった。

田中が野村社長と専務に呼び出された日の数日後。田中のアパート。

六畳一間の1DK。築二十五年。お世辞にも広いとも、奇麗ともいえない住まいだった。アルバイト収入しかない田中には、精一杯の条件だ。田中にはこれといった趣味が無い。漫画やフィギュアの様な、かさばる物も無く、部屋の景色は殺風景だった。テニス用具のすべてが入った大きなバッグが、その狭い部屋のかなりの部分を占領していた。中井が早速からかう。

「いや〜、何にもねえなあ。怪しいDVDとか、隠してないの？　もっとも隠すスペースも無いか、ハハ」

「………」田中、無言。やや中井を睨む。

「珍しいじゃないの。大将が自分の家に呼び出すなんて」珍しいも何も無い。これが初めてだ。

「ここでしか、じっくり話せませんから」大真面目だ。

「何、何、何！　結婚でも決まったの？」

「そんな暇が無いのは、中井さんが一番分かってるじゃないですか！」

「おー怖わ、冗談だよ冗談。何だよ？　いきなりケンカ腰で」

「俺の進路にあなたが絡んで……関わってるらしいですね」普通の同級生ならば（お前が絡んでいるらしいな）と言いたいところだ。

「何の事でしょう？」

「とぼけないでくださいよ。ハルさんから全部聞きましたよ」春日さん、とは言わなかった。春日は遂に、大人しい田中からですら、ハル、と呼ばれるに至った。さん、付けするだけまだましだった。

「………」(あの馬鹿、ベラベラ喋りやがって)

「『田中さん、全日本に挑戦するらしいですね』っていきなりです。どういう事ですか！」

「どうもこうも無いよ。そのままだよ」(こうなったら開き直りだ)

「そのまま？」

「そうだよ、ハルの言う通りだよ。大将は全日本に挑戦する」中井は、ハル、と呼び捨てだ。

「ちょっとちょっと。大将は全日本に挑戦、って、これ、俺の事ですよ！」

「そうだよ、田中健次君、今年の秋の全日本テニス選手権大会に、所属『野村製作所』よりエントリー、で問題無いじゃないの！」

「問題無い？　大有りですよ。何か知らないけど、今後俺のテニスの活動は、全部『野村製作所代表』みたいな感じになってるらしいじゃないですか？」

「ああ、そうだよ。自分でよく分かってるじゃないの」

「中井さんが勧めたそうですね。うちの専務、その気になっちゃって、凄く気が早いんです。見てくださいコレ！」

田中は何やら大きなビニール袋から、新品のテニスウェアを取り出した。それにはなんと、左胸、両袖、そして背中にでっかく「野村製作所」のネームが入っている。いかにも素人の急ごしらえのデザインだった。ここまで野暮ったいと却って潔い。

「アハハハ！　カッコイイじゃない！　最高！」

「笑い事じゃないですよ！　俺の知らないうちにどんどん話が進んじゃって。詳しく説明してくださいよ！」

「………」

「オーナーに呼ばれて、何かお話をされたそうで」

「ああ、一週間位前かな。話したよ」

「何を、どんな内容ですか？」田中の詰問状態は続く。

「分かった分かった！　そんなに知りたいなら教えてやるよ！　どうせハルがベラベラ喋っちまうんだろうから、俺から教えてやる！」中井も少しキレた。

「教える前に大将、一つ聞いておきたいんだが、約一年草トーナメントに出続けて、今面白いかい？」

「………」面白いです、とは言えなかった。退屈していたのだ。中井以上のプレーヤーは何処にもいない。

「図星だろ。いいかい？　スポーツ選手ってのは、より高いレベルでやりたくなるのが本能なんだよ。甲子園に行ったら、プロに行きたくなるし、プロで成績残せば次はメジャーだ。どうせ通用しない、って言われても行ってしまう。却ってムキになっちゃうのが人情ってもんだ。そこでだ、大将アンタ自身の問題だ。俺以外のもっと強い相手とやってみたいとは思わないかい？」

「………」

「答えない。ならいいや。俺が代弁してやる。大将は今不満を持ってる。特に最近は退屈している。もっと広い世界でテニスがやりたくて仕方が無い。だけどどうしたらいいか分からない。一年前にスクールを辞めた時の非じゃないよ。もっともっと強い欲求だ。俺の口から言うのは何だけど大将、アンタもう素人じゃないんだよ。アマチュアのレベルじゃない。俺が言うんだから間違いない」最後の、間違いない、辺りは自分で言って笑いながら喋っていた。

「………」

「だけどなあ、もし大将が仕事辞めて『今日からテニスのプロになります！』なんて言ってみろ。周りは大将の事『頭がおかしくなっちゃった』って言うに決まってる。大将もさすがにそれは想像できる。そうだろ」

「………」その通りだ。ここまで中井に理論破綻は無い。

「日本のテニス選手には、大将みたいな悩み抱えてるやつがゴロゴロゴロしてるんだよ」

「ゴロゴロしてる？」ここで田中が反応した。ゴロゴロとはどういう事だ？

「日本人選手はさあ、根性無しばっかりなんだよ。まあ、俺も他人の事は言えないがなあ」

「どういう意味です？」

「確かにプロになれば賞金が貰えるんだけど、あくまでもそれは試合に勝って、だ」

「………」無言だが、表情は、その通りじゃないですか、だった。

「賞金だけで、食っていける奴なんてのはほんの一握りだ。百人中一人、いや、千人中一人とか」

「………」無言だが、表情は、なるほど、だった。

「じゃあどうするか？」

「じゃあどうするんですか？」

「何言ってるんだ大将、ここまで言えば分かるだろう。大将はさっきから野村さんの文句ばっかり言ってるけど、本来なら感謝感激雨霰だろうよ」

「感謝感激雨霰？」

「そうだよ、感謝こそすれ、文句なんて無いでしょうよ！　大将、思う存分テニスできるんだぜ」

「だけど、このダサいウェアを着てです」

「贅沢言うな！　逆に野村さんの、野村製作所の立場に立ってみろ！」

「逆の立場？」

「そうだよ、野村さんにしてみればある意味ギャンブルだ」

「ギャンブル？」

「ああ、じれったいなあ、俺に言わせるなよ。大将、スポンサーだよ、大将にスポンサーが付いたんだ」

「スポンサー？」ピンとこなかった。

「そうか、四十二歳のオッサンにスポンサーが付くなんて、ある種冗談みたいなもんだからな。現実味が無いか」

「………」

「大将、あとで、いや今すぐでもいいや。歴代の日本チャンピオンの『所属』って欄、見てみな」

田中は言われるままに調べてみた。スマホで検索すれば簡単だった。野村、の代わりに〇〇製作所、〇〇テニスクラブ、〇〇銀行、〇〇物産、〇〇病院、というところもあった。勿論中井の出身校、慶聖大学も、その他日本を代表する〇〇大学もあった。

「この〇〇製作所の〇〇に、野村って入るって事ですか？」

「その通り。だけど〇〇製作所とか、□□製作所は、大将もよく知ってる大手だけど、野村製作所の知名度はハッキリ言って、全然無い」

「宣伝？　広告？」

「そうだよ！　大将は株式会社野村製作所の動く広告塔だ！　大将は野村製作所テニス部所属だ。まあ今のところ部員数は約一名だけどな」また、少し皮肉っぽく、そして最後の方は半笑いで言った。中井は続ける。

「野村製作所と大将の仕事内容の約束。いや、正式にいうと田中健次と株式会社野村製作所とのスポンサー契約はどう取り交わしてるの？」

「そんな、正式な書類の契約とか、そんなもの全く無いですよ。とにかく専務が言うには、どんどん試合に出て行け！　正社員で全部有給扱いにしてやる、って一方的に言われてます」

「おう、益々いいじゃないの！　まあ、部員が大将一人だからな、契約も糞も無いか。で、とにかく大将がやる事は、野村製作所の看板を背負って試合に勝ち続ける事だ！」

「この前専務に全く同じ事を言われました」

「そうかい、素晴らしい人だな、その野村専務は」また、半笑いだ。

「……」

「何だよ、不服そうだな」

「利用されているんじゃないでしょうか？」

「利用？」

「そうです利用」と言い掛けたところで中井が遮った。大声だった。

「馬鹿野郎！　利用してるのはどっちだ！　他にいい案があるのなら言ってみろ！」

「!? !? !? !?」突然の中井の剣幕に田中は殊の外驚いた。

「野村さんにしてみりゃ、どこの馬の骨とも分からない奴に出費するんだぞ！　まあ、失礼ながら野村さんは俺が勤めてるキャプソンに比べれば小さい会社だ。資金繰りだって大変だろうよ。その無け無しの金を使ってまで、大将に賭けたんだぞ。しかも二十歳《はたち》やそこらの若い奴じゃなくて四十二歳のジジイにだ！　やるしかないだろうよ！」

ここまで強く言われて田中は納得し、覚悟を決めた。こうなったらやってやる。行けるところまで行ってみようという気になった。自分の事は決まった。だが中井との会話中、どうしてもスッキリしない部分があった。中井の理論は正しく、その論説には反対の意を唱える気は無い。無いが、発表者そのものに違和感がずうーっとあった。中井にすんなり従えなかったのは、田中の深層にこの言葉がこびりついていたからだ。（じゃあ、アナタはどうするんですか！）と。

かなりの間があった。田中はこの言葉を発していいものか悩んでいた。だが考えても考えても、これは避けて通れない事柄だった。今日ほど中井と「サシ」で意見交換をした事は無い。ましてや今日、田中は中井を自宅に呼び出しているのだ。今日をおいて田中が本音を中井にぶつける機会は他に無い。思い切って口を開いた。だが、中井の機嫌を損ねない様な話し方ができるかどうかは、自信が無かった。

「分かりました」

「分かってくれた?」

「分かりました。この件に関しては中井さんの言う通り、俺なりに精一杯頑張ってみようと思います。だけど」

「だけど?」

「だけど」やっぱり、上手く切り出せなかった。一瞬ダメかと思った。だが、この嫌な間を切ってきたのは中井自身だった。

「『お前はどうするんだ!』って言いたいんだろう。いや、大将の事だから『中井さん自身はどうするんですか!』って聞き方をすると思うけど」

「!!!」目は口程に物を言う。田中の目は口以上に物を言っていた。

「やるよ」

「やる?」

「大将、俺もやる!　俺も勝負に出るよ!」

「えっ?」

「ハハ、さすがにこれはハルも知らなかったか。決めたのは最近だし、誰にも言ってなかったからな。

大将、俺も再デビューだ。二十一年振りだ。二十一年前は、慶聖大学テニス部所属だったけど、今回は『キャプソンテニス部』所属だ。今のところキャプソンも部員一人だけどな。アハハハ！」超サプライズのカミングアウトだ。その後の中井は、何か吹っ切れたかの様に爽やかで、穏やかな口調で流暢に喋り続けた。

「野村さんが、ベアーズに来られたのとちょうど同じ頃かな？　佐藤さんに呼び出されたんだ」

「佐藤さん？　ああ、中井さんの上司のキャプソンの」

「そうそう、その佐藤さんだ。いきなりガツンとやられたよ。お前何時《いつ》から選手辞めたんだ！　いつからコーチになったんだ！って」

「………」（俺の事だ）

「言ってやったよ。コーチになったつもりはありません。今も選手復帰を目指して準備中です。俺が毎日練習している相手は俺の生徒じゃない。俺の立派なヒッティングパートナーであり、将来ライバルになる奴です！ってな」

「！！！」

「佐藤さん、あ、佐藤部長か。俺が本気で、大真面目に反論したもんで、びっくりしちゃってさ。な、な、何だ、それならいいよ、って、あっさり引き下がったよ」

中井と田中は、各々のちょっとした言葉に、怒ったり笑わせられたり、時には感動をさせられた。二人とも、これから感動させますよ、といった前振りが無く、いつも唐突なので、それがいちいち効果的だった。今日は田中が中井に感動させられた日だった。中井は田中をもう「下に」見る事は無い。

今や田中は中井に尊敬され、敬意を表されるまでに昇格していた。田中が尋ねた。

「それじゃ、中井さんは何時《いつ》から」（デビューなんですか？）

「おお、明日から」

「明日から？」

「ああ、明日ＪＴＡ登録する。大将もサッサと登録しちゃえよ」

「は、は、はい」

動き出した。二人はハッキリとした形で、正式に、動き出したのだ。田中はもう一度尋ねた。今度は違う角度からの質問だ。

「中井さん、それにしても」

「それにしても何？」

「それにしても何で現役復帰を決断したんですか？」

「それを俺に言わせるかね」それを言わせるかね、とは言いながら、中井は満更でも無い表情だった。中井は照れた様子で概ね次の理由を述べた。

第一に優花がプロデビューした衝撃。優花のプロテニスプレーヤーとしての成功の可否は別として、体一つで世界に飛び出していった事は、我が娘とはいえ無条件に尊敬に値する出来事だった。これに刺激を受けない訳が無かった。

第二に田中との練習で肉体的な回復の手応えを感じた事と、田中への指導で技術的な再確認ができた事が大きかった。所謂「勘」を取り戻すには、田中は絶好のヒッティングパートナーだったのだ。

第三は何といっても田中のデビューだ。優花がデビュー、田中もデビューという事になれば、何か自分だけ取り残された気分になる。

総括すれば、もはや現役復帰しない理由が無くなった、という事だった。

中井と田中は各々の決意表明をしたが、それに当たって中井は田中にある条件というか、あるお願いをした。それはできるだけエントリーする大会がバッティングしないようにしてほしい、ということであった。田中の何故？に中井はやはり照れ隠しで、いや、半分以上ある種の正当な戦略面も含め、こう答えた。若乃花と貴乃花は同部屋で、本場所での本割の取り組みは無い。大将と俺は、若乃花と貴乃花で、ベアーズは（当時の）藤島部屋みたいなもんだ、と。そして冗談で（本当は冗談ではない）二人が当たる時は全日本の決勝かグランドスラムぐらいにしよう、と言ったのだ。

機は熟した。賽は投げられた。優花は既にだが、中井、田中は後戻りできない一歩を踏み出したのだ。


中井が帰り支度をし、下駄箱で靴を履こうとしている時だった。田中が思い出した。

「ハッ！」

「何？　何？」（もう帰る、って時に何？）

「闇納品！」

「闇納品が何？」

「闇納品がバレたのかと」

中井は呆れた顔をした。今更何を言ってるんだ、という表情だった。

「とっくにバレてるよ」

「えっ、それじゃ俺達」

「なーに言ってんだよ、俺の事誰だと思ってるんだよ。それから俺の上司の肩書、前に言わなかったっけ」

「えっ、えっ！」

「資材部長だ。品物の受け入れに関しちゃ、一番偉い人だぞ」

「？？？」

「全部見て見ぬ振りだ」

「ええっ、それじゃ他の業者からクレームは？」

「そんなもん無視だよ。仮にあったとしても握り潰す！　揉み消す！」

「！！！」

「アハハ！　大丈夫、他の業者とも上手くやってるから」そうなのだ、中井は田中との出会いの日以来、納品業者の手伝いを積極的に行うようになっていた。関係性については今は頗る良好で全く問題無いのだ。中井はまさしく帰る寸前、田中に次の言葉を残して去っていった。

「それに、もし、もしもだよ。俺も大将も強くなって有名になって、その事を他の業者さんに知られるようになったら」業者、さん、と言った。もう虫けらではない。

「なったら？」

「みんなに喜んでもらえる。みんなに応援してもらえる。俺も感謝の言葉を伝えられる」
冗談半分、本気半分。いや、冗談九割だった。中井は近い将来今言った事が現実に起ころうとは思っていなかった。中井はこの時点では、まだまだ自分自身に自信が持てていなかったのである。

優花⑤

仲良し三人組のAさんBさんCさん。Cさんが不在ならば、AさんとBさんは、Cさんの悪口で盛り上がる。Bさんが不在の場合も、Aさんが不在の場合も、構図と仕組みは同じだ。では、AさんBさんCさん三人が揃った場合はどうすれば良いのか？　答えは簡単。その場に居ないDさんを無理矢理引っ張り出して、Dさんの悪口大会を開催すれば良いのだ。悪口は、残念ながら真実を語っている事が少なくない。

優花のプロテニスプレーヤー成功に疑念を抱いた夏木がそうだった。中井がそうだった。そして田中もそうだった。彼らは決して優花の悪口を述べた訳ではないが、優花の成功に否定的であったのは共通の認識だった。

テニスのプロのコーチとして、確固たる地位を獲得した夏木は別だが、まだ何も成し遂げていない中井、況《いわん》や田中ごときが、優花の行く末を語る資格など無いかもしれない。しかし、本人に関係の無い第三者こそが、冷静で正確な評価を下す事も真理だ。この点で、この三人はこの条件に合致していた。

夏木は優花が小学生の時を、ジュニア時代を、そして今日に至るまでを、その他の同じ世代の各選手と比較しながら見つめてきた。決して優花一人に肩入れしないだけの、正しい判断基準を持っている。

田中は素人故のピュアな評価ができた。お笑い素人の芸人の嫁が、一般視聴者と同じ目線の評価ができるのと同じだ。直感、といって良い。人の評価や判断は、この直感こそがすべてといっても過言ではない。

問題は中井だ。中井も優花に対する評価は、頑張ってもダメ！だった。正しい判断といって良い。何故正しい評価ができたか？　それは優花と再会した直後は、まだ二人が「他人」であったからだ。他人であるからこそ、第三者であるからこそ、当初、中井は優花を放って置く事ができた。

時間の経過はすべての人間関係に変化を齎《もたら》す。中井と田中は勿論、中井と貴美子の間もそうだ。そして最も大きく変わったその一つが、中井と優花の関係だ。二人の関係は他人から父娘へと、次第に移り変わっていく。と、並行して、中井は優花に対して、正しい評価が必然的にできなくなっていく。

優花のツアー参戦は、二年目に入っていた。一年目の結果は、可も無く不可も無く、ではなく、可も無く可も無く、だった。本当に勝てていたのは参戦から最初の三～四試合位で、しかも獲得ポイントの低い大会に過ぎなかった。

優花の口癖は「何事も経験！」だった。周囲の人に対してだけではない。それを自分自身にも言い聞かせてきた。その通りだ。誰がこの言葉を否定できよう。海外は勿論の事、国内遠征から本拠地ベアーズに戻った優花を、貴美子を始めとするチームベアーズは温かく迎え入れた。優花は関係者一々に感謝の意を伝えた。いい子だった。周囲に気を遣う事のできる娘《こ》だった。だが俯瞰で見て、感情を交えず、冷静に判断するのなら、優花は戦うプロテニスプレーヤーとして失格だった。

　プロのトップ（女子）の面子を見てみるがよい。負けず嫌いとか、気が強いとか、そんな生易しい言葉では到底追いつかない。彼女たちは普通の範疇の生き物ではなく、遥か上の世界に住む、異次元の、異星人たちばかりだ。トップに立つという事はそういう事なのだ。

　優花にはそれが無かった。彼女たちの千分の一でも、万分の一でもいいから、太々《ふてぶて》しさや図々しさが欲しかった。登山道は、狭く険しく、山頂の面積は限られている。譲ってはいけない。蹴落としたり、時には横取りも必要だ。若いうちはもっともっと、我儘で良い。感謝するのは勝ったあとからで十分なのだ。

　優花の一年目の目標、全日本選手権は、優勝はおろか本選出場も叶わなかった。ツアーの参戦も芳しくなかった。早いラウンドでの敗戦は、いたずらに移動の負荷を加えさせた。海外を転戦するプレーヤーが直面する数々の難題を、優花は身を持って知らされた。試合以前の問題だった。帰国すれば当然貴美子の所に戻るが、完全にリフレッシュする事もできぬまま、次のポイント稼ぎに趣かなくてはならなかった。僅かの時間の国内での調整は、勿論ベアーズで行った。ヒッティングパートナーはいつもの通り秋山が務めた。

夏木が見ていた、春日と見ていた。この二人は間近で見ていた。中井が見ていた、田中も見ていた。この二人はクラブハウス二階から遠巻きに見ていた。

「お前、痩せたなあ」秋山の第一声だった。

「そうかなあ、そんな事無いと思うけど」そんな事、無くは無かった。体重は一〇kg以上落ちていた。優花はどちらかというと所謂ぽっちゃり体型だったが、今その面影は全く無い。筋肉質のアスリートの体になったといえばいえなくもないが、それにしても痩せすぎだった。秋山は練習よりは休養に充てた方が方が良いのではないかと内心思っていたが、優花の熱意に押し切られ、練習に応じた。

　優花は焦っていた。ポイントが取れない。ここでいうポイントとは、文字通り、ゲーム中の「1ポイント」である。

「（40-30）フォーティサーティとか（30-40）サーティフォーティまではいくんだけど、どうしても最後の1ポイントが取れないの。そこのところを今日の練習で調整したいんだ」典型的な、勝ち切れないプレーヤーの課題だった。それが簡単に取れれば苦労しない。

「分かった。じゃあ、試合形式でやってみよう。但しカウント（30-30）サーティオールからスタートだ」試合形式でよく行う練習法だ。テニスの場合、余程の実力差が無い限り、結局勝敗を分けるのは、この（30-30）サーティオールからだ。つまり、サービス「キープ」と「ブレイク」である。優花はこの、キープができない。この、ブレイクができなかった。0《ラブ》ゲームのキープや、ブレイクは少ない。現実の試合では、この後の2ポイントの攻防がすべて、といっても過言ではない。そして最後の1ポイントを取るか取らないかでは、雲泥の差がある。百メートル走で、9秒99の金メダルと、10秒02の四位の様なものだ。

ゲーム形式の練習は、優花のサービスから始まった。

最初のゲームはラリー戦になった。長いラリーを秋山が制す。(30-40)サーティフォーティ、ブレイクポイント。

次はアドサイドから優花のサーブ。ファーストサーブがフォールト、セカンドサーブ。

「どっちに(相手のフォアかバック)打てばいいと思う?」夏木が春日に聞いてきた。

「そりゃあ、確実にバックでしょう」

「そうかな?」

優花は確実に相手バックサイドにサーブした。ハーフスピードだった。秋山はこれを予測していた。廻り込んでリターンウィナー。

「ありゃりゃ!」春日。

「この場面ではもう一本フォアに、ダブルファーストぐらいで打てる勇気が無いとダメだ」

「でもフォールトの確率が高いですよ」

「フォールトになってもいいんだよ。ほんとはよくないけどな。でも少なくともそうすれば秋山にとって優花は、自分からポイントを取りに行っていますよ、というメッセージになる。秋山は優花のミス待ちができないから、秋山にとってもプレッシャーになる。それから(セカンドが入ればだけど)秋山は次の優花のサーブのコースの予想がしづらくなるんだ」

「なるほど、で、結局優花、ブレイクされちゃいましたね」

「そういう事」（相変わらず、ハルは分かってないなあ）

今度は秋山のサービスゲームだ。秋山は強いサーブを打ち込まず、ラリー戦になった。

「ラリー戦になりましたね」

「うん」

今度は田中と中井だ。二人は高い位置からなので、優花のプレーを俯瞰で見る事ができる。

「アドバンテージレシーバー。優花さん、ブレイクポイントですね」

「うん」

「ラリー戦だと、優花さんに分がありますね」

「うん」中井は田中を見向きもしない。優花の事で頭が一杯だ。秋山のボールが短くなった。

「打て！」

「!?」中井の大声に田中がたじろぐ。だが、優花は打ち込まない。ラリーが振り出しに戻る。

「あー、何故打たない！」中井の落胆の声だ。落胆はそのままポイントに繋がる。秋山が巻き返してデュース。次のゲームもラリー戦だ。また秋山のボールが短くなった。

「ヨシッ、出ろ！」（前に出て、ネットを取れ！）出ない。

「あー、何故出ない！」

「………」田中は黙って見ているだけだ。中井が感情的になっているのがよく分かる。ここにいるのは冷静な解説者ではない。娘の運動会をハラハラして見ている応援席のオヤジそのものだ。アドバンテージ秋山。またしてもラリー戦。

「そのまま、そのままだぞ」ラリーを続けてチャンスが来るまで待て、という意味だ。

「あっ、ダメ！」さっきと逆だ。優花がネットダッシュ。だが、深い位置から無理に出たので、ネットに詰め切れていない。優花としてはこの前のポイントの反省のつもりだった。

「パーン！」秋山のパッシングショット。優花、ラケットに当てる事すらできず。秋山サービスキープ。

「あ〜あ」中井ガッカリ。


優花のプレーは一事が万事、この調子だった。ショットが、その選択のすべてが後手後手なのだ。勝てないプレーヤーというのは、こういうプレーヤーですよ、と見本を見せつけられている様なものだった。もっと残酷な表現をすれば、負けて後悔する選手の典型でもあった。秋山とのマンツーマン練習は、これといった打開策を見出す事無く終了した。

「優花、これぐらいにしよう。あとは家でゆっくり休め」

秋山が掛けてやれる言葉はこの位だった。

貴美子のアパート②

数週間後。

不思議な事、特別な事も、二度三度、五度十度ともなると、不思議は不思議でなくなり、特別は特別で無くなっていく。数か月前には特異であった事が、今の中井と貴美子と田中の間では、普通の事、日常の事に変化していた。

今、三人は優花不在の貴美子のアパートで、夕飯を共にしている。食事の前には三人で軽くお酒も飲んだ。食後には、珈琲を飲みながらバラエティー番組も一緒に見るようになっている。

優花のツアー参戦は、必然的に貴美子を孤独にさせた。独りになった貴美子は、当初中井とのコンタクトは電話のみにしていたが、優花のスランプが本格化するに従い、それだけでは済まなくなってきた。直接会って話さざるを得ない状況になっていたのである。

中井は当初、美澄家とは距離を置くスタンスでいたが、それは無理だった。幸か不幸か、中井のアパートから貴美子のアパートの距離は、物理的に近過ぎた。もう一つの要因は、中井にとって美澄家は、心理的に到底距離を置けるような存在では無くなってしまっている事だった。またしても中井は田中をダシに使った。中井が貴美子のアパートを訪問する際には必ず田中を同席させた。普通常識では考えられない行為である。だが貴美子は恋愛感情は別として、田中に対しては好意を持っていた。貴美子にとっても田中の同席は、渡りに船だったのだ。直接言えない事は、お互いに田中を経由した。三人同席の場合、中井も貴美子も見た目には田中に話し掛けているのだが、実際にはその先の貴美子なり中井に語っている事は、二度や三度では無かった。田中は当然当初は同席を拒否していた。だが、中井、貴美子、優花の三人にとって田中がもはや必要不可欠な重要人物になっている事を田中自身が自覚するに至り、中井、あるいは貴美子が同席を要求してきた時にはそれを拒む事を止めた。拒めない理由がもう一つあった。田中も同様に、中井と美澄家との物理的距離があまりにも近過ぎたのだ。

回数を重ねる事によって、最初の極度の緊張は次第に緩和へと向かう。中井は、美澄家への最初の訪問時から比べると、今は遥かにリラックスしていた。無口だった中井が今日は饒舌だ。中井は例え話が好きだった。今日のテーマは「トッププロとは？」だった。結果の出ない優花を引き合いに出して、田中経由で話し始めるのであった。

「ああいうところで前に出なきゃダメなんだよな。自分からポイントを取りにいかないと」

「………」

「ミス待ちが通用するのは下位選手だけ。トップには通用しない！」

「………」

「チャンスは二回も三回も無いんだよ。一発でバシッと決めておかないと」

「そうですね」田中はひたすら聞き役だ。

「それを逃してもう一回やろうしてもダメ、時すでに遅しだ」

「………」（何だか俺たちの人生の事を言ってるみたいだ。もしかして自分自身に言い聞かせているのかも）

「大将よう、トップの選手、俺がよく言うフェデラーとかナダルとかジョコビッチな。彼らの凄さって、どういう事だと思う？」

「さあ、何でしょう？」

「こういう事だよ。まあ、回りくどい例え話だけど聞いてくれ」

「はい」

「今、大将は百階建てのビルの屋上に立っている。で、全く同じ百階建てのビルが隣接しているとする。その距離は、実際はあり得ないけど三〇cmだ」

「はい」

「隣のビルの屋上に百万円の札束がある。ここでゲームだ。十分以内にその札束を手にすれば大将の物だ。大将ならどうする？」

「三〇cmなら一跨ぎですから、一歩で隣に移って百万円ゲットです」

「だよな。まあ、無風で、って条件付きだけど、三〇cmなら二百階でも三百階でも同じだと思う。じゃあ一mだったら？」

「一mでも同じ。行けると思います」

「うん、俺も一mなら大丈夫だと思う。じゃあ二mになったら？」

「身長より距離があるから、少し考えますね。立ち幅だと、ノンプレッシャーの状態なら問題無いと思いますが、ちょっと厳しいな」

「オーケー、じゃ助走有りだ。屋上の広さは無視する。無限に広いものとしていい」

「助走を付ければ確実に行けると思うので、チャレンジします」

「同感。じゃあ三mは？」

「う～ん」田中は考え込んだ。田中の運動能力を持ってすれば、走り幅跳びなら、問題無い距離だ。だが、万が一の失敗のリスクと百万円とでは、釣り合いが取れない。

「無理ですね。リスクが高すぎる」

「俺もそう思う。百万円じゃ、命の値段が安すぎる。ここで条件を変えよう。百階建てじゃなくて、二階建てだったら？」

「迷わずやります」

「俺も絶対やる。じゃあ十階建てだったら？」

「十階でも落ちれば死んじゃうのは同じだから」

「制限時間十分」

「あ、そうか、だったら地上まで降りて、隣のビルに移ってまた昇れば間に合うかも、あっ！」

「そう、そういう事。これがショットの決断だ」

「ラリーで粘るのか、ウィナーを狙うのか」

「そうそう、思い切ってネットを取りに行くとか」ここで中井はトップと優花を比較した。

「優花の場合、距離が二mでも、いったん下まで降りちゃうんだよ、もたもたしているうちに自分の百万円を取られちゃう。かといって三mの場合は自重しなきゃならないのに、無理に飛んで大怪我しちゃう。ショットの選択があべこべだ」

「なるほど」

「で、トップの場合は距離が三mはおろか、四mでも五mでも平気で飛んじゃう。まあ、今日の例え話は百万円だったけど、それが一千万円とか、一億円とかいう世界だ。彼らは二階建てでも百階建てでも常に同じ精度のショットを放つ精神力を持っている。ランキング1000位で、四mも五mも飛べる奴もいるけど、百階建てで同じパフォーマンスができるかといったら話は別だ。下位の選手があと一歩のところまでトップの選手を追い詰めるけど、結局最後はひっくり返されちゃう場面って何度も見たろ。『勝ちビビり』ってやつだ。トップの選手はマッチポイントを取っていても、取られていても最後まで同じパフォーマンスを維持できる」

と、中井はここまで一息で喋った。ここまでが一息だ。ここまで息継ぎ無しだ。そしてここで中井は大きく大きく息継ぎをする。それは肉体的というよりも、話の内容、精神的なブレスの意味合いが大きかった。中井は結局、次の一言が言いたかったのだ。初めてのカミングアウト。初めて自らの過去の恥部ともいえる部分の公開に他ならなかった。中井はこの場を借りて、自分自身の再出発宣言をしたかった。スゥーッと息を大きく吸った。意識的に間を作った。田中と貴美子が中井に視線を集中させたのを確認してこう切り出した。

「俺にはできなかった。俺もビビり野郎なんだよ」

「えっ？」

「マッチポイントを取っていながら、逆転された。今言った三mはおろか、一mでさえ飛べなかったんだよ。屋上で足が竦んで前に進めなかった。絶対間に合わないのに一旦地上に降りて、また昇るショットを選択したんだ。俺は俺なりに正々堂々戦ったつもりだった。だけど周りから見れば俺は『臆病者』で『卑怯者』に過ぎなかった。もう俺は駄目だと思った。一年半位前まではそう思っていたんだよ」

田中も貴美子も、こんな赤裸々な話は初めて聞いた。ここまでは、中井の語り口はハッキリしている。だから話はよく聞き取れたし、二人は黙って聞き入る事ができていた。たが、中井が発した次の言葉「だけどなあ」辺りから、急に聞き取りづらくなる。

中井の滑舌が怪しい。中井は恥ずかしかったのだ。中井は今現在の心情を、心意気を語った。中井が口ごもって話した「だけどなあ」からのあとの内容は、概ねこういう事だった。

だけど、田中の出現で刺激を受けた。田中は自分が失った思い切りの良さとか、全力プレーとかいったものを思い出させてくれた。優花の決断には仰天した。自分の娘がこれ程頑張っているのに、ここで立ち上がらず、いつ立ち上がるのだ。でも自分の今の原動力は、使命感とか責任感とか、そんなカッコいいものじゃない。俺を動かしているのはただただ、二人に対する嫉妬心のみだけだよという事だった。

貴美子がこの話を聞いていたのは奥のキッチンだった。中井の告白には驚いたが、大きなリアクションは勉めて取らないようにした。貴美子は心密かにワクワクしていた。優花は既に、そして中井も田中も次のステージに立ち始めていたのだ。

ダブルス

「ダブルス？」

田中に出場の要請があったのは、ベアーズに入館して三度目の三寒四温の頃。中井からだった。


昨年。

優花の二度目の全日本挑戦。本選には辛うじて出場できたものの、結果は一回戦敗退だった。

中井と田中は、全日本には間に合わなかった。厳密にいうと、無理に間に合わそうとはしなかった。

二人が大会に本格的に参戦したのが夏。二人とも三大会に出場した。結果中井は三戦三勝、田中は三戦すべてベスト8まで進んだ。まずまずの滑り出しだ。優花と違い「アマチュア」登録の二人は、出場する大会はすべて国内に絞った。二人ともあえて大きな大会にはエントリーしなかった。初年度の発進は、現実路線を採った。小さい大会でも先ず勝つ事、実績を残す事を主眼に置いた。中井が東京オープン第ゼロ回大会の準優勝者である事も、田中のキャリアが僅か二年半である事も、全く話題にならなかった。スポンサーであるキャプソンも野村製作所も取り敢えずはそれで良しとした。


大会主催者がその企画をベアーズに持ち込んだのは二月の初め。突然だった。

年度替わりの目玉番組「プリンセステニス」の撮影は昨年末から始まった。若手女優「葉月美麗」主演のこの物語は、いってみればシンデレラのテニス版だ。魔法が掛かっている間だけヒロインはテニスの女王として君臨し、華麗に振る舞う。本物のシンデレラの王子様は一人だが、プリンセステニスでは二人登場する。葉月美麗と二人の王子様の三角関係を描く、ありきたりで陳腐なストーリーだ。王子様役にはジャガーズ事務所から、一応、テニス経験者の「北野遊星」と「南野翔太」が抜擢された。

プロデューサーは番宣の一環として、北野と南野のテニス大会参加を企画した。実際の大会に二人をダブルスで出場させ、その様子をカメラが追い掛け、ドキュメンタリータッチに画面を加工したものを、番組の始まる直前の回に放送するという安直なものだった。プロデューサーは勿論の事、北野も南野もテニスの試合に本気で取り組む気など更々無かった。二人が汗し、感動の涙が撮れさえすればそれで良い。良いのだが、歓喜の勝利のシーンが加わればそれに越したことは無い。プロデューサーのスケベ根性がここに出た。

番組側は臆面も無く、大会側に「ヤラセ」を提案してきた。さすがに優勝までとなるとやり過ぎなので、一回戦だけ勝たしてくれと言ってきたのだ。そのドローは主催者側と番組側が裏で工作する。負けてくれる関係者には勿論タダでとは言わない。こういう条件だった。

主催者側は、この悪魔の取引に応じてしまった。だが、それをすぐに後悔した。負けてくれる、つまり八百長を承諾してくれるペアなど皆無だったのだ。担当者は容認してくれそうな選手を大慌てで探し回った。巡り巡って白羽の矢が立ったのが、ベアーズだった。

近藤の答えは勿論ノーだったが、何かの拍子でその情報が中井の耳に入った。近藤は、中井も無視するものと思い込んでいた。だが意外な事に、中井は興味津々だった。あり得ない事だ。絶対にこんな話には乗ってはならない。しかしもし、もし万が一出場する事となったらダブルスの出場だ。ダブルスのペアは誰だ？　田中だ。田中しかいない。中井は本気だった。

「オーナーやりましょう！　条件全部呑んじゃってください」

近藤は絶望した。中井には期待をしていたのだが、やはり性根が腐っていた。立ち直りの兆しを見せていたのは幻だったのか？　近藤がその場にヘナヘナと崩れ落ちる。中井が笑った。それを見た近藤の感情は、中井への嫌悪感と憎悪に満たされる。

「中井！　お前！」大声だった。殴り掛からんとしていた。

「待った待った！　待ってください！　俺の話を最後まで聞いてくださいよ！」

本当に殴られる、既《すんで》の所だった。中井は近藤を必死で制した。そして反省した。

「オーナーごめんなさい。いや、本当に申し訳ない。俺の説明不足です」

そうなのだ。中井の悪い癖は相手の気持ちを慮らず、いきなり結論を述べる事だった。今日の場合はそれが最悪の形で出た。中井には中井の考えがあったのだ。中井は今度こそ自身の持論をひとつひとつ丁寧に説明していった。自業自得とはいえ、近藤の怒りの沸点を常温に戻すのには相当の時間を要した。少しずつ、小さくではあるが、近藤の首が縦に振られる様になってきた。

「うん、うん、なるほど」

「相手側はこう出るでしょうから」

「うん、うん、分かった、でも」

「いや、その時は」

その時はこうする、との中井の決意を聞いて近藤は驚愕した。そこまで覚悟しているのかと。近藤の感情は怒りから感心へ、そして反省に変わっていった。

「早とちりして、すまなかった」

「いえ、俺が悪いんです。何の説明も無く、申し訳ありませんでした」

中井に説得された近藤は、最後に念を押す形で中井に質問した。二つあった。両方とも重大だ。

「田中さんには何て言うんだ?」

「大将、いや、田中君は私が説得します。絶対に分かってくれる。やってくれると確信しています」

「分かった。最後の確認だ。もし、ジャガーズ事務所が潰しに掛かったら?」

「刺し違える覚悟でやります。ダメだったらテニスも会社もすべて辞めます」

「……………」

近藤が無言で右手を伸ばしてきた。二人は固く握手を交わした。やるしかなかった。


「ダブルスですか?」

「そう、ダブルス。偶然空きができちゃって、大将シングルスでやる気マンマンのところ悪いけど、気分転換のつもりで出てよ」

「気分転換?」

「そう、気分転換。ネットプレーの練習にもなるし、頼むよ」中井はまだ本題には触れていない。

「う～ん、中井さんとダブルスを組む発想は無かったなあ」

「大丈夫。何なら前（ネットプレー）は全部俺が処理するから、大将は後ろでガンガン打ってりゃいいから」

ほんの思い付きの発言だったし、ダブルスもこれ一回こっきりのつもりだった。だが今回のダブルス出場が今後の二人のキャリアに大きな意味を齎す事は、この時点では、言われた田中は勿論、言った中井も全く気付いていなかった。とにもかくにも中井がする事は、田中出場の確約を取る事だった。例によって凝りもせず、説明は後回しの中井だった。

「いつなんです？」

「三月の第二週、日曜日」

「日曜日？」田中はおかしいな？と思った。一回戦なり、予選は平日開催が普通だ。

「いいからいいから、とにかく準備しておいてよ」


あっという間に当日になった。中井が詳細を田中に説明したのは当日の早朝、またしても中井の運転する車中だった。

「そういう事だから」

「そういう事だからって、マズいでしょう！」

「マズくないよ。悪いのは向こうだ」

「悪いのは向こうって、だって、交渉成立しちゃったんでしょ」

「したよ。お互いニコニコだ」

「やっぱりマズいじゃないですか！」

「『最善を尽くします』って言っただけだ。『負けます』とは言ってない」

「そんなのは屁理屈ですよ。相手はそう取ってない」

「解釈次第だよ。自衛隊だってそうじゃないか」相変わらずの滅茶苦茶で飛躍し過ぎている中井理論だ。田中が質問の内容を変える。

「その～う、ジャガーズの北野と南野、ですか？　直接会ったんですか？」

「会った。まあ、打ち合わせしない訳にはいかないからな。思った通り生意気な奴らだった」

「具体的には？」

「おう、先ず北野（遊星）、こいつはナルシストだ。打ち合わせ中全然俺の方なんか見てなくて、ずうーっと自分の髪の毛弄ってたよ。端っからまともに話をしようなんて気が無いんだよ。それから南野（翔太）、こいつは自分勝手な我儘野郎だ。マネージャーが同席してたんだけど、全く注意しない。周りがチヤホヤしてきちゃったんだろうな。生意気な口の利き方しやがって、最後は『じゃ、ヨロシクね』ときたもんだ。失礼な奴らだ。だけどこれで心置きなくやれる」田中は内心で（あんた他人の事言えるのかよ！）と突っ込んでいたが、実際に言葉にしたのは当たり障りのない全然別の内容だった。

「珍しいですね。ジャガーズは教育がしっかりしているって聞いてるんですけど」

「ジャガーズ内でも派閥があるらしい。あいつらは反主流派グループに入れられちゃったみたいだな。

いってみりゃ、被害者だ。不貞腐れるのも分からないでもない」

「………」（ますます他人の事言えないじゃないの！）

「悪いのはその上の立場の、裏で動いてる奴らだ。今回のドラマもテレビ局に無理矢理ねじ込んだらしい。俺はそういう奴らが大嫌いでな」

「そういう事じゃなくて、俺は打ち合わせの内容を知りたいんですけど」

「いいのいいの、それは。現場でその時伝えるから」

「大丈夫ですか？」

「大丈夫大丈夫。心配するなって」

「………」

「まっ、そういう事で、田中さん、宜しくお願いいたします」

中井にしてみれば田中が何と言おうと「そういう事」なのだ。話が振り出しに戻った頃には目的地が間近に迫っていた。田中はまだ煮え切らないが、とにかく二人は会場入りした。


田中のおかしいな？　変だな？の知恵の輪は、試合開始直前に大きな音を立てて外れた。毎度の事ながら、中井のイマジネーションの確かさには恐れ入る。中井に対して半信半疑だった田中の心根は、試合が終わる頃には全信零疑に変わっていた。経緯はこうだ。

会場。おかしいと思っていた。この大会の位置付けは一番下のカテゴリー。例年なら地方で行う大会だ。だが何故か今年は東京で行う。この謎が解けて中井を六信四疑。

ドロー。おかしいと思っていた。中井・田中、北野・南野ペア以外は、出場者の名前が全く分からない。所属も全部フリーだ。ドタキャンペアも続出。この謎が解けて中井を七信三疑。

コート。変だと思っていた。一回戦でいきなり観客席千席のキャパだ。この謎が解けて中井を八信二疑。

観客。（ヤラセだ！）事情を聞かされていなかった田中も一発で分かった。観客のほとんどが女子だ。若い子だけではない。オバサンもいる。勘が悪い田中にも分かる。半分はジャガーズの仕込みだ。この謎が解けて中井を九信一疑。

試合中、試合後。滅茶苦茶だ。パニックだ。身の危険を感じた。だが、中井のお陰で田中は助かる。事態は劇的に急転、好転する。こうなったら中井を十信〇疑、全信零疑だ。（中井さん、あなたに付いていきます！）と。

裏切り

仕込みとガチ、ほぼ半々のジャガーズファンに埋め尽くされたコート周辺。北野も南野もこれまでの撮影は全く真剣にやっていない。ドキュメンタリー『風』にテニスの練習風景を撮ってはきたがそれは嘘。滴り落ちる汗は嘘。零れる涙も嘘。打球音も、打球のスピードも、音声と画像を加工したものだから嘘。嘘、嘘、嘘、嘘まみれだ。その極め付きがこの試合の八百長だった。

裏方の諸事情とは別に、現場は予定通り選手入場の運びとなった。中井・田中ペアが初めに入場してきた。会場の声援はゼロだ。誰?という反応だった。これは当然だ。少し遅れて、北野・南野ペアが試合会場に現れた。その瞬間から凄い歓声だ。「遊星《ゆうせい》!」「翔太《しょうた》!」の大合唱が止まらない。この声援は仕込みとガチ両方だ。さらにもう少し遅れて、主演の「葉月美麗」が会場入りした。葉月にも声援が送られるのかと思いきや、聞こえてきたのは怒号と罵声だった。品が無い。今日集まった北野と南野のファンは、ジャガーズの応援団の中でも指折りの過激集団だ。架空の設定とはいえ、葉月が北野と南野を天秤にかけ、弄ぶのは許さない。そういった意思表示だった。つまり葉月美麗へのブーイングはガチのファンの方だ。カオスだ。会場が賑やかであるのに越した事は無いがこれは異常だ。今やここはテニス会場ではなく、荒れたコンサート会場と化していた。

田中は雰囲気に呑まれそうだった。初めて大勢の観客の前でプレーをするのには、あまりにもプレッシャーの掛かる状況だ。できる事なら試合などやりたくない。こんな時やっぱり頼りになるのは中井だ。田中は中井の一挙手一投足に注目していた。どう出る中井?はたして中井はこの雰囲気を嫌うのでも楽しむのでもなく、淡々と、無言で、自らの成す事の準備のみに専念していた。中井の落ち着きに田中はホッとする。中井は会場全体をゆっくりと見渡した。そして何かに気が付いて、ポツリと言った。

「TV亜細亜か……」中井の第一声だった。黄色い歓声に掻き消されそうではあったが、田中は間違いなくそう聞き取った。

「TV亜細亜が何か？」素朴な疑問だ。ただ単純に聞いてみただけだった。

「いや、ちょっとね」中井には何か因縁があるみたいだ。田中はもっと詳しく聞く事もできたが、中井の様子を見てこれ以上突っ込むのはやめた。途切れない雑音の中で、続ける価値がある程の内容の質問では無い事を瞬時で判断したのだ。問題は試合をどうするかであり、どうジャガーズペアに対峙するかであった。


異様、いや異常な空気の中、試合が始まる。オープニングゲームは田中のサーブからだ。中井はジャガーズ側との間で、試合の流れ、段取り、ポイントの取り方（中井側から見て失い方）その他について細かな打ち合わせをしていた。ジャガーズ側はすっかり中井を信用していた。この男に任せておけば間違いないと勘違いさせる程、中井の芝居は完璧だった。中井はあえてこの会談に田中を同席させなかった。中井の確かな戦略だった。

第一ゲームの第一ポイントは、ハーフスピードで打ち頃のサーブを田中が打つ。それをいきなり遊星がリターンエースというシナリオだった。

中井が田中に耳打ちした。耳打ちして伝えるしかない程会場内の騒音は酷かった。だが怪我の功名か、この方法は結果的に素晴らしい効果を齎した。これまでにない程にお互いの意思を深く伝える事ができたのである。内容は腑に落ちたし、感情的にもまた胸に染みた。周りがうるさければうるさい程、この耳打ちという伝達方法は二人の絆を深めた。この状況で田中は決心する。今日は（今日、も、だが特に今日は）中井の指示に一〇〇パーセント従おうと。

耳打ちはジャガーズペアを勘違いさせた。（予定通り、ハーフスピードのサーブを打て）と中井が田中に指示している様に中井は見せたし、ジャガーズ側にはそう見えた。だが、実際に中井が田中に耳打ちした内容はこうだった。

「大将、ボディーだ！　ボディーに打ち込め！　センターとかワイドだと、簡単にノータッチエースが取れちゃう。それじゃダメだ！　いいか、あの遊星とかいう野郎目掛けて打て！　体にぶつけろ！」「いいんですか？」「構わない。やれ！」「了解しました」田中は昔の田中ではない。コースの打ち分けは、とっくに身に付いていた。だがボディーサーブはほとんど打った事が無い。何故ならばボディーに「意識的に」打つという事はある種相手への挑発行為だからだ。この一発を打つ事でもう後戻りはできない。冗談でした、では済まされないのだ。しかし田中は、面白い！　やってやる！と腹を括った。

オープニングゲーム、第一ポイント、第一サーブ。

トスを上げる。観客は、さすがにこの瞬間だけは全員黙った。ラケットを振り抜く。

「ドッカーン！」

ビッグサーブだ。遊星は一歩も動けない。ピクリとも反応できない。そして、

「ウッ！」

打球は遊星のみぞおちを直撃。遊星が蹲《うずくま》る。遊星はナルシスト。そのナルシストが苦悶の表情。王子様台無しだ。

「キャー！」

悲鳴だ。ギャラリーの悲鳴だ。凄い数の、凄い塊の、凄い高音の悲鳴だ。翔太が駆け寄る。

「大丈夫か!?」

「大丈夫……」遊星がくぐもった声で辛うじて答える。会場は騒然だ。翔太が遊星を気遣いながら、視線を中井に向ける。中井を睨みつけていた。そして無言でこう訴えていた。（約束が違う！）

中井はざまあみろの表情もしない。ニヤリともしない。全くの無表情で、抗議には無視だった。田中は？　田中も同じだ。謝る素振りも見せない。ジャガーズ側の立場からすればこれ以上の背徳行為は無い。

中井ペアは何事も無かったかのように次のポジションに移動している。止むを得ず、今度は翔太がレシーブポジションに移動する。たった一ポイントではあったが、このビッグサーブは彼らにとって最大の威嚇効果を齎した。その証拠に、翔太は恐怖なのか怒りなのかは分からないが体が震えていた。今度は俺の番だ、と。

第二ポイント。

「ドッカーン！」同じだ。同じくボディーに殺人サーブ。みぞおちではなく腕に当たった。遊星に比べればまだマシだが、それでもやはり体の一部を強襲。会場の悲鳴が治まらない。中井がまた耳打ちだ。

「ナイスサーブ！　二発連続（してみぞおち直撃）って訳にはいかないか。ハハハ、大将次は……」田中が頷く。その様をジャガーズペアが見ている。彼らにとっては不気味な行動だ。そして第三ポイント。田中はユルユルの、どうぞ打ち込んでくださいというサーブを打った。遊星は腰が引けている。

ラケットに辛うじて当たったがボールは前に飛ばない。ネットに届きすらしない。第四ポイントも同じ種類だが、翔太には山なりの、遊星に打ったものよりも、もっと遅いサーブを打った。挑発の意思表示だ。鼻っ柱の強い翔太は力んで……なんと空振りだった。醜態も醜態、アイドルとしてあるまじき姿だった。

第一ゲーム、彼らはポイントを取るどころか打球が前に飛ぶことすらなかった。チェンジコート。現場は騒然だ。大声で喚き散らしている女子がいる。号泣している女子がいる。だが、ゲームは始まったばかりだ。ザワザワが治まらない。

第二ゲーム。遊星のサーブ。入らない。全く入らない。一本だけ入ったサーブは中井得意のロブリターンでノータッチのウィナー。

第三ゲーム。中井のサーブ。はたして中井は？　やった、またしてもやった。中井はそのすべてをアンダーサーブで賄ってしまう。ジャガーズペアはいいようにあしらわれる。この試合、今のところ中井ペアが強打したのは田中が放った第一ポイントと第二ポイントのサーブのみだ。

第四ゲーム。流れが変わる。だが流れを変えたのはジャガーズペア本人の力ではなく、アンパイアだった。今日のレシーブポジションは田中がデュースサイド、中井がアドサイド。従って第一ポイントは田中のリターン。翔太のサーブ。こいつはジャガーズの中でも気が強い、というか、生意気、というか、キレ易い、というか、事で有名だ。思いっ切り打ってきた。そこそこ速い。だがフォールト。完全にフォールトだった。田中が翔太のセカンドサーブに準備するその時だった。

「ボールイン！　ポイント南野！　(15 - 0) フィフティーンラブ！」審判が言い切った。この試合初めて（不正だが）ジャガーズペアにポイントが入った。

「!? !? !?」田中は耳を疑った。（なにいいぃ!? 完全なフォールトだ。どこに目を付けてるんだこのインチキ審判！）田中はすぐに抗議をしようとした。だがその時だった。

「キャー！ キャー！」

歓声だ。さっきの悲鳴とは違う。翔太がこれ見よがしにガッツポーズをしている。自分だってフォールトと分かっているはずだ。何たる腐った根性、何たる恥知らず。田中が怒りに震える。審判まで仕込みか？ 審判までグルか？ 田中が審判に詰め寄る一歩目だった。中井が、中井が田中の行く手を阻んだ。凄い速さだった。何か言っている。歓声でよく聞こえない。それぐらい中井ペアにとっては耳障りな雑音だった。中井のジェスチャーは両の手の平を胸元から腰の方に繰り返し降ろしていた。（抑えろ、大将抑えろ、気持ちは分かるが抑えろ！ 大将落ち着け！）

もし中井のこの行動が無かったら田中は自滅。ジャガーズの思惑通りの展開になるところだった。初めて草トーナメントに出場した時を思い出す。またしても田中は中井に救われる。

中井は意識していたかもしれない。あるいは意識していなかったのかもしれない。だがいずれにせよこの時の中井の取った行動はベストだった。二人は二人とも気付いていないが、この時点で立派な「コンビ」になっていた。息を吸って〜 吐いて〜 の自然の呼吸の様に「ボケと突っ込み」が確立されていたのだ。また中井が耳打ちする。

「大将気にすんな、いちいち気にしてたら身が持たないぞ。そうだよ、審判もグルだ。ナンボか握らされてるよ。そうだよ、でたらめ、でたらめなんだよあいつらは。気持ちは分かるけど俺の言う通りにしてくれ。で、次は……」

「アウェー」だ。アウェーの戦い方を中井は自身の経験の中から見出していた。アウェーの鉄則は、相手有利の判定にムキにならない事、自分を見失わない事だ。中井は一度、あえて流れを相手に渡す事を提案した。

「大丈夫ですか?」「大丈夫、却ってその方が効果的だから」

結局このゲームはジャガーズペアがキープした。中井も田中も翔太のサーブが取れないフリをした。会場は大騒ぎだ。翔太コールが鳴り止まない。

第五ゲーム。田中のサーブ。山なりを打ってやった。リターンエース。ナルシスト遊星が気持ち悪い決めポーズをしている。翔太が雄叫びをあげている。ポイントを取らせてやっただけだ。いかにも返せないフリをするのには苦労した。素人女子はこの事に気付かない。遊星！　遊星！　翔太！　翔太！　仕込みもガチもお祭り騒ぎだ。


騒ぎがやっと少し落ち着いて試合が再開された。第六ゲーム。北野遊星サーブ。中井ペアの本格的な逆襲が始まる。相手チームに一度流れを渡したのは、この反撃を効果的にする為の演出に過ぎない。中井は田中にこう指示していた。前衛の南野を、南野翔太を狙い撃ちしろ！だった。

遊星のサーブは打ち頃だった。

「バコーン!!」ジャックナイフ。ネットスレスレのその打球は翔太のみぞおちへ。翔太悶絶。前衛の中井が後ろを振り向き田中に言った。大声で言った。田中に言っている様で実は敵チームに聞こえる様に、アウェーの観客にわざと聞こえる様にこう言った。

「ナイスリターン!」

田中は? 田中は謝らない。澄ました顔だった。また悲鳴だ。またしても会場は試合開始直後の状態に戻る。

アドサイド。遊星のサーブ。ダメだ。入らない。

デュースサイド。遊星のサーブ。入った。田中のフォアのリターン。顔面直撃をギリギリで翔太が避ける。アウト。中井が挑発する。また大声だ。

「惜しい!」

翔太が聞いていた。当たり前だ、中井はわざと翔太に聞こえる様に言ったのだ。翔太の顔が紅潮していくのが分かる。また睨んできた。(お前ら、どういうつもりだ!)そう言っていた。

「ブ!! ブー!!」凄いブーイングだ。敵意丸出しのブーイングだ。中井の、惜しい!は観客(と、呼べるかどうか怪しいが)全員に聞こえていた。中井は翔太だけでなく、わざと観客にも聞こえる様に大声を張り上げたのだ。

「ボケ! タコ! カス!」聞こえる。ハッキリと聞こえる。大ブーイングにまじってはいるが、悪意を持った発言が聞こえる。場の雰囲気に調子に乗っているのは分かるが、これは言い過ぎだ。中井はともかく、田中はルール上なんら悪い事はしていない。テニスの試合ではあり得ない雰囲気になっていた。そして中井は、ああ、中井がやってしまう。火に油を注ぐどころではない。花火工場に吸い掛けのタバコの吸い殻を投げ捨てる様な事をやってしまった。完全に観客に顔を向けて、

「あっかんベー」勿論ジェスチャー付きだ。
「うわあああああ！！！！」狂気だ。聞こえる。大ブーイングの中でハッキリと聞き取れる。殺意の声が「死ね！」「テメエ殺すぞ！」聞こえる、聞こえる。女性故に（偏見か？）さらに恐怖だ。パニックだ。プレーどころではない。

チェンジコートの時間ではない。ゲームが終わった訳でもない。ポイントとポイント間に過ぎない。それでもこの騒ぎが一段落するのに五分以上掛かった。やっと、やっと再開する。その後中井ペアが取った戦法は……。

次からの遊星のサーブに対して中井ペアは強打しなかった。遊星のサーブだけではない。翔太のサーブも、中井のサーブの時もフルスイングはしない。徹底的に揺さぶった。今度は逆のイジメ方だ。直接殴る蹴るはもうしない（それは田中担当）。悪口、陰口、馬鹿にする、仲間はずれ、SNS攻撃、無視。陰険なやり口に終始した。すなわち中井得意のロブ、ドロップ、ショートクロス、アンダーサーブ、スライス、スピン。

中井も田中もラインギリギリを狙うのはやめた。審判も観客も文句の言いようのない、ハッキリとしたインにした。それでもジャガーズペアは拾えない。田中のビッグショットの幻影があるからビビってラケットに当たらない。遊星も翔太も肉体は勿論精神的にもズタズタになっていく。二人は汗びっしょりでフラフラ。自慢の髪のセットは乱れに乱れていた。

大騒ぎになっていた観客のトーンが次第に低くなっていく。テニス素人の彼女達から見ても、両ペアの技術の差は明らかだった。中井ペアは純粋にテニスのプレーのみで、観客を黙らせていたのだ。

それだけではない。中井ペアは、観客にストーリーを感じ取らせていた。感じ方は、観客として自主的に参加した女子も、あるいはお金の為だけの理由で参加させられた女子も同じだった。背景に何があったのか、どんな圧力をかけられていたのか、それにどう反発し、どう反転させていったのかをプレーのみで表現していた。それが少しずつ、少しずつ分かってくるのである。

最初は悪玉中井ペア、ベビーフェイスジャガーズペアの構図だった。ところが今はどうだ。悪玉と善玉が入れ替わっている。そうさせたのは、ジャガーズペア本人のコート上での立ち振る舞いが直接の原因だ。遊星の不真面目さ、不誠実さ、翔太の不貞腐れた態度、暴言がそれに拍車をかけた。ファンが彼らに所謂「引いて」きてしまっていたのである。

試合が終盤に差し掛かる。すると観客席に向かって不穏な動きをする数名の姿があった。ジャガーズ関係者だ。彼らが彼女達に指示をする。命令口調だ。

「おいおい、打ち合わせ通りやれよ！　全然応援してないじゃないの！　それから相手ペアにもっとプレッシャー掛けないと。このままだとエキストラの費用出ないよ！」酷い奴らだ。仕方無く、止むを得ず仕込みの女子は指示に従う。無理矢理中井ペアにブーイングをする。だが彼女達のパフォーマンスはか弱く、不自然なものになっていた。そもそもジャガーズペア自身がすっかりやる気を失くしてしまっているのだ。プレーヤーと応援団が乖離するのは当然の事だった。

ジャガーズペアは不本意だった。彼らは純粋な応援、単純な声援のみを望んでいた。注目を集めるのはあくまでも俺達だ、ジャガーズだ、この期に及んでもまだそう自惚れていた。だが今目の前に起こっている事実はどうだ。コート上を支配しているのは、観客の注目が集まっているのは完全に中井ペアの方で、本物と偽物の決着はとっくに付いていた。

中井・田中ペア対北野・南野ペアの決着は付いた。だが決着していない「奴?」がいる。ジャガーズだ。会社組織ジャガーズだ。ジャガーズ本体が黙っていなかったのである。試合直後の事だった。

「冗談じゃないわ! 絶対に放送なんかさせないわよ!」電話はジャガーズ事務所副社長、桐島紀子直々だった。凄い剣幕だ。

この大声を受信しているのはTV亜細亜の「菊地倫造」。この、「プリンセステニス」の担当ディレクターだ。菊地はこの桐島に、昔から煮え湯を飲まされ続けていた。TV亜細亜は言ってみればジャガーズ子飼いのテレビ局だ。歌番組、ドラマ、バラエティー。TV亜細亜は、事実上ジャガーズのタレント無しには番組編成ができない。この状況に、最近の菊地は常に自問自答をしていた。(このままでいいのか?)と。当然今回のヤラセにも辟易していた。菊地は感じていた。そして恐れていた。「嘘」にだ。嘘はいつかバレる。最近特にその言葉に支配されてきた矢先での、今回の仕事だったのだ。

「申し訳ありません。しかし放送枠は決定してしまっているんですよ」

「そんなもん、何か他の番組に差し替えればいいじゃないの!」

「いえ、そう仰いますが、この番組は、前週、前々週から既に告知済みです。ファンの皆様もお楽しみにしていらっしゃるのではないかと」

「楽しみとか、そんなものいいのよ！　あんな画像流されたらウチのイメージガタ落ちじゃないの。とにかく放送は許しませんよ！」

「しかし、今から番組の再編成となると時間が」

「あなた物分かりが悪いわねえ。ダメなものはダメなのよ！　いい、もし仮にあの画像が世の中に出回る事になったら、あなた一人の首だけじゃ済まないし、今後一切ウチのタレントはおたくの放送局には出演させませんよ！　分かった⁉」恫喝だ。

「あっ、あの……」

　電話がプツッと一方的に切れた。取り付く島もない。

（あー怖かった、心臓が止まるかと思ったよ。アンタ一人のクビじゃ済まない、って言ってたな。完璧な恫喝じゃねえかまったく）菊地は心の中で桐島の恐怖を振り返った。

　菊地は窮地に立たされていた。ジャガーズ（つまり桐島）に逆らえばテレビ局員の身分のみならず、自分の人生そのものにも影響を及ぼしかねない。菊地は想像する。そして自問自答をする。

　あの画像がお茶の間に流れたあとの、全国ウン千万人のジャガーズファンの反応の事。そのファンから徹底的に叩かれる事。さらに続く桐島副社長のヒステリックな恫喝。その後TV局をクビになる事。場合によっては自分の身に危険が迫る事。家族の事。そういった心配事、ネガティブな事を挙げたらキリがない。だが考えて、考えて、考え抜いて出た結論がこれだった。菊地の腹は決まった。もう嘘はたくさんだ、もうこれ以上自分にも嘘は付けない。菊地はどんな境遇に落ちようとも、「奴隷よりはマシ」を選択したのだ。

放送日が間近に迫っていた。

全国放送

菊地は、表面上はジャガーズ事務所の命令に従うフリをした。あの画像をダイレクトに流すのは、TV亜細亜の局員でさえも、直前まではごく一部にしか知りえない事だった。秘密は当日まで絶対厳守だ。

放送を楽しみにしていたのはジャガーズファンだけではない。ベアーズテニス倶楽部はスクール生も会員も、コーチもスタッフも、そして勿論中井も田中も、その時間はプレーを一時中断して、TV亜細亜の放送にかじりついた。楽しみにしていたなどという緩いものではなかった。倶楽部も中井もその命運が掛かっていた。オーナー近藤は、賄賂と思しき金はとっくに主催者側に叩き返していた。

「中井君……」

「オーナー、この前お話しした通りです。もし試合の様子が流れなかったら、俺達の全面降伏です」

中井は確信していたが、こればっかりは蓋を開けてみなければ分からない。放送直前は祈るしかなかった。

放送開始。

画像は……流れた。あの日の中井、あの日の田中が包み隠さず流れた。放送二時間枠、ノーカットで試合のすべてがそのまま流れた。ジャガーズ版フーリガンの狂信的な応援の様子も流れた。遊星の惨めな姿も、翔太の無様な姿も流れた。そしてつまりは、中井ペアがジャガーズペアをコテンパンに叩きのめすシーンが、全国に放映されたのである。

「やった！」ベアーズが一つになった。大歓声だ。拍手の嵐だ。夏木が、春日が、そしてあの秋山でさえ大声で喜びを分かち合った。中井と田中が皆に揉みくちゃにされている。ベアーズの有名人は、この瞬間から全国の有名人になったのだ。この先どんな事が起こるのかは分からない。だが今この瞬間だけは歓喜に浸るだけだった。

同じ事が貴美子のアパートで、佐藤と伊藤の自宅で、そして野村製作所で起こっていた。

「フウ〜ッ」

放送が終了すると、菊地は大きな溜息をついた。（取り敢えずは終わった。でも戦争はこれからだ）菊地は来たるべき様々なリアクション（反攻）に備え、態勢を整えようとしていた。具体的には、先ずは（抗議の）電話か？　SNSか？　まさかいきなり自宅に石を投げつけてくる奴なんていないだろうなあ。いや、意外と住所を突きとめてやってくるかも。

電話が掛かってきた。スマホに「恫喝馬鹿女」の表示。菊地命名、造語、隠語。ジャガーズ事務所副社長、桐島紀子からだった。爆弾は、休息中であろうと寝込みであろうと容赦なく落ちてくる。出だしからいきなり半狂乱だった。

「一体どういう事よ！　あれ程言ったのに約束破って、あなた自分のやった事が分かってるの！　気でも狂ったの？」菊地は内心（狂ってるのはアンタの方だろうよ）と思ったが、ひと呼吸置いて、こう返した。

「約束をした覚えはありません。それから自分のやった事はよく分かっているし、気も狂っていません」

「!?」桐島紀子は菊地の意外な反応（反抗）に驚いた。いつも通り、いや、いつも以上に平身低頭でくると踏んでいただけに、意表を突かれた形となった。それでも態勢を立て直し、

「なに、その反抗的な態度は！　あなたこの責任どう取るつもり？」

「責任、と仰いますと？」菊地は桐島のヒステリックな攻撃に対し、意識的に、極めて冷静に、そしてできる限りの丁寧な言葉で応酬した。

「な、なにとぼけてんのよ。この前言ったでしょう、あなたクビよ！　クビ！」

「お言葉ですが、桐島様にどのような権限があってその様な事を仰っておられるのでしょう？」

「ふざけるんじゃないわよ！　あんたのところのＴＶ局がどれだけウチの世話になってると思ってんのよ！　いいわ！　もう結構！　ウチのタレント全員おたくから引き揚げます！」

「どうぞ」

「!?」意外だった。桐島は「それだけは勘弁してください」のセリフを予想していたのだ。菊地は腹を括っていた。この時点でほぼ勝負ありだった。桐島は正常な状態を保つ事ができなくなっていた。これ以上まともな会話は不可能だった。

「あ、あんたわたしに楯突く気ね。分かったわ。とにかくあんたはクビよ。このあと安心して眠れると思ったら大間違いよ！　それからウチの事務所であんたの局（ＴＶ亜細亜）全力で潰すから覚悟してなさい！」桐島としては最後通告のつもりだった。だが、菊地はもう動じない。

「何だよ、得意の恫喝かい？」

「！！！」桐島は声が出せない。脅したつもりが逆に恐怖を感じ取った瞬間だった。菊地の反撃開始だ。逆襲だ。

「おいおい、いつまでも調子に乗ってんじゃねえよ。クビでもなんでもしてみろよ。タレントを引き揚げる？　結構だ！　やってみろ！　アンタのとこの能無しタレントなんかこっちから願い下げだ！　一人も要らねえよ！　それから局潰すだとお？　上等だ！　潰せるもんなら潰してみろ！　もうアンタとの付き合いは金輪際お断りだ！　トットと失せろ、このボケ！」

最後のボケ！は余計だったが、歌舞伎の見得を切るセリフとしては合格点だ。スカッとした菊地としては昔だったらカッコよく電話をガチャンと切った、としたいところだったが、スマホの操作は何とも間が抜けていた。実際は人差し指で赤いアイコンを押し、静かに桐島との通話を一方的に終了した。

反響

予想通り、反響の第一波は中井ペアに向けられた。ジャガーズペアを完膚なきまでに打ちのめした犯人は、夜明けを待たずして特定された。中井貴文と田中健次の素性は、あっという間にネットに拡散される。

中井と田中の年齢、勤め先、中井のテニスキャリア、田中のボクシングの過去……すべて筒抜けだった。

中井と田中の調査は試合終了の段階でジャガーズのファン、その他関係者によって既に進められており、公表するかしないかは当日のオンエア次第だった。既に試合を見たジャガーズファンも、進んで自ら遊星と翔太のマイナスになるニュースを拡散させる必要は無い。オンエアしない場合は、ジャガーズ側としてもファンとしても試合など無かった事にすればよいのだ。ジャガーズスタッフは仕込みのエキストラにも当然緘口令を敷いた。試合があった事自体そんなものはこの世に存在しない、知らぬ存ぜぬで押し通すつもりだったのだ。そんな事は絶対無理なのに……。

そしてすべては白日の下に晒された。内容はともかくとして、視聴者の概ねの、いやほとんど全員の反応はこうだった。

結果は分かった。結果はいい。本当はよくないけれどまあいい。結果の事は取り敢えず横に置いておいて、それよりもなによりも最大の疑問点は相手チームの事だ。あいつら一体誰？　それが最大の関心事だった。オンエア直後のジャガーズファンのファーストクエスチョンがこれだった。いや、ジャガーズファンだけではない。視聴者全員が最初に思う事、引っ掛かる事はこれだった。

翌日のベアーズはこの話で持ちきりだ。無視しろという方が無理だった。

「おいアキ、ネットニュース見たか？　凄い見出しだぞ。【番宣大失敗？　ジャガーズ事務所所属、北野遊星、南野翔太、テニス対外試合に参戦するも惨敗！】」毎度、春日の登場だ。

「……」秋山。

「そのあとの内容も凄い。【ヤラセ？　惨敗の原因は裏切りか？　ジャガーズは当初相手チームに故意に負けてもらう事（所謂八百長試合）を強要し約束を取り付けていたが、当日それを突然反故にされた模様。対戦相手の中井貴文氏（四十二歳　会社員）と田中健次氏（四十二歳　会社員）は既に国内トーナメントに参戦しており、北野と南野との実力差は歴然。試合結果を受けてジャガーズはオンエア中止の方向を画策したが、TV亜細亜がそれを無視して放送を強行！　当サイトでは現在関係者に聞き込み調査中】だってさ」

「……」秋山。

「凄い情報網だなあ。どこで誰が調べるんだろう。まあ、大体当たってるけど間違ってるところもあるな。裏切りって表現はおかしいよ。そもそも約束なんかしてないんだから」

「ん？　ん？　どういう事？　ジャガーズ側は中井、さん、と打ち合わせして、中井、さん、が八百長を承諾したと思い込んでいたんだろ？」秋山がやっと反応した。

「言いにくいんだったら『中井』でいいよ。確かにそこは微妙だしややこしいな。ジャガーズにしてみれば『嘘』を付いてくれと中井さんに依頼した訳だ。で、中井さんは『嘘』を付く約束をしたフリをした、というか素振りを見せた、というか、う〜ん、何というか、まあここが問題だ。でも中井さんに言わせれば『嘘』を付くとは一言も言ってませんよ、っていうのが主張だ。だけどジャガーズ側はそうは絶対受け取らない。『嘘』を付くって約束したじゃないですか、って事になる」

「ややこしいけど、ここはどう考えてもジャガーズ側の方が正しいな。正しい？　ああ、自分でも何言ってるか分かんないけど、要するに八百長をしてくれるんだな、って取るのが普通だ」

「そうだろ。でも実際はご承知の通りの結果だ。ジャガーズ側にしてみれば『嘘』を付く約束を裏切られた訳だ。ここが見出しの裏切り、って表現なんだろうけどね」

「うん、うん」

「だけどジャガーズ側としても中井さんに表立って『テメエ、裏切りやがったな！』とは言えない。だって試合内容の全貌が世の中に出ちゃったんだから。これが本当の姿なんだから。で、見出しの、約束を反故、っていうのも微妙なんだよ」

「どういう事？」

「約束なんてしてない。もともと裏取引なんか無かった、って事でも成立するんだ」

「？？？」

「表の裏は裏、じゃ裏の裏は？」

「表《おもて》」

「うん、じゃ嘘の嘘は？」

「本当、真実、まこと！　アハハ！」

「そういう事。だから今回のテレビ放送はジャガーズペアが普通にテニスの大会に出て、普通に負けただけって事で処理できる」

「う～ん。屁理屈ではね。だけど裏では今頃いろいろドロドロしてるんだろうなあ」

「全くだ。中井さんにしても田中さんにしても、オーナーにしてもこれから大騒ぎになるだろうから大変だぜ」

「そうだな。だけど、中井には悪いけど知ったこっちゃないよ。だって俺達にはどうにもできない問題だもの」

「確かに」

「それにしても毎度の事ながらハルは裏事情をよく知ってるなあ」

「ああ、大体関係者皆から聞いた」

「喋っちゃう皆もどうかと思うけど、それを聞き出すハルも凄いよ。これをもっとテニスの技術に活かせばいいのに」

「やかましいわ！」


春日の言う通りだった。

一部の常軌を逸したジャガーズファンが一時的に中井ペアを攻撃したが、それは数日で鎮静化していった。中井、田中、近藤の心配を他所に、騒ぎの焦点は違う方向に移行していく。第一波の時間は短く、規模も僅かだった。地震でいえば前震に過ぎなかった。

反響の第二波、つまり本震は番組制作側に向かう。こちらの方が時間も長く、規模も圧倒的に大きかった。視聴者の疑問の矢印は簡単明瞭だった。TV亜細亜はジャガーズ子飼いのテレビ局だ。本当に番組を主導しているのはどっちだ？　ジャガーズだ。ジャガーズ事務所だ。ジャガーズ事務所で、北野遊星と南野翔太の後ろ盾になっているのは誰だ？　桐島副社長だ。そんな事は周知の事実だ。視聴者の関心はむしろ「真実は、正義は何処にある？」だった。中井と田中のプライベートを暴くよりも、ジャガーズにヤラセがあったかどうかを知る事の方が、世間的には面白い事だったのである。


視聴者の矛先がジャガーズに向くようになり、世間がザワつき始めると、桐島紀子は早々に雲隠れを決め込んだ。最悪の判断であり最低の行動だった。

逃げれば追う。当然の心理だ。この一般人の欲求を芸能レポーター達が代行する。彼らは常日頃ジャガーズに忖度をしてきた。忖度といえば聞こえは良いが、要するに無理な強要を強いられてきたのだ。我慢をしてきたのだ。真実を伝える事ができないジレンマに足掻いていたのだ。だが今回は今までと違う。世論の強力な後押しがある。不満が溜まっていた彼らはそれを力に、この時とばかりに怒りを爆発させる。

彼らはジャガーズ事務所建屋は当然の事、桐島紀子の自宅、その他彼女が立ち入りそうな場所に連日押し掛けた。桐島は逃げまくる、黙りまくる。公の場に決して姿を現さない。さらに桐島は判断を誤る。それは自らではなく、代理人に囲み取材を丸投げしてしまった事だった。話は要領を得なかった。核心部分には触れず、質問を受け付けず、挙句の果てには勝手に会見を終了させてしまう。この事が火に油を注ぐ形となった。レポーター達の追及は、さらに熱気を帯びたものになっていく。

桐島は当初、責任をすべてTV亜細亜に、殊に番組ディレクターの菊地に押し付けてしまおうと考えていた。だが予想に反して、世間の怒りの矛先は番組ではなくジャガーズだった。自分だった。桐島は常態化してしまっている自らのパワハラ体質を、俯瞰で見る事ができない。こんな人間に反省を求める事などできようはずがなかった。桐島は分からない。何故いままで自分にペコペコしていた連中が、急に牙を剥いてくるのかが。桐島は恐怖に駆られていた。あの日の菊地との電話がそれの始まりだった。そしてそれが今日まで続き、さらに拡大している。

攻撃してばかりいた人間が、一度守勢に回ると途端に脆弱になる。桐島個人は勿論の事、会社組織においてもそれは例外ではなかった。ジャガーズ事務所は大混乱に陥っていた。

だが事態は突然大きく変わる。それをしたのはやっぱりこの男だった。中井だった。

中井⑧

レポーター達は未だに桐島の尻尾を掴めない。それは北野と南野に対しても同じだった。ジャガーズは徹底して組織防衛に奔走する。ジャガーズは会社組織の全力を挙げて、桐島、北野、南野の所在を隠しに掛かった。だが隠せば隠すほど自らの首を絞めている事に気付いていなかった。

もし、もしこのあとの中井のインタビューが無かったら、いや中井のインタビューの内容が違っていたら、北野、南野個人では済まず、ジャガーズの会社組織全体までをも揺るがしかねない事態に発展するところだった。だが、中井が、中井の囲み取材の受け答えが、すべての関係者を救うのだった。

オーバーな表現かもしれない。いや、やはりオーバーではない。国民の期待に応えられないレポーター達は焦っていた。彼らはある種使命感に駆られていた。彼らと国民が想像していた画《え》は、数年前韓国で起きた所謂「ナッツリターン事件」だった。ナッツ姫を桐島とダブらせ、それを再現したいと思っていた。だが、結論からいうとそれは彼らの思い上がりだった。彼らは裁判官ではない。彼らは文字通りレポーターであって現場の報告者に過ぎない。中井のインタビュー内容はともすれば自己陶酔しかかっていたレポーターだけではなく、国民全体の目をすら覚まさせた。

本来は桐島なり、北野なり南野に聞きたかった。レポーター達は止むを得ず、もう片方の当事者、中井ペアに、特に中井にその回答を求めた。ベアーズテニス倶楽部に正式にアポイントメントを取って取材に来たレポーター及びその会社は一人も、一社も無かった。正式な記者会見ではない。勝手に中井を取り込んで、勝手にテレビやネットに垂れ流しをしていた。極めて失礼な輩ばかりだった。

「中井さん、ヤラセはあったんでしょうか?」「中井さん、主催者側から賄賂があったのは本当ですか?」「ジャガーズの北野遊星と南野翔太と試合前何を話されました?」「ジャガーズを裏切ったんですか?」「何かジャガーズに恨みでもあるんですか?」

一遍に聞いてきた。一遍で答えられない。中井はその通り喋った。

「一遍に答えられません。一つ一つ質問してください」中井の言う通りだ。レポーターの点数は自分の質問に（あるいは詰問に）どれだけ相手が答えたかだ。答えを導き出したかだ。要するに早い者勝ちだ。中井はそれを冷静な口調で制した。一問一答だ。質問の流れは春日が最初に目を付けた、ネットニュースが一つの目安だった。中井は余計な事は一切喋らない。

Q：ヤラセはあったのか？
A：無い。そんなものはある訳が無い。
Q：裏切ったというのは本当か？
A：裏切りとは何の事だ？　そもそも取り交わした約束が無いのに裏切りも糞もない。
Q：八百長の強要があったのか？
A：無い。
Q：金銭のやり取りはあったのか？
A：無い。八百長が存在しないのにある訳が無い。
Q：北野と南野とは試合前に会ったのか？　またその時に試合の打ち合わせをしたのか？
A：会っていない。会っていないから打ち合わせなど当然無い。
Q：本当は約束をしていたが、試合中に突然気が変わって、あるいは何か気に食わない事があって約束を破ったのか？
A：約束そのものが無いので、気が変わるも糞も無い。

中井は短い回答の中で何々も糞もない、という「糞」という単語を多発した。レポーターを嫌悪しているのが見て取れる。

Q：ジャガーズからオンエア中止の要請を、あるいは試合そのものを無かった事にしてほしいという打診はあったか？

A：打診などある訳が無い。そもそもオンエアは我々が関知する事では無い。我々がする事は試合に全力で取り組むのみだ。

レポーター達はイライラしていた。期待していた回答と全く違う。彼らはこう言って欲しかった。「試合前に主催者から連絡がありました。テレビ亜細亜のドラマ『プリンセステニス』が四月スタートとの事でした。番宣の一環として北野遊星と南野翔太をテニスの公式戦に出場させるので、番組を盛り上げる為に、故意に試合に負けてほしい、つまり八百長をしてほしい旨の依頼がありました。これを画策したのはジャガーズ事務所です。私は試合直前まで本性を隠して、約束をしたフリをしました。ジャガーズ側は私を信じ切っていました。しかし私はこういう不正は許せません。その後の私の行動については説明の必要は無いと思います。テレビで放映された内容がすべてです。私はジャガーズ事務所の暗部にメスを入れていただくことを提案します。そしてできればこの機会にテレビ局とジャガーズのズブズブの関係の膿を出していただければ」と。

その後も質問と回答は続いたが、どれも似たり寄ったりで堂々巡りだった。彼らはこう思っていた。（中井さん、アンタこっち側の人間じゃないのかよ！）と。そして遂に業を煮やした一人のレポーターがこう質問した。明らかにキレ気味だった。食って掛かってしまったのだ。

「じゃあ、あの『あっかんべー』はどういう意味だったんですか⁉」レポーター仲間にそうだそうだと言う雰囲気が広がった。中井は少し嘲笑するような表情と声のトーンでこう答えた。冷静だった。皮肉たっぷりだった。

「ジャガーズファンの皆様の声援があまりにも熱いので感動しました。私なりにエールを送らせていただきました」

この発言でインタビューは一気に白け切った。レポーター達もうこれ以上は埒が明かないと判断した。いつもの様に田中が中井の傍らにいる。田中は絶対に進んで自らはコメントを出さない。黙ったままだ。その様を見ていたレポーター達にとって田中は、中井の金魚のフンの様に映っていた。それでも止むを得ず田中に聞いた。仕方なく聞いた。キレ気味に聞いた。

「田中さんはどうなんですか⁉」

田中は答えた。ガッカリだ。予想していたとはいえ、やっぱりガッカリだった。

「中井君の言う通りです」

「………」「………」「………」レポーター達がやっと引き揚げていった。

レポーター達が去ったあとのベアーズ。中井と田中は一番端の一番目立たないコート裏のベンチで今日の反省会をした。二人が初めてベアーズで会って、そして話をしたあのシチュエーションと同じだ。

「あれで良かったんですかね？　俺としては別にジャガーズの事、暴露しちゃってもいいかなとは思っていたんですけど」

「いいのいいの。いや、実は俺も全部本当の事をぶちまけてやろうかとも思っていたんだけどね」

「思っていたんですか？」

「だけど気が変わった。なんだあいつら、いきなり押し掛けてきやがって」

「……」

「あの中で一人でも、一社でもキチンと筋を通して事前にアポを取って取材に来た奴がいたら真相を話してやったかもしれないよ」

「……」

「ところがあいつらときたらどうだ、自分たちじゃジャガーズに何も言えないくせに、俺経由で、あ あ、何て言うのかなあ？」

「虎の威を借る狐、みたいな？」

「そうそう、そういう事。チョット違うけど、まあ大体合ってる。そんな感じだ。俺はジャガーズも嫌いなんだけど、ああいう奴らはもっと嫌いなんだよ」

「分かる様な気がします」

「で、終わってみて思うんだけど、あれで正解だと思う」

「正解ですか」

「うん、仮に、仮にだよ、俺がジャガーズの不正を公表したとする。そうなりゃ世間は大騒ぎだ。北野にも南野にも、当然ジャガーズ本体にもマスコミが殺到する。あいつら、ここぞとばかりに追い込むよ。袋叩きだ。何てったって日頃の恨みがあるからな。ハハ」

「そうでしょうね」

「下手に表に出てみろ。韓国のナッツ姫みたいになるぜ」

「それを国民は、国民っていうのは大袈裟かもしれませんが、望んでいる人も沢山いるでしょうね」

「いや大袈裟じゃないよ。それぐらいジャガーズにはアンチもいる。でもなあ」

「でも、何です?」

「人間そこまで追い込んじゃいけないよ。あのナッツ姫の姿見たか? 晒し者じゃないか。その後の詳しい事は知らないけど、結局あとに残るのは恨みとか憎しみとか、ロクなもんじゃないよ。まあ韓国とはお国の事情が違うし、俺が甘いって言われるかもしれないけれど、大将はどう思う?」

「確かにすべてを暴露してしまって、得をする、まあ金銭ではないですけど、本当の意味での得をする人はいませんね」

「得するのはレポーター達ぐらいで……。あいつらにも生活があるからな。だけど申し訳ないけど全部本当の事を話す訳にはいかない。得のトクは人徳のトクだ」

「………」

相変わらずの中井節で普通の人が聞けば何を言ってるか分からないが、最近の田中には理解できてきた。おおよその話が終わりかけると、中井は全然本筋と関係無い話で田中を和ませた。

「そうそう、大将、あれは良かった!」

「あれって?」

「中井君の言う通りです。中井『君』だ! ジャガーズみたいじゃないか。アハハ!」

「他に言いようがないでしょう。それに中井さんがそうしろって言ったんじゃないですか」

具体的にではないが、中井は囲み取材を受けるにあたり、田中にある指示を出していた。お願いといってもいい。それは「大将にも質問が来るだろうけど、俺と違う事を答えちゃうとマズい。申し訳ないけど基本的には黙っていてくれ。それから俺と大将に上下関係があるのもカッコ悪いから、友人みたい(事実この時点で二人は友人だ。親友といっても良い。ただ田中が中井に敬語で話しているだけの事だ)に振る舞って欲しい。さらにペアを組んだのもずっと前からという事にしておいて欲しい」という事だった。

消去法で田中に選択肢は一つしかなかった。

「中井さんの言う通りです」田中が下になってダメ。

「中井の言う通りです」しっくりこない。公の場ではちょっとキツイ言い方だ。

「中井君の言う通りです」ソフトになる。やっぱりこれが正解だった。


中井のインタビューに桐島紀子及びジャガーズ事務所は救われる。しかし何といっても直接的に命拾いしたのは北野遊星と南野翔太だ。北野と南野はここ数日生きた心地がしていなかった。ふたりは半ばノイローゼ状態に陥っていた。

そして二人はようやく、ようやくマスコミの前に姿を現す。彼らは憔悴しきっていた。普段ノリノリで強気だっただけに、その姿のギャップにファンは驚愕した。当然レポーターの質問攻めにあった。質問の内容は中井と同じだ。ただ逆の立場に立ったに過ぎない。質問内容は予め予想できたはずだ。だが未熟者の二人には、気の利いた返しなどでき様はずもなかった。ジャガーズ上層部は二人に残酷な指示をしていた。二人には質問に答える事も、弁明も、釈明も許されなかった。二人がやる事は、会社が用意してきた謝罪文を読み上げるのみだった。実際の謝罪文はダラダラと長く、到底納得が得られるものではなかったが要約すると……。

この度は世間をお騒がせして申し訳なかった事。巷で噂されている八百長やヤラセなど一切無かった事。敗戦の原因はただただ実力が無かっただけの事。今回のような高いレベルの大会に、そもそも素人が出場するべきでは無かったのに、強硬に出場してしまった事。これらすべては私たちの驕りである事。そして本件について深く反省しております、という事だった。

二人はこの謝罪文を読み上げると、会場を逃げる様に去っていく。レポーター達が大声で引き留めたが、もうこれ以上のやり取りは不可能だった。レポーター達にはフラストレーションが残った。だが勝者と敗者に意見を聞いて、双方共に八百長は無かったと言っている。また、敗者が高いレベルの大会に出てしまって、身の程知らずでごめんなさいと言っている。そして強いものが勝って、弱いものが負けているのであるから、もう突っ込むところは無かった。結局レポーター達はファンを納得させる事も、アンチを納得させる事も、両方できなかった。あと残っているのは黒幕の桐島紀子だが、この状況ではこれ以上彼女への追及は無意味だった。

ある程度の時間が経過し、ファンもアンチも冷静になってくると、誰が嘘を付いて、誰が本当の事を言って、誰が偽物で、誰が本物であるのかを見極める事ができる様になってきた。判断材料はあの日の放送だ。昔と違って一般人でも録画で何度でも見直せる。あの映像に戻ってくる。結局あの日の放送がすべてだったのだ。

そして視聴者の間では、今回の騒動を収束させた殊勲賞は誰かという事になった。中井だった。中井の行動、言動は結果的に周辺すべての当事者を守ったのだ。

ドラマは予定通りスタートした。その後の視聴率は北野と南野の姿勢次第、頑張り次第だが、少なくとも中止には至らなかった。桐島は桐島で（桐島に僅かでも良心というものが残っているという前提での表現だが）中井に感謝していた。そして桐島も北野と南野同様に、あのハイエナの様なレポーター達に追い込まれず（あくまでも桐島にとってに過ぎないが）少なくとも身の破滅には至らずに済んだ。

菊地も大丈夫だった。ジャガーズはその後、何事も無かったかの様にタレントをＴＶ亜細亜に送った。ただ多少の変化があるとすれば、お前のテレビ局に「出てやる」という態度から、あなたのテレビ局に「出させていただく」というスタンスになった程度だった。大人の世界だ。現実にはドラマチックな大逆転は、下克上は、そうそう無い。それでも菊地としては、タレントに小さな変化があっただけでも大収穫だった。

終わってみれば結果丸く収まっていたのである。

世紀の記者会見で男を上げた中井は、その後一躍時の人になっていく。今どきの有名人の宿命として、中井の現在、過去はネット民によって簡単に暴かれた。だが彼らはキャプソンの社員としての中井に興味は無い。あるのはテニスプレーヤー中井のみだった。従って慶聖大学テニス部時代の集合写真、対外試合の様子、当時のスポンサーのお偉いさんとのツーショット写真、これら過去の画は簡単に出てきた。

中でも特に注目を集めたのは二十一年前の東京オープンで、中井のテニスキャリアで頂点だったその時の事を、ネット住民たちは早々に突き止めた。

東京オープンに関する事、つまり、ポスター、有明の入場券、当日のチラシ、プログラム。あった。出てきた。その時の中井の顔写真もガッツリあるし、当日のチケットを保存している奇特な人もいた。試合結果の記録もしっかり残っている。中井が東京オープン第ゼロ回準優勝者である事は、それらの写真をネットに上げる数少ない証言者によって証明された。これは紛れもない事実である。しかしこれだけでは世間は納得しなかった。インパクトが足りない。ネット民が欲しているのはＶＴＲ。つまり、当時の中井が「動いている画像」だったのだ。

VHS

「中井先輩？」「中井？かな？　フォームから見ると中井っぽいけど、メッチャ画が見づらいな……」

中井と同時期慶聖大学テニス部だったOBたちの感想だ。彼らは半信半疑だった。中井単体では確定できないが、対戦相手のカラスのフォームから推察して、どうやらかつての東京オープン決勝の映像だという判断をした。そして久しぶりに公の前に姿を現した（二十年以上前の）中井？に驚愕すると同時に彼らは懐かしがっていた。あの頃の中井の生意気で傲慢な態度、だけど天才的なプレー。今となってはいい思い出だ。そしてこれを契機に、中井に関する当時の資料を穿《ほじく》り返してみた者もいた。

カラスとの対戦からおよそ二十年が経過している。そのテレビ放映は深夜。だから視聴者の数は極めて少なかった。だがどんなに少なかろうとも、それが0《ゼロ》になることは絶対に無い。世間のほとんどが高原健太急逝に目を奪われていようとも、深夜放送に齧り付いて観ていた一部の熱狂的視聴者がいたのは確かなのだ。慶聖大学テニス部、つまり慶聖タイガースの面々がそれだった。

当時の録画方法は「ビデオテープ」。β《ベータ》との戦争に勝利したVHSだ。当時彼らOBはVHSに録画をしていた。それを記憶しているOBも少なくない。だが二十年も前の（ハッキリ言って自分とは関係無い）ビデオテープが、手元に残っているかというと話は別だ。

結果的に中井の動画は世間に出回る事になるが、静止画と動画の出回り方にはタイムラグがあった。中井の動画が（最初に、最初に、だ。中井の動画は結果「二回」出回る事になる）世間に出回ったのは静止画のずっとあとだ。誰発信なのだろう？　慶聖タイガースOB？　はたまた全然関係の無い第三者？　しかし今となってはその問題はどうでもいい事だった。いずれにしても中井の動く画（東京オープン、カラスとの対戦映像）は、ＶＨＳ画面をベースにして（タイムラグがあったとはいえ）ＳＮＳに発信された。

何て言ってるんだ？


「う～ん、よく見えない……画像が粗すぎるよ。これ中井さんで間違いないんだろうな？」

「元の画がＶＨＳだからな。古くてただでさえ見えにくいのに、ユーチューブ仕様に加工しちゃってるから、なおさら見えにくい」

おなじみ春日と秋山だ。二人は早速拡散された中井ＶＳカラスのＳＮＳのチェックに勤しむが、アップされた画像は、残念ながら彼らの期待値には程遠い仕上がりだった。

「画もそうなんだけどさァ、音声もダメなんだよな。よく聞き取れないよ」

「音は気にしなくていいんじゃないの、要は中井の動いてる画が見れりゃいいんだから」

「なかい『さん』な……」

「さん……」

「最初っから言えよ、中井さん、だ」

「中井さんが動いていらっしゃるお姿が見られればいいんじゃないんで御座いましょうか？」

「ふざけんなアキ！　何が見られればだよ！　こっちは真面目に言ってるんだぞ！」

「スイマセン……」

「俺が気になってるのはプレー中の音じゃなくて最後！　最後だよ」

「最後？」

「そう、最後。カラスがインタビューに応じてるだろ」

「インタビュー？」

「そう、インタビュー、そのインタビューのテンションが異常なんだよ」

「テンション？」

さすがは春日だ。春日はテニスの技術の分析は苦手だが、こういった人間の感情の動きに関しては敏感だ。秋山が全く気にも留めなかったカラスの声の変化を（この聞き取りづらい状況にも拘らず）嗅ぎ取ったのだ。

「そう、テンション。アキは気が付かない？」

「気が付くも何もこれ何語で言ってんの？　英語じゃないのは確かだ。フランス語？　ドイツ語？」

「俺だって分かんねえよ。チェコ語ってあるのかな？」

「知らん」

「まあ、何語か分からないけどさ、多分これ中井さんの悪口言ってるぜ」

「ハルだって何言ってるのか分かんないだろ。何を根拠にそんな事言えるの？」

「見りゃ分かるじゃん。『ナカイ！』『ナカイ！』って何度も言ってるだろ。それとカラスの表情とか、仕草とかさ」

「！！！」

秋山は絶句した。こういう観察眼については春日に一目も二目も置いている。秋山は次の春日の発言を待った。

「あ〜っ、何て言ってるのかなあ、気になるうぅ……ここ、重要なポイントだぞ」

「………」秋山は尚も無言だった。最初ふざけたトーンで会話を始めたが、秋山は次第に春日ワールドに引き込まれていく。（ハルがこう言ってるって事は多分当たってるんだろうな）そう真剣に思い始め、新たな展開を密かに期待していたのだ。だが次の春日の発言で、今回の井戸端会議はあっさりお開きとなった。春日が口を開く。

「まあいいや、そのうち物好きなネット民が翻訳して、また大騒ぎになるだろうからな」

春日の予言は半分当たって半分外れる事になる。その後、この画は別の形で再アップされ、大騒ぎになるのだが、この画面（のみの情報）で翻訳に成功したネット民は現れなかった。あまりにも聞き取りづらい音声と、訳の分からないチェコ語が相俟って、この段階では（このＳＮＳは）炎上には至らなかったのだ。

当然この画面は中井も見た。中井ファミリーもベアーズスタッフも、勿論田中も見た。よく見えなかった。よく聞こえなかった。その中身は、当事者自身が見返してみても、ほぼ判別不可能な程の酷いものだった。ただ結果的にうやむやになり、そして次第に鎮静化していった状況に、正直中井はホッとしていた。できる事ならあの日の事は、穿り返して欲しくなかった。眼を背けておきたかった。

そっとしておいて欲しい。寝た子を起こす必要は無いじゃないか……そう思っていたのだ。

この画像（音声）の核心、つまりインタビュー内容が再注目される為には、カラスの来日（近い将来それは起こる）を待たなければならない事になる。その時改めて中井は、あの日の自分に、再び向き合わざるを得なくなるのだ。

優花⑥

一連の、中井ペアVSジャガーズ騒動の前後の期間、優花はアジアツアーの真っ只中にいた。最近はアジア、殊に中国で開催される大会が増えている。一ポイントでも多くのポイントを得る為には、一試合でも多くの試合にエントリーする必要があった。優花はこのアジア地区の転戦で自らをスケジューリングした。もうアメリカやヨーロッパに出向く気力は無い。優花はラストチャンスの気持ちで各々の大会に臨んだ。

ダメだった。すべては悪循環だった。早いラウンドでの敗戦、移動、確保できない練習コートとヒッティングパートナー。欧米に比べ移動距離は短く、時差もほとんどないアジア地区ではあったが、肝心の体力が限界だった。日本に帰国した際、秋山に言われた「痩せたなあ」から、さらに体重を落としていた。蓄積した疲労は若さではカバーできなかった。優花の座右の銘「何事も経験！」が、今は虚しく響く。

（辞めよう……）そう決心したのはアジアツアーの最終戦、上海大会だった。敗れた相手は中国の若手十七歳、日本でいえば高校二年生だ。優花はこの選手に前大会でも敗れている。そして今大会、同じ相手に二度続けて負けた。仮にこの中国選手がツアーを制する程の実力者ならまだ諦めもつく。だが彼女も次のラウンドであっさり負けた。負けた相手はアメリカの黒人、十五歳の少女だった。才能が違っていた。優花は悟った。彼女は将来のグランドスラム優勝を見据えていた。優花にとって、別の次元の選手だった。優花は悟った。ツアーデビューが遅かった事を。二十二歳は、この一番下のツアーレベルで回るにしてはもう若くない事を。

そして上海から日本へ帰国する直前の空港で優花は貴美子に伝えたのだった。

「お母さん、私精一杯やった。だけどダメかもしれない」

優花自身の胸の内ではほとんど決心はついていたが、貴美子にはまだ「辞める」とは断定しなかった。心配を掛けたくない、こんな大事な事を電話で言うべきでない。そう思っていた。

貴美子はいままでのツアーの結果、内容、優花の体調、その他詳しい事を逐一中井に報告していた。優花は口にしないが、貴美子と中井が連絡を（ほとんど百パーセント自分絡みで）取り合っている事は分かっていた。貴美子は、優花と中井にはお互いの携帯の番号もメールアドレスも教えている。だが二人が、直接、連絡を取っているかどうかは分からなかった。これだけは優花自身の判断に委ねた。貴美子にしてみれば連絡を取る取らないはどちらでも良かったが、今回は優花の思い詰めた様子が伝わってきたのでもしやと思い、思わず、「お父さんには話したの？」と聞いてしまった。貴美子の質問に対し、優花の答えはノーだった。優花は自分の考えを貴美子にこう語った。

今までの私の人生に中井貴文は関わっていない。中井は血の繋がった父（にあたる人）かもしれないが、（私にとっては）見知らぬ人に過ぎない。その身知らぬ人に意見やアドバイスを求めるつもりはない。百歩、いや千歩譲って中井にしてあげられる事があるとすれば、それは「相談」ではなく「報告」だけだ、と。

カッコいい事を言っているつもりなのだろうけれど、優花の強がりである事は、貴美子には全部お見通しだった。貴美子は納得したフリをした上であえてもう一度聞いた。

「今、私にできる事は無い？　あれば何でも言って」

無い、とは答えられなかった。私は私の人生を歩むから私に構わないで！と突っぱねる強さ、冷たさがあれば、あるいは勝負の世界でやっていけたかもしれない。だが、優花は違っていた。その答えはその名の通り、優しく、温かい、他人《ひと》に配慮したものだった。この時点で優花は勝負の世界からはほぼ降りかけている。優花はこう答えた。

ありがとう。お母さんの傍に中井貴文と田中健次さんという人がいるから、その二人とコミュニケーションをよく取ってください。お母さん経由なら話は全部聞きます。そしてお母さん経由なら、私の事を全部二人に話してもらってもいいです。そんな内容だった。

優しい子だ。勝負の世界ではダメな事なのかもしれない。だが貴美子はそれでいいと思ったし、自分の娘を誇りに思った。

「分かった、お疲れ様。とにかく無事に帰って来てね」

「うん」

「（帰国したら）空港から一人で帰って来れる？　迎えに行かなくていい？」

「大丈夫、一人で帰れるから」

「そう、家で待ってるから（日本に）着いたら電話してね」

「分かった、電話する」


　傷心の優花は誰にも会わず、誰にも気付かれず、ひっそりと帰るつもりだった。だが帰国した途端、優花は優花の心臓を掻き毟られる事態に巻き込まれる。空港にアイツらが待っていた。中井を取り囲んだ程の人数ではないが、一部逆恨みをしていた執念深い奴らが数名いた。芸能レポーターという名のハイエナが待ち構えていたのだ。

　いきなり話し掛けてきた。だが、物腰は柔らかい。女だった。女性レポーターの方が怪しまれない。こういう時の最初のアプローチは絶対に女性の方が良い。もし男性レポーターだったら優花は即逃げていただろう。悔しいが今この時はレポーターの作戦勝ちだった。

「こんにちは、美澄、優花、さん、ですよね？」レポーターは半信半疑の芝居をしていたが、目の前の人物が優花である事は百二十パーセント確信していた。優花が抱える、自分と同じ大きさ程に膨れ上がったテニスバッグが、何よりの身分証明証だった。

「そう、です、けど」不審がる。当然だ。

「今帰国ですか？」到着ロビーで話しているのだ。当たり前だろう、と思っていたが一応、

「ええ、そうですけど、何か？」と答えた。

「お父様とは何かお話しされましたか？」

「？？？」何でいきなりお父様というワードが出てくるのかと思った。それより何よりもあなた一体誰？が先決だった。

「失礼ですが（どちらさまですか）？」

「申し遅れました。わたくし○○テレビの△△という番組のレポーターをさせていただいております井原と申します」日本に居れば誰もが知っているそこそこ有名な番組だった。

「？？？」優花は因果関係が分からない。何故レポーター？　テレビ番組？　芸能人？　優花は海外遠征中は勿論日本国内でもあまりテレビは見ない。当然ここは身構えてしまう。また、少し不快感があった。たった二言三言のやり取りだが、女は上から目線だった。（私の出てる番組の事知らないの？）そう言いたげだった。

「ジャガーズペアとの試合はご覧になりましたか？」

「？？？」言葉が無い。

「ご存じないんですか？」

「？？？」優花は首を捻ってばかりだ。今度は女レポーターが不快に感じた。とぼけてるの？と思ったからだ。だがどうも様子が違う。どうやら本当に知らない様だ。女は止むを得ず、仕方無く、日本で起きていた騒動について説明した。そして再度質問した。「どう思いますか？　娘さんとしてどうお感じになりますか？」と。

「⁉ ⁉ ⁉」大きなお世話だが優花は適切な言葉が発せない。

女は、父娘揃ってこっちの期待する様な気の利いたコメントはできないのね、と呆れた感じになっていた。

女としては一連の騒動については、絶対に双方（中井と優花）で連絡を取り合っているという大前提で乗り込んでいっただけに、優花のあまりの無知ぶりにはガッカリだった。と同時に空振りの原因となった、撮れ高を供給してくれない優花に腹が立った。お門違いも甚だしい。それだけでも十分失礼なのにさらに女は別れ際、優花に捨て台詞を放ってしまう。

「あれだけの騒動でも連絡を取り合っていないなんて、お父様も優花さんも相当図太い神経の持ち主ですね。（お父様と）お会いになったら、またコメントください」と。

女は一方的に優花のプライベート空間に侵入し、一方的に優花の感情を掻き乱し、一方的に優花の元から去っていった。優花にしてみれば突然見知らぬ女から平手打ちを食らい、その正体も分からないうちに勝手に逃げ去られた様なものだ。ショックだった。優花は女によって時間の感覚を奪われる。一分と言われれば一分だったろうし、一時間と言われれば一時間だったかもしれない。気持ちの整理が付かない優花はその場に呆然と立ち尽くしてしまった。

優花にとっての真空の時間が過ぎ、やっと気を取り直して貴美子の待つアパートへ向かう。道中の電車、バス、移動中の胸の内の感情は本当はぐちゃぐちゃだった。だが、傍から見た優花は、ある一点を見つめて動かない、無表情の人、そのものだった。今は泣けない。あんな女の為に、こんなところで悔し泣きして堪るか！　貴美子に会うまでは泣けない。今は絶対に人前で涙は零さない。そう決めていた。

　帰国して三時間。

　呼び出し音も無しにいきなりドアの外側から鍵が開いて、貴美子は驚いた。無言で優花が入ってきた。もうこの時点で様子がおかしい。

「どうしたの？　電話してもらえれば駅まで迎えに行ったのに」

「…………」

「どうした？」

「…………」

「バスで来たの？　大分待ったんじゃない？」貴美子が優花の顔を覗く。

「…………」鼻を啜っている。目は真っ赤だ。分かった、もう十分だ。貴美子はあれこれ聞くのは止めようと思った。

「我慢してたんだ」

「うん」首を小さく縦に振りながら返事をしたが、声にならない程の小さい声の『うん』だった。優花が貴美子に近づいてきた。抱きしめて欲しい。

「泣いちゃおうか」

　優花は今度は大きく頷いて、泣きながら貴美子の胸元に飛び込んだ。

「うわあああ〜ん」泣いた。我慢していた分を取り戻すように泣いた。大声で泣いた。赤ん坊の様に泣いた。貴美子は優花を抱きしめた。強く強く抱きしめた。

抱きしめた貴美子の愛情に嘘偽りはない。だが抱きしめながらも、貴美子はこう思っていた。

（苦しかった事、辛かった事、いろいろあったのね。戦いの最中は、それを表に出せなかったでしょうから、今は思いっ切り泣きなさい。気がすむまで泣きなさい。でもね優花、上海での電話の感じだと吹っ切れた様子だったから、貴方の事だから笑顔で帰ってくると思ってたのに。意外だったな）優花を決して責めてはいない。あなた弱虫すぎるわ、とも勿論思っていない。だが、貴美子には、今日の優花は、今日の優花の大泣きはやっぱり意外だった。チョット違うな、と思った。率直な感情だった。


感情を爆発させ、思う存分泣くだけ泣くと、気持ちがスッと落ち着いた。貴美子は帰国直後の出来事を優花から聞いた。やっぱり直感は間違っていなかった。

「フフッ、その井原さんっていう人の気持ちも分からないでもないわ。芸能レポーターとしては結構有名なのよ。アタシを知らないの、って顔してたでしょ」

「そうそう、いきなり上からだったからカチンときた。確かに奇麗な人だったけど、わたしは嫌いだな」

「優花ちゃんテレビ見ないものね、ネットもあんまり興味がないみたいで。若い人では珍しいわ。ツアー中も（こっちの騒動）全然見なかったの？」

「それどころじゃない！」

「そりゃあそうね」

「帰りの電車でやっと知ったんだよ。もう滅茶苦茶じゃない！」

「そう、貴女のお父さん、貴女が留守の間にすっかり有名人になっちゃったの。今、日本でお父さんの事知らない人いないいんじゃない。フフフフ」

「笑い事じゃない！」

優花に中井の情報が伝わっていないのは、不自然と言えば不自然な事だった。中井と貴美子が普通の夫婦で、優花と中井が普通の父娘であれば当然この事は優花の耳に入っていただろう。だが貴美子はあえて日本で起きている事を優花に伝えなかった。伝えたところで優花に何のメリットがあろう。ただでさえ苦しい優花の感情をさらに乱すだけだ。貴美子はその判断を間違っていないと思っていたし、後悔もしていない。帰国してからじっくり説明すれば良いと思っていたのだ。

ただ貴美子の誤算は日本のネット民の野次馬根性の凄さだった。まさか、離婚して二十年以上も経った娘の存在を掘り起こしてしまうとは。貴美子は結果的に優花に迷惑を掛けてしまった事を詫びた。

「ゴメンね、優花ちゃん。私もこんな大事になるなんて全く予想外だったの」

「仕方無いわ。それにしてもネットって凄い、マスコミって凄い」

「そうね、だからこれからしばらくあなたもターゲットになってしまうと思うの。本当にごめんなさい」

「ううん、お母さんが謝る事じゃないわ」

「これからどうするの？　試合は残っているの？」

「国内であと二大会あるんだ。それで……」

「それで？」

「結果が出なかったら辞めようと思う」

「………」貴美子は黙って頷いた。貴女の決断を尊重しますよ、という意思表示だった。決断そのものに問題は無い。優花は精一杯やった。引退は決して恥ずかしい事では無い。ただ貴美子はこのあと優花が出場する試合の予想に、一抹の不安を感じていた。この二大会にマスコミの注目が集まる。優花に、いい意味でも悪い意味でも世間の注目が集まる。本来は二面あるはずだ。だが今回優花に注目が集まるのは悪い面一面になってしまう気がしてならなかった。そして貴美子のこの悪い予感はまたも的中してしまう。

田中⑦

中井と田中の世間の注目度の比率は中井9対田中1、田中側を大きく見積もったとしても精々中井8対田中2程度だった。田中があらゆるメディアに対してあまりにも無愛想だったからだ。中井はマスコミに対して皮肉を言う、嫌味も言う。傍からは好き嫌いがハッキリ分かれるタイプだ。対して田中は公の場では終始寡黙だった。これが世間の田中評を低くさせていた。お笑い芸人でいえばネタを書くのは中井、主導権を握るのは中井、勿論目立つのは中井、といった構図だった。最も極端な見方として、田中は「中井のイエスマン」という辛辣なものもあった。田中は気にしていない。むしろその通りだとさえ思っていた。そしてこの傾向は、むしろ田中個人にとっては好都合だった。

田中にとって一番嫌なのは、ボクシングの過去を穿り返される事だったが、それはあまり大きくならなかった。注目を一手に引き受けてくれたのは中井で、中井は田中にとっての防波堤だった。

優花が注目される。中井はもともと注目されている。田中は、田中はどうでもよかった。オッサンに興味はない。優花は客観的に見てフェイスが良かった。ましてやテニスプレーヤーだ、勿論スタイルも良い。優花はルックスが抜群だったのだ。世間がジジイより、若い娘に注目するのは当然だった。この事によって中井（中井が望んだ事とはいえ）と優花（優花はこの様な不本意な形で注目されるのは望んでいなかった）は自らの首を絞める事になる。

田中が、田中だけが今後の試合にマイペースで臨めるのだった。

筋トレ

中井の体形の変化が、周辺の目にハッキリと分かり出したのは五月半ば頃からだった。四月はまだ肌寒い日もあるので、長袖長ズボンで過ごす時間があるが、ゴールデンウィークを過ぎ、初夏の日差しが主役になる頃には、プレーヤーのほとんどが普段から半袖半ズボンになる。勿論中井も例外ではなかった。

半袖Tシャツから覗く中井の胸元、二の腕、半ズボンからはみ出た太腿やふくらはぎの筋肉は、中井がベアーズに入館した頃に比べ明らかに太くなっていた。中井は決して好きではない筋肉トレーニングを去年末ぐらいから取り入れていた。何故？　田中が、田中の体形が、田中の筋肉が、田中のパワーが中井に影響を与えていたのだ。


田中が中井から初めてセットを奪ったのは、ジャガーズ騒動の起こる少し前、二月の下旬だった。いつもの様に3セットマッチを行う。もう中井が簡単に勝つ事はできなくなっていた。内容が競ってきたのだ。しかし結果は中井が2セット先取。中井の勝ちは勝ちだ。ここで田中が食い下がる。初めてだった。潔い田中にしては諦めの悪い提案だった。

「中井さん、勝負が付いてるのは承知の上なんですけど、もう1セットだけ付き合ってもらえませんか？」

「!!　!!　!!」

中井は驚いた表情になる。咄嗟に適切な言葉が返せない。一年前だったらあと5セットだろうが10セットだろうが余裕で応じていただろう。だが今は違う。フラフラだったのだ。四二・一九五kmを最後の最後のデッドヒートでやっとの思いで僅かの差で先にテープを切って、やっと終わったと思ったら実は計測ミスでゴールはもう五km先でしたと言われている様なものだった。中井はマラソンのコースを選定した主催者に、冗談じゃない、もう走らないよ、とは言えなかった。競った相手が、私は走る、と言っているからだ。遂に来るべき時が来た。中井は覚悟を決めた。

「分かった。あと1セットだけ付き合うよ」もう強がりは言わない。言えない。自ら、だけ、と宣言した。この言葉で勝負ありだ。中井はゲームに応じる覚悟だけでなく、負ける覚悟もしたのだ。もう結果は分かっていた。

田中のビッグショットが中井を圧倒する。ビッグサーブ、ビッグリターン。田中はたった一打ですべてを粉砕する。対して中井が一ポイントを取る為には、組み立てをしなければならなかった。ラリーを、打球の応酬を何球か続ける必要があった。2セットを終えた中井にそれはできなかった。体力が限界だった。体が言う事を聞かなければ精神力でカバーという常套句は、今の中井にとってお為ごかしに過ぎなかった。中井は打球を追えない。追わない。追っても追いつかないと分かっているから追わない。諦めてしまっているのだ。勝負以前だった。まさかのゲームカウントだった。中井はこのセット《0−6》のパーフェクトで失う。中井は肩で息をしていた。汗びっしょりだった。目は虚ろだった。中井は勝負師としては失格の言葉を初めて田中に対して吐いた。

「ゴメン！　申し訳ない」貴方のお相手ができずにスミマセン、と言っているのだった。


中井敗戦（本当は敗戦ではない。1セット失っただけだ。しかも練習中の一コマに過ぎない）のニュースは瞬く間にベアーズ内に広まった。一番驚いたのはこの二人だった。

「まさか？　嘘つけ！」秋山が吠えた。

「本当だよ！　中井さんのネットで試合が終了したんだ。そこを俺は見てる。だから間違いない」春日。

「だけど試合全部を見た訳じゃないんだろ」

「そうなんだけど、会員さんが一部始終を見ていたんだ。吉田さんの証言だから信頼できる」吉田氏は会員の中ではジェントルマンで通っている。

「吉田さんが言ってるんだったら本当なんだろうな。で、スコアは？」

「6‐0で田中さんだ」

「そんなバカな‼　あり得ない！」

「俺もそう思った。だけど中井さん、ハアハアしてて、汗びっしょりだったって。明らかに敗者の姿だよ」

「信じられない」

吉田氏が見ていたのは（勝負が決まった後の）第三セットだけだ。この目撃情報だけが一人歩きする。ニュースの見出しでいえば「中井、田中に完敗！」という風に伝わってしまったのだ。二人のやり取りを耳にしていた人物がいた。お待たせしましたの、夏木だった。夏木は一切言葉を発さない。春日と夏木の目が合った。夏木が春日を睨む。春日の動きが止まる。ベタだが、春日は蛇に睨まれた蛙だった。夏木は春日に、眼から強烈なビーム光線を発射していたのだ。「俺の予言覚えているか！」と。

中井は、中井にとってのこのバッドニュースを払拭する必要があった。中井が筋トレのウエイトを

（物理的にも精神的にも）重くしていったのはここを境としてからだった。

五月下旬。

「何か凄くないですか？　最近の中井さんの体」春日。

「ああ、確かにな」夏木。

「田中さんみたいじゃないですか」春日はいい意味でそう言っている。

「………」夏木は何も答えない。

「テクニックにパワーが付いて、鬼に金棒じゃないですか」

「そうだけど……」そうだけど、の後に何か言いたげだったがそれを言うのは引っ込めた。ただ手放しで賛成、というニュアンスでなかった事だけは確かだった。

それぞれの前哨戦

ジャガーズ騒動後。

中井に注目が集まる。中井は負けられなくなった。東京オープン準優勝の看板倒れだけは何としても避けなければならない。中井はサーブとリターン、そしてフォアの一発を強化した。中井は不安だったのだ。今まで通りのプレースタイルで全日本を勝ち抜けるのだろうか？　四十二、もうすぐ四十三歳、長いラリーは続けられない。それにも増して昔の様に華麗な、美しいポイントだけで試合を制する事はできない。身近にそれではダメだ、と無言で教えてくれる奴がいた。田中だ。中井にとって一番の脅威は他の誰でもない。田中だった。

中井は必死だった。生まれて初めて自らの望まない「努力」をした。中井は内心面白くなかった。しかし仕方が無い。勝つ為だった。中井は分かっていた。登山で言えば頂上が近づいている事を。もう転べない。ここからの転落は「死」を意味する。だから負けられない。だから努力を怠る訳にはいかない。そう、自分に言い聞かせた。

そして中井は勝った。勝ち続けた。少なくとも表面上は、中井は最強だった。ここまではパワーショットを身に付けた事は成功に見えた。

ノンプレッシャーの田中も勝ち続けた。国内の試合で、明らかに中井より強い奴はいなかった。今までの敗戦は、単なる経験不足に過ぎない。そして田中は中井に比べ、負けても失うものが無い。年齢は中井と同じ四十二歳だったが、田中にはまだまだ伸び代があった。田中に迷いは無かった。技術的な事は中井から学べばよい。トレーニングも順調だった。すべてが上手く回転している。田中は試合に出れば出る程、勝てば勝つほど強くなっていった。

残るは、そして問題は優花だった。

ちょっとした芸能人扱いだった。あのジャガーズ騒動の張本人、そして東京オープン準優勝者の娘、という看板は黙っていても注目された。そして優花は美しかった。悲しいかな優花は「女子」テニスプレーヤーだったのだ。心無いにわかファンは、優花をアスリートである前に「女」として見てしまう。今回最悪だったのは優花の親世代である、四十代五十代の助平オヤジに目を付けられてしまった事だった。優花の純粋なテニスプレーは見てもらえない。好奇の目は、つまりは優花にとって汚濁の目だった。

優花に全く責任は無いが、この優花フィーバーを快く思っていない選手も少なくなかった。異常に注目される優花は、相手選手にとって迷惑であったのは確かだったが、逆にチャンスでもあった。にわかファンは優花に勝って欲しい。マスコミも優花が勝つに越したことは無い。つまり全体的なムードは、優花頑張れだった。だがこんな状況で優花を叩きのめす事ができれば自分はより目立つ。こんな風に思っている選手こそが次のステージに上がれるのだ。優花をイジメる敵役を買って出なければならない。そしてそのヒールは現れた。

引退間近の三十二歳、沢村真理子だった。沢村は優花の、マスコミの、そしてにわかファンの幻想を打ち砕く。沢村も必死だった。ここで勝てばマスメディアに取り上げられる。まだまだ私も輝ける。そう思っていた。優花は良い所が無かった。見せ場も無かった。そもそもまともな状態でも手強い相手なのだ。精神的に不安定な優花は完敗だった。

残るはあと一大会。負ければ終わりだ。

前回に比べ注目度は圧倒的に少なくなっていた。今回注目されているのは優花ではなく相手選手だった。ドミニカ共和国出身の父と日本人の母を持つハーフの天才少女十六歳。結果は惨敗。モノが違っていた。マスコミは、今度は純粋にテニスの才能を取り上げた。優花が一時的に取り上げられたのは所詮「色物」扱いに過ぎなかったのだ。

その日の夜、貴美子の元、優花は泣いた。梅雨の終わりが近い事を告げる豪雨の夜だった。大きな雨音と大泣きの優花の泣き声が同化する。優花は雨と同じ量の涙を流した。今度の涙は今までとは違う。誰のせいでもない、優花が自分で自分の限界を悟った涙だった。暗い、絶望的な涙だった。最後に勝って終わり、などという奇麗な引退など現実には無かった。

その数日後、中井と田中が貴美子のアパートに転がり込む。梅雨明けの、その日だった。

貴美子のアパート③

七月の半ば。気象庁が梅雨明け宣言をした日。貴美子のアパート。中井ファミリー（中井、貴美子、優花）＆田中。

優花が日本に帰って、貴美子のアパートにまた四人が揃った。そして普通に食卓を囲んで夕飯を取る。もう珍しい事では無い。もはや彼らは家族同然だった。

食事はしているが四人共無言だった。優花に元気が無い。暗いムードだった。目標を失った優花に、中井は勿論、貴美子でさえも軽々しく言葉を掛ける事ができなかった。こういう時、今までだったら貴美子が雰囲気を変えてきた。だがさすがの貴美子も今日ばかりは切っ掛けを失っていた。優花自身がダメ、貴美子もダメ、中井は勿論ダメ、となるとあと残されているのは田中だけだった。田中は頑張った。田中は空気を読んだ。田中が珍しく、柄にもなく、進んで彼らのムードメーカーになったのだ。

「梅雨が明けましたね！」

「……」「……」「……」

初めて、だったはずだ。この四人が集まって、田中が意識的に会話の口火を切ったのは。それだけ田中としては勇気を振り絞っての事だった。だが三人は冷たかった。田中の問い掛けに温かいリアクションを取れるほどの余裕は、三人には無かった。黙々と御飯を食べ続ける。

「ジメジメした季節がやっと終わりましたね」同じ事を言っているだけだ。もうちょっと気の利いた言い方がありそうなものだ。またしても三人は無視。だが無視しているのは表面上だけで、本当は貴美子も優花も田中の問い掛けに答えてやりたいのだ。だがあまりにも田中のチョイスするワードが陳腐過ぎるので、リアクションの取り様が無かった。二人は心の奥底では同じ気持ちだった（ゴメンね、田中さん）。

追い込まれたが、田中はここで引き下がる訳にはいかなかった。田中は田中で心の中で自身を鼓舞する。（頑張れ！　自分！）と。もう開き直るしかなかった。ええぃ！　こうなったらいったれ！

「梅雨が明けて、夏の晴れやかな空になった様に、涙の優花さんからいつもの笑顔の優花さんに戻りますように」優花、ちゃん、とは言えず優花、さん、止まりだった。まだ照れが残っている。それでも田中、一世一代のポエムだった。

「…………」三人の食事の手が止まった。一瞬間が空いてそのすぐあとだった。貴美子だった。

「プッ！」ご飯を噴き出した。

「プッ！」ほぼ同時に優花。優花が噴き出したのは味噌汁だった。中井がすぐ反応した。

「ああ〜ぁ。汚ねえなあ、お前ら」中井は怒った。だが本当は怒っていない。貴美子と優花に怒ったフリだけはしたが、全然怒っていない。中井も心の中で、田中に死ぬ程感謝していたのだ（いいぞ！大将！）。

「ゴメンゴメン、だって田中さん、アハハハ！」「アハハ！　アハハハ！」貴美子も優花も笑いが止まらない。中井も大声こそ出さないが、普通の表情を保つのは不可能だった。顔が歪んでしまってどうしようもない。

「大将何言い出すんだよ。や、め、ろ、よ。フフッ、フフフッ！」ダメだ。中井の笑いのダムも決壊してしまった。中井も笑いが止まらない。

「アハハハハハ‼」導火線に火が付いて笑い爆弾が爆発した。もう言葉は要らない。しばらくは笑い疲れるまで笑い続けよう。三人はそう決めた。

大笑いすると自然と涙が出てきた。人間は、笑うだけで生理的に涙が出るものなのだが、今三人に流れている涙はそれだけではなかった。中井も貴美子も、そして特に優花は感動していた。心揺さぶられる程に感動していた。感動、だけ、で涙する姿を見られるのは恥ずかしかった。だから笑い泣きのフリをして泣いた。笑い泣きだけで流れる五倍も十倍もの涙の量で泣いた。ただただ、田中の優しさが嬉しかった。

人殺し

四十三歳になった中井と田中の目標は、秋に開催される全日本選手権大会だった。これは既定路線だ。だが中井はともかく田中は実感が無かった。春日の言った「田中さん、全日本に挑戦するらしいですね」がまさか現実になるとは。二人は夏から秋を最高の状態で乗り越え、全日本に出場する権利を得た。

問題は優花だった。優花は引退するはずだった。自分でもほとんどその気でいた。だが梅雨明けのあの日の田中の言葉が忘れられない。

「引退はいつでもできます。でも先ずは一旦体と心を落ち着けてみてはどうでしょうか?」田中が珍しく自分の意見をハッキリと言った。

「どういう事ですか?」優花ではない。貴美子が訊ねた。中井もそう思っていた。

「人の気持ちというのは他人には分かりません。周りがどんなに引き留めても本人の意思が固ければやる時はやるし、逆に周囲の人にどんなに励まされても、本人がダメな時はダメなんです」

「?・?・?」三人揃って?だった。田中は何を言いたいのだろう?

「優花ちゃん、少しの間何もしないでボーッとしてみたら」優花、ちゃん、と言った。田中としては精一杯の親近感アピールだ。

「?」優花は意外な提案に戸惑う。田中が続けた。田中が自発的に喋るだけでも十分珍しいが、喋り続けるのはもっと珍しい事だった。

「優花ちゃん、俺の、あくまでも俺の場合なんだけどね。俺はあのあとどんなに周りに復帰を促されてもダメだった。ボクシングについては完全に終わったんだ。でも今テニスを始めて、中井さん、優花ちゃん、あ、最初は美澄コーチとしてだけど、そして貴美子さん、春日君、秋山君、夏木ヘッド、いろんな人と出会って……」

(出会って、それから?)三人共そう思っていた。そして優花は春日を春日、君、と言う田中の紳士的な言葉選びに、内容とは別に感心していた。

「もう止まらないよ。貴美子さん、もう止められないですよ。俺のテニスへの情熱は。今誰かに辞めろと言われても絶対に辞められない。傍から見ると四十三歳でテニス歴僅か三~四年で全日本挑戦なんて正気じゃないと思われるかもしれないけど、俺は絶対に辞めない。本人の意思とはそういうものです。最後の最後は周りは関係無いんだ。それと……」

「それと?」優花が聞いた。

「負けたくない。負けると凄く悔しいんです。この気持ちが継続している限りは年齢は関係無い」

「………」三人がまた黙る。田中の話がまだ続きそうだったからだ。

「で、優花ちゃん、俺如きが言うのは本当に僭越なんだけど」

「………」無言だったが、優花はしっかりと田中に顔を向けて聞いている。

「今の状況で、もし少しでも悔しいという気持ちが残っているのなら、辞める必要は無い、っていうか辞めるべきでは無いと思うんだ。あ、念を押しておくけどあくまでも決めるのは優花ちゃん自身だよ。だけどそれを今この場で決める必要は無いって事。心身共に健康を取り戻してからで十分大丈夫だよ」田中と優花の距離感は微妙だ。元コーチであるから敬語で話すべきだが、そればかりだとよそよそし過ぎる。田中が優花に話す時はタメ口と敬語が混ぜこぜになってしまっていた。

「……………」優花はなおも無言だったが大きく首を縦に振った。田中のタメ口は却って嬉しかったし、その表情は明らかに精気を取り戻している。そして、そして優花の気持ちをグッと楽にさせたのは次の田中の言葉だった。田中は自虐的に、ユーモラスに優花を励ましたのだった。

「テニスの引退の決断とか、そんな悩みどうって事はないよ。俺なんか人殺しなんだから」

あと二か月

「えっ！　三人揃って出るの？」

春日がこの情報を得たのは八月下旬の事だった。情報源は秋山からだ。こういった類の情報戦で秋山に先を越されたのは初めての事だった。何やら秋山から春日に報告事項があるらしい。

「で、この件についてなんだけど」

「チョ、チョット待って。その前に何でアキが知ってるのか教えて！」秋山にいつも言われているセリフを今日は春日がそのまま言った。

「だって本人から聞いたもん」今度は春日のいつものセリフを秋山が言った。

「本人？　誰に？」

「優花からに決まってんじゃん」立場が逆になっただけで、同じ流れの会話だ。春日は中井と田中の両人が出る気マンマンの事は知っていた。だが優花は無い、と踏んでいた。少し前までの沈んだ様子からすると考えられない事だったのだ。

「優花？　優花本人が出るって言ったのか？　いや待て待て。本人が出るって言ったって予選があるんだぞ。予選はどうするんだ？」

「何言ってんだ。予選から出るに決まってんじゃん」

「そうだろう。じゃ、負けたらどうするんだ？」

「負けたらその時点で終わりだよ。ジ・エンド。美澄優花さん、現役引退だ。その覚悟だってさ」

「簡単じゃないぞ。本選までは長い道のりだ。あんなに落ち込んでた優花がよくやる気になったな。どうやってモチベーションを上げていったんだ」

「だ、か、ら、これからそれを話すから」

秋山は優花の心境の変化や、事前に夏木から指示されていた全容を春日に説明した。十月下旬から十一月初めの期間に行われる全日本選手権に向けて、九月十月をどう過ごすかという事だった。思い切った戦略だった。

「ええっ？　俺が優花見るの！」春日は驚いた。

「そう、頼むよ、かすがさん」

「頼むって、じゃアキはどうなるんだ？」

「俺は優花のヒッティングパートナークビだよクビ。ハハハ」クビと口にしている割には秋山は晴れやかだった。

「笑ってる場合じゃないだろう、一体どうなってるんだ？」

「俺は田中さん担当になった」秋山は春日が聞いてもいないのに自分の事を言った。ん？　優花が自分、田中が秋山、となるとあの男が余る。あの男はどうなる？　春日は即座に思った。

「エッ、エッ、じゃ、な、中井さんは？」

「ナツ、おっと夏木ヘッドコーチがご担当だ！」

「！！！」いきなりの人事異動で春日は頭の整理が付かない。その割に秋山が雄弁だ。春日は真相が聞きたい。

「説明しろ！」半分怒った様な、半分笑った様なトーンで命令形だった。

「ハイッ！　ご説明させていただきます。かすがコーチ」秋山は春日をおちょくった様な言い方で説明を始めた。

夏木の案だった。いつもと反対の立場が秋山にとっては痛快だった。

夏木は真剣だった。夏木は秋山に、今まで培ってきたコーチとしての経験を、この二か月ですべて注ぎ込むつもりだと語った。

「って事は俺は消去法か」

「そんな事は無いよ、ハルが適任だと思ってヘッドが抜擢したんだ。それを言ったら俺はクビになってる訳だし、考えようによっちゃあ俺だって消去法の人事だ」

「そうだよな、あの中井さんをコーチングできる人っていったらうちではヘッドしかいない。優花が俺担当って事になると残りは田中さん。俺では中井さんは勿論今は田中さんでも手に負えない。となるとやっぱりアキぐらいの（テニスの）実力が無いとダメだよな」春日は謙遜した。だが、秋山は秋山で重圧を感じていた。

「持ち上げてくれるのはありがたいけど、俺は自信が無い。今の田中さんはメチャクチャ強い。それだけじゃなく日に日に上手くなっている。この状態を維持、さらにレベルアップさせなくちゃいけないなんて、正直荷が重いよ」

「その通りだな。この件についてヘッドは何て言ってるの？」

「教える必要は無いってさ。確かに今の田中さんに教える事なんて何も無いよ。ヘッドから言われたのは試合形式の練習中心で行けって。むしろお前がチャレンジャーの気持ちで行けって。死ぬ気で田中さんに喰らい付いて行けってさ」

「三年前は初級クラスのスクール生の一人に過ぎなかったのに。気が付いたら俺たちの方が挑戦する立場になっちゃったな。でもそれにしてもヘッドは何故中井さんと田中さんを引き離したんだろう」

「ああ、それについても言及してた。今の中井の実力と田中さんの伸び具合なら全日本の本選で当たる可能性が無い訳では無い、いや十分可能性がある、ってヘッド大真面目に語ってた。俺も以前ならあり得ないと思ってたけど」

「その可能性がある二人を、ベアーズの同じコートで今まで通り練習させる訳にはいかない」

「うん、そういう見方もあるけど、ヘッドはまたちょっと違う角度からのアプローチだな。言ってみれば親離れ子離れだよ」

「なるほど、分かる分かる。ライオンの、雄ライオンの世界みたいな」

「ああ、ピッタリの例えだ」

「ヘッドの方針、大体分かったよ。で、俺は優花とどう接すればいいの？」

「俺と逆のやり方」

「逆？」

「いきなりこんな事言われたって分かんねえよな。俺ヘッドに言われたんだけど、ヘッドに言わせれば俺の指導は真面目過ぎるらしい」

「真面目過ぎる？」

「ああ、言われてみて気が付いたんだけど、俺のやり方は選手を追い込んじゃうらしいんだ」

「そうかなあ、ちゃんと優花の事考えてやってたと思うんだけど」

「優花自身が自分を追い込んでいたからな。確かに大変だったな、ってヘッドも慰めてくれた。だけど追い込むだけ追い込むと、あとは開き直る事も必要だって教えてくれた」

「なるほど」

「優花は追い込まれて引退を考えている。だけど思い詰めてはいけない。いいか、これ、俺が言ってるんじゃなくてヘッドが言ってるんだぞ」

「分かってるよ」

「だから最後は楽しめ、って。最後のキャリアを思いっ切りテニスを楽しませてやるべきだ。そう言ってた」

「その手助けするのが俺って訳か。でも優花は？　いや優花だけじゃないよ。田中さんも、中井さんも、ヘッドの人事に納得したのか？」

「ああ、全員納得だ。そもそもこの事をハルに報告するつもりで話し掛けたんだぜ」

「そうか、話をよく聞かなくて悪かったな。それにしてもあと二か月か。優花が優勝して、中井さんと田中さんが決勝で当たって、そんな事になったら最高だな」

確かにそんな事になれば最高だ。だが現実はそんな事にはならなかった。

本選まで

「太ったんじゃない？」春日らしいアプローチだった。

「嫌だ！　最低！　もう、レディーに対して、信じられない！」そうは言ったものの優花は嬉しそうだった。確かに体重は（あのガリガリだった時と比較すれば）増えたが体調は頗るよくなった。優花は、八月はこれといったトレーニングをせず、肉体のリカバリーと精神のリフレッシュのみの時間に充てた。果たしてそれは正解だった。肌に艶があった。目が輝いていた。何よりもいつもの笑顔が戻っていた。

「アイスとかケーキとか食いまくっちゃって、もう豚じゃん。これから地獄の特訓でガッツリダイエットしてもらうからそのつもりで。あ、遅れました。わたくし『新』コーチ兼ヒッティングパートナーのかすがと申します。どうぞ宜しくお願いいたします」

「初めまして。『豚』の美澄優花と申します。嫌だけど、コーチさせてやるんで、宜しくお願いいたしやす」

「何だ嫌だけど、って。それからいたし、やす、ってのはなんだ！　お願いいたし、ます、だろ！」

「ます」

「最初から言え！　お願いいたします、だ」

「おねがいし、やす……やすしきよし……」

「てめえ、舐めてんのか！　殺すぞ！」

秋山には絶対に引き出せない優花の一面だった。優花はベアーズでは終始優等生で通ってきた。秋山に対してもそうだった。秋山自身のパーソナリティもあるが、少なくとも優花は、教える立場と教わる立場の姿勢の在り方については厳格な線引きを自分自身に課してきた。教わる側が口答えするなど、とんでもないという事が深層心理としてあった。悪い事では無い。だが一面で、この凝り固まった考え方が優花自身の足枷になっていた事も事実だ。だが春日に担当が代わる事によって、優花は自分自身の殻を破れそうな感触を得ていた。

春日の実力が秋山に及んでいない事は、春日自身は勿論優花にも分かっていた。だがテニスが上手いイコール教える事が上手いとは限らない。いや、上手い下手、強い弱いではなく、選手とコーチとは要は相性なのだ。秋山のコーチングが決して悪い訳では無い。ただベストでは無かった。そして今この時に限って言えば、優花のベストコーチは、ベストパートナーは春日だった。優花は春日に対して思った事はすべて口にした。春日もそれに答えた。お互いの意見を胸の内にしまっておく様な事は無かった。つまり優花は余計なストレスを感じずに試合に臨めていたのだ。

そして結果は、良かった。やはり良かった。予選を勝ち抜いた。優花は滑り込みではあったが、全日本選手権本選の出場権を今年も獲得したのだった。

中井はどうだったか？

中井は負けない。負けないのだから結果勝っているのだが、連戦連勝という表現は当てはまらない。中井は敗戦を酷く恐れていた。中井は一試合一試合を、真面目に、取り組んだ。悪い事では無い。誰がこの姿勢に、この結果に文句が言えよう。文句が無いのは夏木も例外ではない。だが夏木は物足りなかった。物足りないだけではなく、一抹の不安が残るのをどうしても拭い去り得なかった。

中井と夏木は、お互いに言いたい事を言おうと誓い合った。中井はベアーズテニス倶楽部のお客様、そして夏木はそのクラブのヘッドコーチである。従って厳密には夏木は「中井さん」と呼ばねばならず、逆に中井は「夏木コーチ」あるいは「夏木ヘッド」と呼ぶのが礼儀だ。だが、二人はお互いを呼び捨てにした。「中井！」「夏木！」これでいい。

夏木は中井に遠慮などしない。そんな根性無しではない。中井は夏木を下に見ていない。そんなチンケな男ではない。だが夏木は中井にどうしても踏み込んで行けなかった。どうしても意見できなかった。確かに夏木は二十二年前中井にボロ負けをしている。その負い目が夏木にブレーキを掛けさせているのかもしれない。もしかしたら百分の一ぐらいは影響しているかもしれない。全く無いと言えば嘘になるだろう。だが夏木が中井にどうしてもアドバイスできなかったのは、中井の真っすぐな姿勢が、そして今までの中井とは正反対ともいえる真面目さが原因だった。

夏木は分かっていた。最近の中井の筋肉の付き方は異常だ。短期間で身に付いた筋肉としては不自然だ。もしこの筋肉を手に入れるのであれば、もっと時間を掛けるべきだった。中井は本当は好きでもないのにランニングもよくやった。ウエイトトレーニングも必死にやっている。

何故か？　身近にいる田中が同じメニューを軽々熟していたからだ。人にはそれぞれその人に見合ったトレーニング方法がある。田中には最適でも中井にとっては違っていた。中井は、明らかなオーバーワークだったのだ。

夏木はそれを言えない。それを指摘できない、忠告できない。

何故か？　結果が出ていたからだ。勝ち続けている以上、口出しはできない。確かに中井のショットは全体的に「重く」なった。表面的には中井は強くなったように見えた。事実試合には負けていない。だが中井はその勝利と引き換えに自分の体と精神を差し出していたのだ。中井は実は一杯一杯だった。この事を中井は自分で分かっていた。その分かっている事が夏木にバレている事も分かっていた。だが中井は止まらない、止められない。

積載重量オーバーのトラックが急な上り坂に挑んでいる様なものだった。ブレーキは掛けられない。アクセルを踏み続けるしかない。だが坂道はまだまだ続く。頂上は遥か先だったのだ。

田中は？

田中は問題が無かった。予選から他を寄せ付けなかった。練習試合で秋山は田中に全く歯が立たなかった。田中は秋山の弱点を見抜き、それを指摘してやる余裕すらあった。今は、かつて草トーナメントに出始めた頃の田中が秋山であって中井が田中だった。田中だけが強くなる一方だった。

全日本選手権前半戦

優花が強い。優花は予選から本選まで勝ち続けた。一回戦、二回戦、勝った。

「おめでとう！　絶好調じゃん！」

「ありがとう！　また勝っちゃった」

「コーチがいいと、ここまで変わるもんかね」

「ホント！　感謝してます、春日めいコーチ！」

「『めい』は迷うじゃなくて名前のめいの方だろうな。それにしても第一セットの相手のセットポイント、よく凌いだな。あそこでセカンドを思い切ったのが勝因だ！」

「リターンエース取られるぐらいならダブルフォールトでもいいと思ったの。結果オーライね」

「いえいえ、何を仰います美澄選手、貴女の実力ですよ」

「エヘヘへ、どーも」

上手く回転していた。春日は具体的なショットのアドバイスや指示はしていない。ただ二人の仲での約束事は、後悔の無い様にしよう、それだけだった。そう決めた途端優花に迷いは無くなった。チャンスの時、そしてピンチの時でもショットの選択はハッキリしていた。優花はすべての試合に楽勝している訳では無い。ただ負けなかったのだ。相手選手にではない。自分に、自分自身の中の弱気の虫に負けなかった。勝敗を分けていたのはその差だけだった。

田中も強い。田中も勝ち続けた。田中のプレーの特徴は何といってもビッグショットだ。十回二十回のラリーで、やっと相手選手が一ポイントを取る。だが次のポイントはビッグサーブ一発でポイントを取り返す。相手は気持ちが萎える。途端にやる気を失ってしまう。対戦相手はプレーを継続する事が馬鹿馬鹿しくなってしまっていた。優花の辛勝に対して田中のそれは圧勝の連続だった。

中井も強い。中井も負けなかった。ただ二十二年前の東京オープン準決勝までの様な勝ち方では無かった。中井はヒット・アンド・アウェイを使わなかった。使えなかった。フットワークに以前のキレが無い。リング中央で相手と打ち合わさるを得なかった。中井のパンチは以前より重くなったかもしれないが、中井自身も相手のパンチを浴びていた。傷だらけだ。それでも勝った。ギリギリで踏み止まっていた。

トラックのアクセルはベタ踏みだった。だが前に進んでいない。道のりはもう一山も二山も残っていた。中井のエンジンはオーバーヒート寸前だった。

全日本選手権後半戦

「第一シードか、どうする？　優花」

「変わらない！　今までと同じ戦いをする！」

「うん、それでいいと思う。悔いの残らないように。頑張れ！」

「ありがとう！　行ってきます！」

実際に会話を交わしたのは春日だったが、春日は今まで優花を支えてきた、応援をし続けてきたすべての人達の代表だった。優花は誰に対してでも同じ様に答えただろう。相手は第一シードの千葉くるみ。失うものは何も無かった。


メインコート。観客も入っている。マスコミも集まった。優花を改めて追っかけてきた。今度は色物ではない。純粋にテニスプレーヤー美澄優花としてだ。そして優花はファミリーボックスに生まれて初めて貴美子を招待した。その隣に田中がいる、そのまた隣に中井がいる。中井は貴美子と直接隣接する席は選択せず、田中をクッションにおいた。明らかな照れ隠しだった。そして春日がいる、秋山がいる、夏木が、近藤が、何と有栖もいた。ベアーズオールスターズだ。特別だったのだ。今日は優花にとって特別の日だった。

優花は第一セットを奇跡的に取る。

大歓声だった。優花は無心だった。勝敗の事は微塵も考えていなかった。ただ目の前の一球一球に集中した。千葉の出来が悪かった訳ではない。優花が良すぎたのだ。優花はゾーンに入っていた。セカンドサーブでノータッチエースを取った。リターンダッシュしてネットでポイントを取った。ラリー戦も粘り勝ちした。百二十点だった。ファミリーボックスはガッツポーズの連続。大騒ぎだった。

第二セットは競り負け。

百二十点は九十点ぐらいに下がっていたが決して悪くはない。ただ千葉も自身を九十点に上げてきた。こうなると基礎点の差がそのまま総合点の差になる。同じ九〇km／hを出すのでも軽自動車とハイブリッド車では負荷が違う。優花は頑張ったが最後のサービスゲームをブレイクされて第二セットを失った。

第三セット。優花ガス欠。

このSAの先一〇〇kmガソリンスタンドありません。北海道とか、地方の高速道路でよく見る看板だ。全力で走り切った優花のタンクには、もうガソリンが残っていなかった。そして優花はガソリン補給ができなかった。

最終的にはやられたい放題で完敗。

サーブは悉く《ことごとく》打ち返された。ノータッチのリターンウィナーを何本も取られた。千葉のファーストサーブの確率が上がってきた。優花は触れない。ネットダッシュも効果が無かった。簡単にパスを通される。長いラリーも最後に決めるのは千葉だった。ゲームカウント《5－0》ファイブラブ。勝負ありだ。だが観客は最後まで優花を温かく見守った。優花の戦う姿勢に惜しみない拍手を送った。優花は決してアンフォーストエラーを犯さなかった。千葉がウィナーでポイントを取る。美しい。結果では無く、内容に観客は酔いしれた。このセットの中盤辺りからファミリーボックスではこんな会話が繰り広げられていた。

「錯覚かなあ？　優花、笑いながらプレーしてるように見えるんだけど」春日が呟いた。

まさか！　試合中に、とは誰も言わなかった。ファミリーボックスだけではない。観客のほとんどが気付き始めていた。フラフラでヨレヨレの優花がプレー中に笑っている。笑いながらラリーをしている。対して千葉は終始顰《しか》めっ面だ。勝負中だ。千葉の表情が正解なのだ。でも優花は微笑んでいる。間違いない。優花は笑顔だ。笑いながらプレーしているのだ。

「見間違いじゃないよハル、笑ってるよ！」秋山が春日の呟きをフォローした。

「笑ってる、笑ってる、優花笑ってる！」夏木も近藤も有栖もそれを認める。

「笑ってますよ、貴美子さん」田中が耳打ちした。貴美子の瞳は潤んでいた。泣く寸前だ。

「優花が試合を楽しんでいる姿を初めて見ました」貴美子。残るは中井だ。大騒ぎのファミリーボックスの中で唯一中井だけが無言だった。ノーリアクションだった。だが表には出さないが、世界で一番優花を応援しているのは中井だった。中井は心臓のバクバクが止まらない。ここで大声でも出そうものなら破裂してしまうと思った。だから黙っていたのだ。試合が最終盤に差し掛かる。会場が騒めいてきた。

「美澄！　頑張れ！」「ファイト！　美澄！」美澄、と応援しているのは一般客だ。応援しているのには間違いないが、まだ応援慣れしていない。親密度が足りない。まだ美澄、と苗字を叫んでいる様では本物ではない。グランドスラムでフェデラーを応援するのに、ナダルを応援するのに、フェデラー頑張れ、ナダル頑張れ、と言うだろうか？　違う。「カモン！　ロジャー！」「カモン！　ラファ！」だ。彼らは必ずファーストネームで声援を送る。だからファミリーボックスからは勿論ファーストネームで「優花！　頑張れ！」「ファイト！　優花！」だ。しかし中井が、中井だけが声を出していなかった。

マッチポイント。優花のラストサーブ。

マッチポイントになって観客とファミリーボックスの声援はクライマックスとなった。美澄！　美澄！　優花！　優花！　騒めきが、手拍子がしばらく治まらない。優花は最後の集中に入る為この声援が止み、静かになってからサーブを打つ事にした。優花の気持ちが観客に伝わってやっと会場がシーンとなる。この一瞬の間だけは、優花のトスの前の玉突きのトントンという音が聞き取れた。それぐらいの静寂だった。その時だった。

「カモン！　ユウカ！」オッサンの声だ。会場中に響き渡る大声だった。中井だった。

会場が響《どよ》めく。その声の主《ぬし》が中井と分かると、その響めきはさらに大きくなった。観客は一瞬で理解した。オヤジが娘に純真無垢に只々声援を送っている。そう分かると次は拍手だった。ウォーと大声を出しながらの大拍手だ。これがまたなかなか終わらない。凄い一体感だ。優花が笑った。苦笑いだ。でも凄くいい笑顔だった。当然サーブを一旦止める。優花が声の主に頭を下げた。また拍手が起こった。貴美子はもうダメだ。試合終了を待たずして号泣していた。また間が空いてもう一度静寂。

ファーストサーブ、フォールト。セカンドサーブ。この大会優花はこのセカンドサーブで自分を救ってきた。フゥーと大きく息を吐き深呼吸。優花の気持ちは決まった。ダブルファーストだ。ただ入れるだけのサーブは絶対打たない。優花の心臓音が聞こえてきそうな位の会場の静まり具合だった。そしてこれが最後の静寂だった。

フルスイング。スイートスポットにシッカリ当たった。打球感は悪くない。スピードも速い。だが結果は、

ネット。白帯部分に当たった。「パーン！」いう音で試合は終わった。

「嗚呼──」会場は溜息に包まれた。だがそれはその時だけだった。両者の、特に優花の大健闘にまた称賛の大拍手だ。優花が千葉に駆け寄る。握手する。抱き合う。満面の笑みだった。すべてをやり終えた安堵の表情だった。清々しかった。もう悔しくなかった。田中の言った、負けて悔しいうちは続けるべき、の言葉に意味は無くなったのだ。優花は今この時この瞬間、引退を決めた。二十二歳の若さだった。

ファミリーボックスの中井と田中は、優花の試合終了と同時に次の自分の準備に取り掛かった。このあとすぐそれぞれに試合がある。優花には申し訳ないが、二人とも感傷に浸っている暇は無かったのだ。

二十二歳で早々に引退を決めた優花に対し、四十三歳のオッサン二人は現役でいた。二人ともまだ若かった。特に田中のオッサンは若かった。競技年齢というものがある。優花の場合は十歳から競技を始めているのでキャリア十二年だ。中井は空白の時間があるがそれでも累計十年以上は確実にやっている。それに対して田中の競技年齢は正味たった四年だ。田中の言う、田中が感じている今現在進行形の「負けて悔しい」はベテランの優花と中井の感じ方とは全く違い純粋で単純なものだった。田中は只々勝利に向かっているだけだ。迷う事など何も無い。真っすぐ前に進むだけだったのだ。

中井はどうだ。中井は田中から、累計何百セットもやって、たった、たった一セットを最近取られただけだ。言ってみれば中井と田中の対戦成績は、中井に不利な様に集計しても中井の九十九勝一敗に過ぎない。健康な体に刺さった小さな棘程度なのだ。だが中井はこの棘を、この一敗を酷く気にした。

田中は目の前の対戦相手に全力で向かって行って勝つだけ、という姿勢でこの全日本に臨んだ。中井も同じ気持ちで行けば良い。傍からはそう思われる。だが中井はこの全日本で目の前の選手に勝っていながら、勝ち続けていながら、本当は全然別の相手と戦っていた。田中だった。田中の能天気な気持ちとは裏腹に、中井は田中を必要以上に意識していた。

田中は中井にとってのスパーリングの相手だった。中井は肌で感じていた。分かっていた。公式戦で対戦する他の誰よりも、田中のパンチの方が鋭い事を、重い事を。そしてそのパンチを喰らえば一発で倒されてしまう事を。中井はできる事なら田中と対戦するのは回避したいと願っていた。中井はまだ実際に対戦している訳ではないのに、田中という幻影に恐怖していたのだ。

対照的な内心ではあったが、結果は二人とも勝ち進んだ。二人は二人とも三連勝。ベスト8まで駒を進めていた。中井と田中のトーナメントの山は反対側。従って、もしさらに勝ち進めば二人が対戦するのは決勝という事になる。

すわ、周辺は色めき立った。あのジャガーズ騒動からおよそ半年。中井と田中は再びマスメディアの中心に位置する事になる。気の早い雑誌では、因縁のペアが今度は敵になって決勝で対決か？などと書き立てた。そしてベスト4を掛けて先に戦ったのは中井だった。対戦相手が決まった。若手の木村豪志だ。木村は粘りが信条のストローカーだがこれといった武器は無い。引き出しの多い中井にとって、木村はさほどの脅威では無いという見方が大勢だった。

会場入り。中井の様子がおかしい。

中井の顔が最初から青ざめていた。試合前のストロークラリーの段階から動きも硬い。異変をベアーズのスタッフ全員がいち早く感じ取っていた。もっと自信満々で、余裕綽々《しゃくしゃく》で臨んでいい相手のはずなのに。

第一セット。周囲の心配を他所に圧巻のプレーであっさり奪取。

お前のストロークに付き合う気は無い！　そう意思表示をしたかのようなプレーだった。中井はここ数か月掛けて改善してきたビッグショットで圧倒する。一発で決めるフラットサーブ。一発で決めるリターン。ラリー戦では強引にウィナーを狙った。悉く決まった。中井は周囲の心配を打ち消す。表面的には格の違いを見せつけているかの様だった。

第二セット。強打の精度が落ちる。

中井の戦い方は変わらない。ストローク戦をするつもりが無いのは同じだ。ただアンフォーストエラーの数が極端に増えた。第一セットの中井の出来を百点とするのなら、第二セットはその半分の五十点にも満たなかった。中井のショットの精度のズレの原因は下半身にあった。上半身を同じ様に動かしたつもりでも、その土台となる下半身の動きが少しでも狂っていると、結果は全く違ったものになる。中井は中井本来のフットワークが取れなくなっていた。細かい、微妙なステップが踏めない。中井は試合開始直後から不安だった。鍛え上げたつもりの太腿とふくらはぎがパンパンになっていたのだ。木村は何もしていない。何もする必要が無い。中井が勝手に強打して勝手にミスしていただけだ。

木村はバッターボックスに只立っているだけで良かった。ピッチャー中井の球はなるほど速い。速過ぎる程速い。だがこの速過ぎる事がいけないのだ。バッター木村は球が速過ぎて手が出ない。手が出せない。手が出せないから只バッターボックスで突っ立っているだけになる。だが結果としてこれがいい。押し出しのフォアボールで自然に得点が入るからだ。フォアボールという事は少なくとも四球無駄な球を投げた事になる。しかもその四球は四球とも全力で投げている。中井はいたずらに自らの体力を消耗させてしまっていた。第二セットは中井の独り相撲だった。中井は自分のサービスゲームを二つ失って、このセットを落とした。

第三セット。中井が動けない。

中井が全く動けなくなった。第一セットとは別人だった。第三セットはオッサンどころかお爺ちゃん中井だった。こういう姿は、トッププレーヤーであればファンに見せてはならない。見せるべきではない。昔の中井ならあっさり棄権していただろう。だが中井は戦った。中井の肉体が限界を越えていた事は、自分は勿論傍から見ても明らかだった。それでも中井は戦った。中井は今日この日、今の今までも『正々堂々』に拘った。中井の動きは最低だった。だが会場は中井を見捨てなかった。中井の試合態度が真摯だったからだ。あの時の、あのカラスと戦った時とは違う。中井は苦悶の表情で精一杯のプレーを続ける。もう強打できない。打球も追えない。その中でも中井は中井なりのベストショットを選択してそれを実行した。一発で決めるのでなく組み立ての戦略。中井はドロップやロブを使った。中井本来の、得意のタッチ重視のショットだ。そしてそれが功を奏してきた。こういう時、相手は相手でやりにくいものだ。中井はその心理状態を巧みに利用した。何も恥ずべき事ではない。これが今の中井が見出した中井なりの『正々堂々』なのだ。

最後は正々堂々と戦って勝利。

中井リードで《5－4》ファイブフォー。木村のサービスゲーム。中井がブレイクすれば試合終了だ。木村にビッグサーブはない。第一セットと同じように強烈なリターンを打ち込めばそれで良い。会場の誰もがそう思っていた。だが中井は安易なリターンエースを狙わなかった。確実に相手コートに打ち返してあえてストローク戦にする。序盤とは反対で、お前の得意の形を受けて立つ、と意思表示したのだ。ここでこの試合初めて木村の望む形となった。だが木村にとってこれはプレッシャーだった。今までのポイントは中井が呉れて遣ったものだ。中井から拾ったものだ。今度はそうはいかない。ストローク戦になった以上、木村は自分からポイントを奪いに行かなければならない。中井の賭けだった。中井はラリー中こう誘っていた。木村よ打ってこい。自分からポイントを取りに来い。お前のパンチの力はそんなものか、俺には全く効いていないぞ、と。

あの日のアリだった。最後の最後に中井の採った戦法は一九七四年十月三十日のキンシャサの奇跡そのものだった。

ストロークラリー。中井は我慢強く繋ぐ。木村が焦れる。クロスへ強打。中井ダウンザラインへカウンター。これが決まる。歓声が上がる。またラリー戦、中井は打たない。木村がアプローチ。ネットを取る。中井、これを待ってましたとばかりパッシング。また決まる。拍手喝采。またラリー戦。中井は強打しない。山なりのボールをとにかく深い所へ返す。木村が無理に強振。アウト。マッチポイント。中井はフラフラのヨレヨレ。肩でゼイゼイ息をしていた。木村がそれを見ていた。最後のラリー戦。中井は強打しない。とにかく繋ぐだけだった。木村は中井がへばって勝手に自滅すると判断ミスをした。木村も強打しない。凡庸なストロークラリーが続く。中井の甘いショットはいくらでもあった。木村はみすみす奪えるポイントを見逃していたのだ。ヘボ将棋、王より飛車を可愛がり、だった。今度は木村のショットが甘くなった。中井は見逃さなかった。

「バコーン!」フォアに廻り込んだ中井渾身の逆クロス。木村は動けない。田中に教えたあの逆クロスだ。中井は公式戦で、マッチポイントで、しかも全日本の準々決勝でお手本をして見せた。ゲームセット!

「ワァー! ワァー!」大歓声だ。中井は勝った。そして木村は負けた。あの日カラスと戦った中井と同じだ。木村は自分に負けたのだ。奇しくも木村の年齢はあの日の中井と同じ二十一歳だった。

勝者の中井が木村に駆け寄る、れ、ない。中井の体に異変が起きている。中井が歩けない。その場に留まっている。異変に気付いた木村はネットを越えて、エンドライン付近に蹲っている中井に駆け寄った。中井は勝者の顔ではなかった。真っ青だった。額からは大量の脂汗を流している。会場は騒然だ。中井を讃えるどころではない。夏木が一部始終を見ていた（やってしまった。俺の責任だ。何故止める事ができなかったのだ。だがもう遅い）。中井が木村に何か耳打ちしている。相当な覚悟の内容の様子だ。木村はそれを聞いて一瞬エッとなったがすぐに了解した。その後の木村の行動に観客は言葉を失う。木村が中井をおんぶしたのだ。あっという間だった。木村は中井をおんぶし、全力で選手控室に消えていった。勝敗が決まって五分間の出来事だった。会場のザワザワがいつまで経っても収束しない。

次の試合。田中のベスト4を掛けた準々決勝。田中はあっさり負けた。田中は中井の怪我の事で頭が一杯だった。心ここにあらずの人間に勝利を譲る程、対戦相手はお人好しではなかった。結局この年の全日本選手権の成績は、中井ベスト4、田中ベスト8、優花ベスト16だった。

試合終了後

選手控室。

夏木が急行。中井は歩けない。それでも中井は強がっていた。対戦相手の木村がまだ傍らにいた。

「すまない！　対戦相手の君にこんな事をさせてしまって」夏木が中井に代わって謝った。

「？」誰？と木村。

「あ、申し訳ない。中井のコーチの夏木です」

「あ、いえ、とんでもない」木村は二人の関係性を即座に理解した。

「断裂しちゃってるか？　肉離れ程度ならいいけど」夏木は中井に聞いた。

「軽い肉離れだよ。ちょっと安静にしてりゃすぐ直るさ」

「……」「……」夏木と木村が顔を見合わせた。決して「軽く」ない。スポーツ選手なら一目で分かる。

「とにかく今すぐ病院に行け！　救急車呼ぶか？」

「大丈夫だよ。そんなに騒ぐな！」

この後二人は行け行かないの押し問答になった。木村が困惑していた。

「木村君、本当に申し訳なかった。そしてありがとう。君のお陰で中井がコートに置いてきぼりにならずに済んだ。試合直後で気持ちも動揺させちゃったと思うから、もう帰ってもらっていいよ」

「そうですけど……」

こういう時は本当に困る。じゃ、お先に、とは簡単に言えない。結局夏木と中井の折衷案で、救急車は呼ばないが夏木の運転で近くの病院に行く事だけは決まった。行き掛かり上、木村は病院まで同行した。中井は汗びっしょりの試合着から長袖長ズボンのジャージに着替えた。自力では着替えられなかった。その時点で中井の太腿は膨れあがっていた。

〇〇病院。

「主な箇所はハムストリングの損傷です、重度の肉離れといったところでしょうか。それと太腿全体の筋肉を傷めています」医師の診断だった。当然絶対安静だ。テニスなんてとんでもない。歩く事さえ不可能な状態だった。

「……」「……」「……」「……」集まったベアーズのスタッフ全員言葉が出ない。

夏木と〇〇病院の医師、二人だけの会談。あえて本人は外した。

「どの程度で回復できるでしょうか?」

「正直申しましてかなり重症です。歩けるようになるまで三週間、完治までは早くて二か月、いや三か月は必要です。テニス選手ですよね?」

「はい、そうです」夏木が最終的に聞きたいのはテニスができるまでの期間だった。

「プレーを再開する前にリハビリが必要ですし、その間に無理をしてしまうとまたすぐに再発してしまう可能性があります。順調にいっても四か月程度は必要です」

「四か月ですか」目の前が真っ暗になった。予想していたとはいえショックだった。また、夏木は後悔した。無理にでも出場を断念させるべきだった、と。天井の一点を見つめ、呆然としている夏木に医師が続けて話し掛ける。

「ただ診断して思ったのですが、中井さんの場合他の方との大きな違いがあります」

「大きな違い?　何でしょう?」我に返る夏木。

「はい、普通断裂にしろ、肉離れにしろ、症状が出るのはどちらか片方の足です。勿論潜在的に両方痛めているケースがほとんどなんですが、顕著に表れるのはどちらか片方です。例えば右足だけとか。だから大丈夫な左足を使って足を引きずりながらでも何とか短い距離なら自力で歩ける」

「ところが中井の場合は足を引きずる事すらできなかった。全く歩けなかった」

「そうです。つまり……」

「つまり?」夏木は息を呑んだ。

「中井さんは両足同時に肉離れを起こしているんです。しかもその損傷度が左右全くといっていい程、同じです。相当なレアケースです。変な例えですが新車を購入したとします。当然タイヤは擦り減っていきます。で、メンテナンスをしなければどこかで必ずパンクする。その際四つ同時にパンクするという事はまず有り得ない。多少の時間差が出てくるのが普通です。中井さんの場合は、まあ、前輪でも後輪でもいいんですが、要するに左右全く同時にパンクしたようなもんなんです」

「なるほど」夏木は医師の例え話に納得した。絶望感がさらに強くなる様だった。

「………」「………」二人の会話が止まった。アナログ時計の秒針のカチッ、カチッ、という音が聞こえる。夏木が静かに沈黙を破った。独り言だった。

「待てよ?」

「どうしました?」医師は夏木の独り言を聞き洩らさなかった。

「先程の話なんですが、リハビリの失敗例としてどんな事があるでしょう」

「ああ、そうですね。スポーツ選手でよくあります。まだ完治していないのに復帰を焦って無理をしてしまい、怪我を悪化させてしまう場合、それから……」

「それから？」

「怪我を庇って、例えば右足を庇って左足に無理な負荷を掛けてしまい、今度は健康な左足を痛めてしまう。このケースも少なくありません」

「それだ！」夏木の思いがけない大声のリアクションだった。医師は予想外の夏木の反応に驚く。

「あっ、スミマセン大声出しちゃって」夏木は何故こうもオーバーリアクションになってしまったのか、自らのアキレス腱断裂の過去を、経緯を細かく説明した。医師は夏木の話を親身になって聞いた。そして何度も何度も大きく頷いた。

「そうですか、そんなご苦労を」二人は短い時間でかなり深い、重い内容の話をした。そしてお互いを理解した。医師が夏木を勇気付ける。別れ際、夏木がまた独り言を言った。ハッキリ言った。独り言とは思えない程の強い口調だった。

「ラッキーだ！　中井はラッキーだ！」と。

お見舞い

「そうか、大将負けちゃったか、俺のせいだ、悪かったな」

中井は地元茨城のベアーズに近い整形外科のある病院に即入院した。ベアーズのスタッフ全員が見舞いに行く訳にはいかない。近藤、秋山、有栖は来院を見送り、今ベッドを取り囲んでいるのは田中、貴美子、優花、夏木、そして何故か春日だった。当然表情は皆暗い。

「なんだよ、末期癌の患者じゃあるまいし、そんな暗い顔すんなよ。なあハル」

「そうですね、エヘヘ」春日が愛想笑いをする。場は白け切っていた。

貴美子と優花は特に言葉が無かった。この二、三日間で起こった事があまりにも多過ぎた、凄すぎた。気丈な貴美子が泣いてばかりいた。貴美子は自分自身の事なら決して泣かない。だが優花と中井に関しては別だった。自分でも思いがけない位に感情が動いた。怪我の具合については夏木経由で聞いている。さすがに絶望感に苛まれた。こういう時は下手な励ましは却って逆効果になる事を貴美子も優花も分かっていた。だからこそ言葉が見つからなかったのだ。二人はそれらしい取って付けた様な言い訳をしてそっと席を外した。田中と夏木、そして何故か春日が残った。貴美子と優花が席を外して中井はホッとした。本音を喋る事ができる。

「かすが、くん……」貴美子と優花がいた時とは打って変わってか細い、弱々しい声だった。しかもかすがくんと春日を呼んでいる。

「はい?」春日も問い掛けに答えたものの中井の急変に戸惑っていた。

「ごめんな、さっきは、呼び捨てにしちゃって。あいつらの前だからよ」

「そんな、気にしてませんよ」本当にそう思っていた。全く気になどしていない。

「情けねーよな、優花も大将も頑張ったのに俺だけ」弱気だ。

「そんな、全日本ベスト4ですよ!　物凄い事です。快挙です!」本当にそう思っていた。嘘偽りのない春日の感想だ。

「優花の仇討ちのつもりで出向いたんだけどよ。時代劇でやってたろ『父のかたきぃぃ』ってよ。俺の場合は逆だ。『娘のかたきぃぃ』ってな。でも逆にやられちまった。ハハ」言葉に、ギャグに力が無い。

「そんな事無いです。キッチリ勝ってるじゃないですか！」本当にそう思っていた。慰めでも何でもない。春日は本心から素晴らしい勝利だと中井を誇りにさえ思っていた。

「俺が勝ったんじゃない。相手が負けたんだよ。木村君が勝手に自滅しただけさ」

春日は（それでも勝ちは勝ちじゃないですか！）と言おうと思ったが止めた。ここへは中井と言い争う為に来たんじゃない。中井が続けた。

「木村君は二十二年前の俺の姿そのものだな。ショックでテニス辞めます、なんて言わない事を祈るよ、まあ、彼の事だからそんな事は無いと思うけど。それから彼には世話になった。歩けないからおんぶしてくれ、って言われた時にはビックリしてたな。ホント助かったよ。バタバタしちゃったから何も言ってねえや。今度会った時には改めてお礼を言わないとな。それと大将……」田中に話を振った。

「何ですか？」

「全日本選手権初出場、ベスト8進出おめでとうございます」

「あ、ありがとうございます」田中はお礼を言った。一応お礼を言った。今はそれどころではないがお礼を言った。本当は、おめでとう、で良かった。ございます、は余計だった。中井の余所余所しさが少し寂しかった。

「本来ならベスト4、いやいやもっと先まで行けたかもしれないのに俺のせいで、本当に、申し訳ない」

「……………」

「もう、大将と練習できないな。これからどうするの？」

「秋山さんも、夏木ヘッドもいますし、大丈夫ですよ。それより今は治療に専念して必ず復帰してください。まだまだ教えてもらう事が沢山あります」例によってここに春日の名前は無かったが、中井の早期復帰は田中も本心からそう願っていた。

「かすがくんの名前が無いじゃないの。かすがくんはウチの優花を全日本ベスト16まで引き揚げた名コーチだぞ。まあ、冗談はさておいて」優花の事を、ウチの、と表現した。中井にとって優花は完全に娘になっていた。春日のまた出番だった。

「冗談かーい」精一杯突っ込んだつもりだったが、今日はいつもの雰囲気ではなく、不発だった。それでも春日の存在は大きかった。何故かこの男がいると周りの人間はポロッと本音を漏らしてしまう。

「冗談はさておいて、俺はもうダメだよ。十代や二十代じゃないからな。大将、今まで偉そうな事ばっかり言ってきて、本当に悪かった。もう大将に教える事は無いよ。大将は俺と違ってまだまだ強くなれるよ。来年こそは優勝を目指してくれ」

「……………」田中は、どうした中井さん、と思っていた。言っている事が弱気過ぎる。後ろ向きすぎる。そういうアンタに、今のアンタには魅力は無いよ、と言ってやりたかった。

「………」「………」「………」暗かった。中井、田中、春日の三人はあやうく傷を舐めあうモードに陥ってしまうところだった。しまうところであって、実際にはそうなっていない。夏木が、夏木だけが全く別モードだったからだ。夏木はこの時点で既に中井再生プランの青写真があった。

「ハル、田中さん」何か意を決したかの様な夏木の言い方だった。

「何です？」春日・田中。

「申し訳ないけどちょっと（席を）外してくれないか。中井とサシで話がしたい」春日と田中は断れなかった。有無を言わせない迫力があった。

「分かりました」春日・田中。「ああ、悪いな」夏木。

春日と田中が退室し、病室に中井と夏木、二人きりになった。春日と田中が病室を出て、外の廊下を歩くと間もなく、夏木と中井が怒鳴り合う大声が漏れてきた。春日がこれを聞き逃すはずが無かった。

ベアーズ。

「なにぃいい！　そんな事言ったのかヘッドは？」秋山。

「ああ、言った。壁越しだったから声は籠ってたけど、確かに言った。ラッキーラッキーって、中井、お前はラッキーなんだ！って何度も言ってたよ」春日。

「それで中井、さん、はどんな反応だったんだ」

「ハッキリ聞き取れなかったけど、うるせえ！　やかましい！　何言ってるんだオマエは！の類の言葉で間違いないと思うよ」

「そうだろうな。中井さんとしては当然の反応だ」さん、付けしていた。秋山の中井に対する心象は、敬称の有無で判断ができる。この時ばかりはさすがに秋山も中井に同情していた。心中察するに余りある、といったところだった。

「何だ、珍しく中井さん寄りじゃないか」

「そりゃそうだ。中井さんにしてみりゃ、傷口に塩を塗られてる様なもんじゃないか。俺がその立場だったら例え相手がヘッドであろうとキレるよ」

「キレる？　ああ、そうか」

「何だよ、なにか俺おかしい事言ってるか？　当然の感情だろうよ」

「ああ、まあ、そう、そうなんだけどね」

「そうだけど、なんだよ。何か言う事があれば言ってみろよ」秋山は春日が退席した後の壁越しの話しか聞いていていない。

「いや、悪い悪い、話す順番を間違えた。最初から聞いてくれ」

「何だ、順番があったのか、それならそうって言ってくれよ」

春日は自分と田中が退室する前の、中井の様子を話した。

「おいおい、随分弱気じゃないか、あの中井がそう言ってたのか？」中井、に戻っていた。

「そうなんだよ、中井さん、メチャメチャ弱気になっちゃって『怪我人』というよりも『病人』だったな。気持ちが完全に切れちゃってたよ。あ、こっちの切れるは、さっきのキレるとは別の意味だぞ」

「んなもん、いちいち説明しなくたって分かるよ」

「田中さんには、大将あとは頼むぞ、ってな感じで、まるで遺言だよ。慰める事なんてできないし、励ます、なんてもっと難しい状況だった」

「そうか、じゃ、もしヘッドとのやり取りが無かったら？」

「ああ、テニスを辞めるのは勿論、自殺するんじゃないのかって思うぐらいの落ち込みようだった」

「自殺はオーバーだろうよ」

「ハハ、確かにオーバーに言ったんだけどね。だけど今の中井さんにとってテニスができないイコール死、みたいなもんだ」

「そうか、じゃ、強ち外れて無くもないな」

「そうだよ。あのままじゃヤバかった。でもヘッドとやり合っている中井さんの声を聞いてるといつもの中井さんに戻った感じだったな」

「怪我の功名か。中井にしてみりゃ逆にヘッドが命の恩人かもな、アッ！」

「ハッ！」

秋山は自分で自分が言った言葉に気が付いた。春日は秋山の言葉で気が付いた。

「………」「………」二人お互いの顔を見合わせる。

「そういう事か！」「そういう事だ！」合点がいった。二人は大いに納得した。

夏木は中井の反発を予想していた。予想をしていた上で先の行動をしたのだ。夏木は大怪我をした人間の気持ちを嫌という程知っている。落ち込んだ人間を再び奮い立たせるのは、お世話になった人への恩返しとか、身近な人への愛情表現などという奇麗事ではない。そうではない。最後のエネルギーは怒りだ。場合によってはある特定の人間への恨みでも良い。あいつを見返してやる、復讐してやる。そういう不純な動機で良いのだ。夏木は経験上それが分かっていた。夏木は進んで中井の憎まれ役を買って出るつもりだった。

夏木は復帰が不可能な人間に発破を掛けたりはしない。夏木は自分のアキレス腱断裂の経験を十分に踏まえた上で中井に臨んだのだ。しかし夏木とて中井の復帰が簡単な事では無い事は重々承知していた。夏木も賭けだった。中井は必ず復活する、とまでは断言できないのが本音だった。ただこのまま中井を放って置く訳にはいかない。友人が死んでいくのを座して待つ訳にはいかない。その単純で純粋な気持ちだけだった。中井の復活は夏木にとっての『祈り』だったのだ。

中井⑨

現実はそうはいかなかった。大怪我をしたスポーツ選手の復帰は、そう簡単で単純なものではない。中井は夏木のアプローチに、ヨシ分かった、俺、今日から頑張る！とはならなかった。人間の感情はそうコロコロ簡単に変わるものではない。夏木の言葉に一時的に発奮した中井ではあったが、基本的には落ち込んだままだった。

中井を落ちこませた原因は先ず何といってもその脚の痛みそのものだった。両脚を痛めているので、中井に逃げ場は無かった。どこがラッキーだ、この地獄の痛みを知れ、と夏木に言ってやりたかった。次に中井を恐怖たらしめたのは、自分自身の脚の変化だった。誇張でも何でも無く二倍にも三倍にも膨れ上がった。そしてその色は、真っ赤と真っ青を混ぜ合わせた真っ紫になっていた。酷い内出血だった。

医師の見立ての通り、中井はほぼ三週間、自力歩行ができなかった。歩けないという事は自力でトイレにも行けない。この事も中井を惨めにさせた。貴美子と優花には、意地でもこの無様な姿を見せまいと思っていた。だがある日、中井は二人に決定的な場面を発見されてしまう。看護師に、用を足す手助けをしてもらうところだった。中井のプライドはズタズタになった。

退院。松葉杖がつけない。両脚がダメだからだ。足を引きずる事もできない。両脚共ダメだからだ。中井はキャプソンを丸二週間休んだ。職場復帰。車椅子だった。さすがは一部上場の超優良企業だ。こういう人間も保障する。中井は製品受け入れ業務を車椅子で行った。それでも給料は変わらない。朝八時出勤、昼休み一時間、夕方五時退社。送迎はキャプソン専用のバスがしてくれた。勿論車椅子の乗り降りができる専用車で。元々キャプソンには一定数の身体障害者が勤務している。中井は一時的にそれに便乗した。生活面の不安は何ら無かった。社会人中井は何も失っていなかった。怪我はいずれ治る。半年後、一年後、中井は普通に歩けるようになっているし、普通に仕事もできる様になっている。何も変わらない。何も困らない。テニスができない以外は。

暇になった。

人間暇になると碌な事はない。中井も例外ではなかった。中井の生活は荒れた。酒を飲んだ。飯も鱈腹食った。太った。だが肝心の筋肉は忽ち落ちた。パチンコもした。深夜まで見たくもないテレビも見た。つまらなかった。何をやっても面白くなかった。

すべてだった。中井にとってテニスが、テニスこそがすべてだったのだ。

貴美子のアパート④

夏木が貴美子のアパートを訪れたのは全日本から約二か月後、もうすぐクリスマスという時期だった。勿論優花も一緒だった。さすがに今日は中井と田中は居ない。

「貴美子さん、予想通りです。大丈夫です。中井は怪我をしたスポーツ選手が辿る黄金コースを突き進んでいます」夏木の第一声は中井を皮肉ったものだった。

夏木は説明を続けようとしたが、貴美子はその前に、この先は敬語で話すのは止めて欲しいと言ってきた。夏木との付き合いは古い。優花が小学生の時からだから軽く十年以上だ。夏木は優花の事は当然ユウカ、貴美子の事はキミちゃんと呼んできた。夏木も貴美子も出会った時はお互いギリギリ二十代。若かった。貴美子は夏木の事を当然初めは、なつきさん、と呼んでいた。その後秋山と春日がベアーズに就いた。そして夏木の下に付く。秋山のアキ、春日のハル、この二人は言い易い。流れだと夏木はナツだが、ナツという発音は会話中での流れが悪い。そこで貴美子は密かに夏木の事を「ナッツ」と隠語で呼んでいた。優花は勿論、親しい人の前では夏木はナッツで通していたのである。夏木も実はそう呼ばれている事は知っていた。公の場では美澄さん、貴美子さん、夏木コーチあるいは夏木ヘッド。だが今日はお互い、キミちゃん、ナッツ、で行こうと決めた。

「分かったよキミちゃん。じゃ、もう一回最初からな。中井の事なら大丈夫だよ。怪我した奴が辿る道なんて同じ様なもんさ。最初はみんな腐っちゃうんだよ。なんで俺が？　なんで俺が？ってね。俺だってそうだった」

「ナッツでも腐る事あったんだ？　全部真正面から向き合ってきた、ってイメージなんだけど」

「一回目はね」

「一回目？」

「そう、一回目の（アキレス腱）断裂の時はね。ショックだったけど、必死に治した。必死にリハビリした。真面目に取り組んだから割とすぐ復帰できたんだよ。だけど復帰した途端に反対側をやった。これは効いた。これは参ったよ」

「さあ、やるぞ！って時だもんね」

「その通り。心が折れる、ってやつ。まず絶望感だろ。次に喪失感。その次に諦め。不貞腐れるよ。もう一回最初からやり直すのが馬鹿らしくなっちゃってさ。治るのに一回目の倍以上掛かった」

「分かる分かる、あ、嘘、ホントは分かんない。だって私には経験がないもの」

「正直でいいよ。まあ、俺の場合は何とか治った（実は完治していない）から思い出話にできるけど、当時はマジで死んでやる！ぐらいに思ってた。それぐらい精神がやられるんだよ」

「分かる分かる、って事にして（話を）進めて」

「よくない例えなんだけど」

「な～に？」

「癌の人がいるだろう。だけど昔と違って癌イコール死じゃない。今はキッチリ早期発見、早期治療すれば治らない病気じゃない。事実完治して克服した人も沢山いる。で、俺は医者じゃないから科学的根拠は分からないけど、治すに当たって本人の意思というか、前向きな姿勢というか、そういうのは凄く重要らしいんだ」

「それはよく聞くね、治す気力というか」

「そうそう、その気力がガクッと萎えちゃう時があるそうなんだ」

「どんな時？」

「癌の転移が見つかった時とか、要するに再発した時だ」

「そうね、重いテーマね」

「それの百万分の一の重さが今の中井さ」

「百万分の一程度なのね、フフッ」

「そうさ、高が、高が肉離れだ。最悪でも高が、テニスができない程度の悩みだ。その悩みをチョットだけ俺も経験している」

「ナッツの方が大変だったわ。冷静な目で見ればたかふみ、中井の悩みなんて大した事じゃない」

「でも今の中井には大した事なんだ。ややこしいけど本当は大した事じゃないけど、やっぱり大した事なんだよ。矢沢永吉さんも言ってたけど、方向を見失った時人間は一番苦しい。だからこの時期に間違った方向に進んじゃうと本当に大した事になっちゃう。で、大事なのは正しい目標設定と周りのサポートなんだ」

「凄いわ！　まるで一流のコーチが言ってるみたいなんですけど」貴美子の返しにここで一部始終を聞いていた優花から笑い声が聞こえた。

「その一流のコーチは中井選手のオーバーワークに気付いていながら、試合出場を止められなかったんですけどね。反省してます」

「その点では春日コーチは優秀でしたね。美澄選手を全日本ベスト16まで引き揚げたんですから」いきなり優花が参戦してきた。

「仰る通りです美澄選手。私はダメコーチです」夏木の自虐に場が和んだ。

で、私たちはどうすればいいの?という事になった。夏木は二人にアドバイスした。アドバイスというよりもお願いだった。中井との距離感、話し方、話す内容、話すタイミング、細かく説明した。怪我がこういう状態の時の中井の精神状態はこうなっているから等々、具体的に説明した。夏木が肉体的、技術的サポート担当なら、貴美子と優花は精神的サポート担当だ。二人は納得、了解した。

「悪いねキミちゃん、本来なら関係無い、っていえば関係無い人の事なんだけど」

「関係ありますよ。もうお互い無視できる関係じゃないじゃない」

「……」これには夏木は気の利いた返しができなかった。貴美子と中井は元夫婦ではあるが、厳密に言えば二人は「他人」なのだ。放っておく事もできる。関わりを持たない事もその気になればできる。だが今となってはもはや、運命とも呼ぶべき大きな渦の流れに抗う事など不可能だし、それは無意味と悟る様になっていた。優花もそれは同じだった。もう、知らないオジサンの事、では済まされない。二人はやれる事はやるだけやって、行ける所までは行こうと決めた。必然だった。帰りしなだった。一人忘れている人がいる。田中だった。貴美子が言った。

「田中さんはどうなるのかしら？」

「田中、さん、は、ど、どうなるのでしょう」意表を突かれた。夏木は田中についてはノープランだった。中井の事しか頭になかった。中井の事で精一杯だったのだ。田中が、田中だけが宙ぶらりんになった。

田中⑧

師匠の中井を失い（別に死んだ訳ではないが）張り合いを無くす。そして全日本選手権というビッグイベントが終了した今、田中には目標も無くなった。ベアーズには一応顔を出していたが、練習には全く身が入らなかった。当然だ。何の為に練習をしている？を、ここ最近毎日自問自答している。中井の言う通り、来年はさらに上を目指すという目標設定もアリかもしれない。だがそれは先過ぎた、遠過ぎた。中井ほどではないが、方向を見失って苦しんでいる人間がここにもいた。田中も同じだった。テニスが、そして田中の場合は中井がすべてだったのだ。

それでも周囲の勧めもあって、田中は幾つかの小さな国内大会にエントリーした。全日本ベスト8の実力からいって、どの大会も楽に優勝できるレベルのものだった。ダメだった。田中は全く勝てなくなってしまう。田中は田中で危機的状況だった。

「負けても悔しくない」状態になりつつあったのである。

田中の敗戦は一時的なもの、精神的なもの、回復すればすぐに元に戻るとベアーズの関係者は勿論田中自身でさえそう高を括っていた。だがそれは間違っていた。勝負の世界はそんなに甘くはない。上り坂でペダルを漕ぐことを止めれば、忽ち滑り落ちてしまう世界なのだ。ベアーズのコーチ陣も田中自身も大きな勘違いをしていた。競争とは相対的なものである。高速道路で並行する隣の車が止まって見えるのは、隣の車も同じ一〇〇km／hで走っているからであって、田中が今まで勝ち続けてこられたのは、スタートから一刻も休まず加速を付けながら走り続けていたからだ。コーチ陣も田中も、リードは、貯金は山ほどあると見誤っていた。スピードを緩める、ましてやストップすれば、後続にあっという間に追い抜かれてしまうのは至極当然の事だった。

生き馬の目を抜く世界。田中は研究されていた。全日本ベスト8の選手を倒せば脚光を浴びる。田中自身の知らぬ僅かの間に、追う立場から追われる立場に、そして美しいが皮肉な表現をすれば、田中は相手選手からリスペクトされる選手になっていたのだ。

「セカンドサーブを無理に打ち込まず、前に引き出せば対応できない。ボレーは初心者レベルだ！」

これが田中対策の共通認識だった。田中のショットは速い、凄い。特にサーブは凄い。ファーストサーブが入ってしまったら、はい、ごめんなさい、だ。取れっこないサーブを無理にリターンする努力は必要無い。そう割り切ってしまえば良いのだ。これは端から捨てる。問題はセカンドサーブだ。今まで負けた選手はこれをムキになって強打してきた。田中はさらにこれをカウンターで切り返していた。「三球目」だ。

田中のテニスキャリアは所詮四年程度。相手はどこか甘く見ていた。もっと言えば馬鹿にして臨んでいた。だから、こんな素人相手に奇襲や変則的な戦法を使用するなどもっての外、という間違ったプライドに凝り固まっていたのだ。

だが今は違う。田中には看板が付いた。相手は全日本ベスト8の選手と戦うという気構えで臨んでいる。勝つ為にはどんな手段を取っても良い。卑怯でも何でもない。そう変わっていた。

この時点ではベアーズコーチ陣には田中敗戦の直接の原因がハッキリ分からない。原因が分からない以上その対策案などある訳が無かった。完全に後手に回っている。秋山がその責任を強く感じていた。

「マズイな、田中さん全然勝てなくなっちゃったぞ」秋山。

「何か思い当たる節はあるか？　例えば体調不良とか、怪我とか」春日。

「無い。それは無い」

「じゃ、精神面か？　やっぱり中井さんの戦線離脱が大きいのかな？」

「それについては無くは無い。でもそれにしても簡単に負けすぎだよ。何て言うのかなあ、全日本までの勢いが無くなった、というか、迷ってる、っていうか」

「ああ、確かにそれは感じる。アキとの練習でも覇気が無い」

「そう、そうだよ。これといった目標が無くなっちゃったから燃えてこないのはよく分かる。でもそれだけじゃなくて、明らかに何か技術的に行き詰まってるのを感じるんだ」

「そうか……」「う〜ん?」二人は首を捻った。

「お前ら田中さんの負けた試合のビデオ見たか!?」いきなり夏木が割って入ってきた。命令口調だ。二人はビクッとした。

「いえ」「いえ、見てないです」春日・秋山。

「何で?」少し強い口調だ。怒っている様にも受け取れる。

「あ、いえ、ここのところスクールのレッスンが詰まってて時間が無くて」秋山がしどろもどろだった。油断していたのだ。

「優花が撮ってきたやつがあるから、すぐ見ろ!」今度はハッキリとした命令だ。秋山にDVDを渡した。実は夏木も田中に関しては油断していた。先日の貴美子の指摘が無かったら田中は放ったらかしだった。春日と秋山には内緒で、優花に田中の試合の様子を撮影させていたのだ。いつもの隙の無い、抜かりの無い夏木ヘッドに戻っていた。夏木の内心も実はヒヤヒヤだったのだが、取り敢えず二人の前での芝居は成功した。春日は少し不満だった。

(チッ、またとばっちりだよ。田中さんはアキの担当だろ。何でお前、ら、なんだ)春日が秋山を睨んだ。秋山は無言でスマンとウインクで返した。夏木に言われた通りにすぐに見る事はできなかったが、レッスンをすべて終えた後に事務所のテレビ画面で見た。二人だけ残ってキッチリ見た。別人の田中がそこにいた。

「田中さんって、こんなにヘタクソだったっけ?」春日の素直な感想だった。そのヘタクソな田中に秋山は歯が立たなかった。秋山の本音としては面白くないが、目の前の田中がその通りなのだから、返す言葉が無い。

「確かに、上手くはないわな」苦し紛れだった。

「言葉を濁すなよ、超ヘタクソじゃん」春日は田中に関しては責任が無いので言いたい放題だった。今度は秋山が春日を睨んだ。春日は怯まない。(何か用ですか?)と睨み返した。睨めっこ状態になった。「プッ!」「プ、プッ!」二人同時に噴き出した。

「ハルの言う通りだ。これは酷い!」秋山が折れた。春日を認めた。田中のネットプレーは、とても見られたものではなかった。

「ボレーの練習はしなかったの?」春日の率直な疑問だった。

「アッ!」この一音でボレーの練習をしていない事がバレた。

「何で?」

「試合形式ばっかりだったからな。その必要が無かったんだよ。ハルも知っての通り試合形式の練習はヘッドからの指示だったんだ」

「どういう意図だったんだろう」

「ああ、田中さんの様なキャリアが浅い選手は、本番間際で新しい技術の習得に取り組むと却って混乱してしまうから、個々のスキルアップは後回しでいい。大切なのはファイティングスピリットを保つ事だって言われたんだよ。俺もそう思ったし、少なくとも全日本の間はそれが功を奏していたと思うんだ」

「なるほど、多少の短所には目を瞑っても、長所を伸ばすやり方だな。勢い重視」

「そう、俺も田中さんのビッグショットに目を奪われていてまさかあそこまでネットプレーが、特にボレーがあんなにお粗末とは気が付かなかった」

「身近にいたアキが気付かなかったんだから、初めてやる対戦相手はもっと気が付かなかったろうな」

「ああ、その通りだ。そもそも田中さんのプレースタイルは自ら前に出て行くタイプじゃない。後ろからガンガン打ってるだけで、相手には十分プレッシャーだよ」

「田中さんを前に誘き出す発想なんて湧かないよな。そんな事したら叩かれちゃうって、勝手に怯えてた」

「そう。だけど、何かの切っ掛けで田中さんにネットプレーをさせてみると思いの外ヘタクソだった」

「ヘタクソ、って認めたな」

「認める。それぐらい酷い。もし俺が対戦相手でこの事に気が付いたら徹底してここを突くよ」

「実際もうやられちゃってるしな」

「ああ、そうなってくると田中さんとしてもお手上げだ。今まではネットプレーをする必要が無かったけど、今度はそっちに意識を取られるから、リズムが崩れる。全体のバランスが悪くなる」

「そうなってくると悪循環だな。自慢のファーストサーブも入らなくなってしまう。ストロークも同じだ」

「全くだ。それにしてもテニスってスポーツはメンタルだな」

「その通りだけど、アキが解説者になってる場合じゃないぜ。この先どうするつもりなんだ？」

「うぅ～ん」秋山が考え込んでしまった。

「どうする？　アキが最初から田中さんにボレーレッスンするか？」

「う～ん、実は俺が田中さんに何か教えたものって一つも無いんだよ。俺が田中さんにボレーを教えたところで今後の試合で使い物になるのかどうか？　シッカリ習得させてやれるか、正直自信が無い」

「今までの中井さんと田中さんの師弟関係がガチガチだったからな。その師匠が今はいない」

「そうなんだよ。あーやりにくい」

「悩んでてもしょうがないからとにかくやってみれば」

「簡単に言うなよ」

そうは言っても春日の提案は尤もだった。ここでウジウジしていても仕方無い。秋山は気が進まないながらも田中のネットプレー、特にボレーのレッスンを開始する事にした。

後日、ベアーズ練習コート。秋山は基本中の基本の質問を田中にした。

「田中さん、中井さんにはボレーを教わりましたか？」中井、さん、だ。

「教わっていません。何故かボレーは教わっていないんです」

田中の表情が複雑に輝いた。よくぞ聞いてくれました、という表情なのだ。それは何かに縋るようでもあった。田中にとって実にタイムリーな質問だった。と、同時に秋山はやっぱりな、という表情だった。

「何か（意図的に教えない）理由があったんでしょうか？」

「分かりません。ただとにかくボレーだけはスルーでした。もっとも毎日他に習得する事が沢山あったし、俺もそれに夢中だったから、それ程気にも留めていなかったんです。それに……」

「それに？」重要だ。

「自分の口からは言うのは何ですけど、ボレーしなくても勝てていましたから、だから……」田中はもう少し喋りたそうだったが、秋山が田中の気持ちを察して代弁した。

「だからボレーは特に必要無い、って事になったんですね」

「そうです。その通りです。で、結果今日までズルズルきちゃったんです」

田中は切実だった。隠していた病気が遂にバレてしまったような心境だった。秋山は少し同情した。無理もない。たった四年ですべてのショットを完璧にマスターするなど無理だし、そもそも（実質的に）ボレー無しでここまで勝ってきた事自体が奇跡なのだ。

秋山は意を決した。

「田中さん、でも…」

「でも？」

「田中さんの弱点が他の選手に分かってしまっています。このままでは勝てません。ですからボレーを練習しない訳にはいきません」キッパリ言った。

「分かりました。教えてください」

「ありがとうございます。そう言っていただいて嬉しいです。それでは早速やってみましょう！」

やってみた。酷かった。あの強かった田中は何処へ行った。秋山は喉元まで出掛かっていた。全くセンスが無い、と。

特に酷かったのはローボレーだった。極端なオーバーか、極端な低いネットだった。「繋ぐ」事ができない。「我慢」ができない。田中にとってこの事はストレスだった。思えば田中は中井とのレッスンでストレスを一切感じずにここまできた。中井は田中に気持ちよくプレーをさせる事に終始していた。

文法や解釈やその深い意味など一切教えずに只々面白い英会話を続けた。田中は何も考えずに会話を楽しんでいただけである。田中は小学三年生でありながら、英語学科の大学生よりも英語力が身に付いていた。アメリカに行った。イギリスに行った。聞き取れる。喋れる。勿論通じる。中井の指導法とはそういった事であった。しかし不備もあった。敬語、を教えていなかったのである。敬語については キチンと教育を受けなければならない。痛い目に合わなければならない。ここで所謂、育ちの差、が出る。残念ながら田中は育ちが悪かった。田中のプレーは、自分の主張だけはするが、相手の意見を取り入れる、相手を認める、相手を尊敬する事ができないものだった。今までは反論する人間がいなかった。その隙を与えなかった。だが、一度田中の理論破綻が見つかると相手はそこを徹底して突いてくる。田中には今のところ、それを一度受け止めてからの反論は、理論武装はできていなかった。

テニスには、物理的に絶対に一発でウィナーを取れないショットがある。ローボレーがその代表だ。ネットより低い地点からスタートして、どうやってウィナーを取る？　不可能だ。絶対に不可能なのだ。正しく表現するのなら、ローボレー一発では有機的に、絶対に相手に取れないショットには成り得ない、という事であり、だからこそ一度繋げなければならない。一旦我慢しなければならないのだ。

中井はそれを教えなかった。いや、教える事ができなかった。何故か？　攻め、に関しては先天的なものだが、守り、に関しては後天的なものであるからだ。これを理解し、試合で顕在化させる為には経験を積み重ねるしかない。

確かに中井も我慢が嫌いだ。だが嫌いであっても、変幻自在の中井には、試合中にこの我慢するショットを使いこなす事ができる。中井には一本あるいは複数本（中井が守勢に回り続けているという事はほとんど無いが）我慢した後の、ウィナーを取れるイメージが身に付いている。経験値で反撃のタイミングが分かっている。だから我慢ができるのだ。

田中にはこの圧倒的な経験が不足していた。何の為にこの繋ぎのショットを打つのかは、試合に負けてみないとピンとこない。こればっかりはさすがの中井も短期間では教える事ができなかった。田中は今まで、なんと全日本ベスト8まで、攻め一本で貫き通していたのだった。

田中は「少年院時代の矢吹丈」状態になっていた。ローボレーがその一つの象徴だが、要は田中は守りを、ディフェンスショットを身につけなければならない状況に追い込まれていたのだ。矢吹丈には丹下段平がいた（『あしたのジョー』ではディフェンスを身につけさせる為の直接指導はしていない。あえて対戦相手を指導して間接的にディフェンスの重要性を矢吹丈に知らしめている）。だが今の田中にはそれがいない。

秋山が丹下に成るべく、秋山は秋山なりの挑戦をしてみた。秋山は頑張った。秋山の指導はボレー、いや、それだけではなく、その他すべてのショットについて、完璧だった。入射角、反射角、ボレーの入り方、膝の使い方、手首の使い方、理論、完璧だった。田中が首を傾げる場面は全く無かった。田中は秋山に感心していた。感謝すらもしていた。秋山は本当に丁寧にテクニックを教えてくれる。だがどうしても田中には響かなかった。それだけではない。秋山には申し訳ないが、もっと残酷で単純な事を言えば、秋山との練習は田中にとっては面白くなかったのだ。

表面的な「技術」は分かっても、何故か秋山からはその「神髄」を感じ取ることができなかった。田中は「道」だけは多少は覚えたが「目的地」は教えてもらえなかった。だからどうしても堂々巡りになってしまう。秋山に罪は無い。問題は田中側にある。秋山にとって不運だったのは、不幸だったのは、この時の田中には目標が無く、魂がもぬけの殻であった事だった。

こういう状態で練習を重ねても技術は身に付かない。上手くならない。いや、それどころか練習を重ねれば重ねる程事態は悪化する。秋山は途方に暮れていた。田中のボレーは、ネットプレーはダメだ、と結論を下し掛かっていた。事実結論をいうと、田中のネットプレーは最後の最後まで上達しなかった。だがダメはダメなりに戦い方がある。その光明が、ヒントが垣間見える瞬間が偶然あった。秋山も田中も諦めかけていた練習中の二人の会話だった。春日が第三者としてこの二人の会話を聞いていた。

「田中さん、苦手なのは分かるけど、俺が短いボールを出したら前に出てネットを取ってくださいよ」秋山はイライラしていた。どうして言う通りやってくれない、と。

「ごめんなさい。だけどもう無理です。秋山さんの言う事は分かるんですけど、俺の信条はフルスイングです。それをするとどうしてもスタートが遅れる。それでもたもたしちゃう。かと言って中途半端なスイングだと俺の持ち味が消えちゃう。不器用な俺にはネットプレーを身に付けるのは難しいです」ほぼギブアップ宣言だった。だがその後付け加えた一言を春日が聞き逃さなかった。田中が開き直ってヤケクソ気味にこう言った。

「俺は後ろから打つの専門で、前に誰か居てくれりゃ苦労しないんですけどね」

「それじゃダブルスじゃないですか！」秋山が怒る。半分呆れる。二人の間に少し険悪なムードが漂った。その暗雲を吹き払うかの様な春日の新提案だった。逆転の発想だ。

「ダブルスでいいんじゃないの。そうだよ、ダブルスでいいんだよ！　アキ思い出せ！　ジャガーズとやったじゃん。田中さんが後で中井さんが前。田中さんのビッグショットと中井さんのネットプレー。鬼に金棒じゃないか！　最高の組み合わせだよ！」

中井⑩

夏木の言った「中井、お前はラッキーだ」を証明する事象が中井自身は勿論、中井の周辺に起き始めていた。少しずつ、ゆっくりではあるがそれは確実に。まるで漢方薬の効き方の様だった。

濃い真っ紫色の太腿は、次第にその色が薄くなっていった。紫色は痛みの声の代弁者であり、その濃淡は中井の不安の大きさと同調していた。その色が段々薄くなってくる。すると中井の不安は自然に軽減されていった。中井の脚は、その左右が申し合わせたかの様に「同時に」回復していった。夏木の予言は的中していた。

東西冷戦が終結。ベルリンの壁は崩壊し、東西ドイツは統一された。世界の歴史の中でも最も大きな史実の一つだ。分断された同一民族の再統一に両国民は沸いた。お互いハッピーになった。統一直後はそう思っていた。だが三十年以上経った現状はどうだ。現実は全くウィンウィンになっていない。東西の経済格差は未だに解決しておらず、両国民の間の差別意識も依然横たわったままだ。それでもドイツの場合は上手くいっている方だ。これが朝鮮半島だったらどうなる。

夏木はこの事を心配していた。左右どちらかの脚が大怪我で、片方が無傷の場合、回復の段階で健康な脚に不自然な負荷が掛かり、結局両脚共倒れというケースを夏木は嫌という程見てきた。事実夏木自身がそうだった。アキレス腱を片方断裂した人間が、結局両足とも断裂という由々しき事態となってしまう事も決してレアケースではない。

だが中井は違っていた。中井は見事に両脚同じ程度に損傷していた。中井の身体的バランスがそうさせていたのだ。夏木がラッキーだと思ったのは、必ず同じスピードで回復してくると確信していたからだ。果たしてそれは夏木の予想通りに好転していた。どちらかの脚がどちらかの脚に依存や負荷を課すものではなく、各々が独立して、各々がお互いに協力して、少しずつではあったが確実に治癒していったのだ。これが夏木の言う、ラッキー、の根拠だった。

夏木の思うラッキーは、あくまでも中井の肉体のみの狭義に過ぎなかったが、中井の周辺では中井の肉体以外の、予想外の嬉しい事、有難い事が起こっていた。それは二十二年前にカラスに敗れた時とは違い、中井を見守り、応援する人たちが次々に現れてきた事だった。中井の職場にそれは起きた。夏木は倉庫番を、納品された物を検品してハンコを押すだけの、最低の仕事と思っていた。そこにはコミュニケーションなど不必要と思い込んでいた。中井は勝手に心のドアを閉めてしまっていた。納品業者としてはドアを閉められてしまったのだから、立場上彼らが無理にドアをこじ開ける事は無い。だから当然会話は無い。ましてやお互い慰め合ったり、励まし合ったり、冗談を言い合ったりすることなどあろうはずが無かった。三年程前まではそうだった。だが今はどうだ？

今は違う。何故か？　納品業者の面々は、皆中井のサポーターになっていたからだった。ジャガーズペアとの対戦で中井はすっかり有名人になった。有名人にはなったが、芸能人になった訳ではない。中井の社会的身分はあくまでもキャプソンの社員だ。佐藤の方針で、中井の倉庫番業務は継続されていた。納品業者は中井を応援した。特にジャガーズ騒動の時の中井の言動は、彼らにとって胸が空く思いであった。中井が彼らに支持されたのには訳がある。中井はジャガーズとの対戦前から納品業者に対する態度が変化していた。もし以前のままで突然有名になったら、彼らはこれほど支持しなかったろう。中井はジャガーズ騒動前から納品業者とコミュニケーションが取れ始めていたのだ。そう、あの日、まるで神からのお告げがあったかの様に突然ある業者の手伝いをした日、つまり、田中と倉庫で出会ったその日からだ。中井は人が変わったように気さくに彼らと接した。納品の融通もしてやった。時には（厳密には業務違反だが）彼らのミスにも目を瞑った。中井は彼らにとって「話の分かる奴」に変化していたのだ。

中井は今回の全日本途中リタイアを、惨めな事、酷く恥ずかしい事として受け止めていた。職場へ戻るのも当然恥ずかしい。ただでさえ恥ずかしい事なのに、加えて車椅子での業務を余儀なくされる。故にキャプソンへの出社は悩み、躊躇した。中井の職場復帰は半ば開き直りで、白い目で見られるのも、罵倒されるのも覚悟の上だった。しかしいざ復帰してみると彼らの反応は全く違う。彼らのほとんどすべてが中井の職場復帰を好意的に受け止めており、出てくる言葉は激励ばかりだった。それだけではない。中には中井へ感謝の言葉を述べる者さえいた。そう、彼らの振る舞いはまるで中井の家族であるが如きであったのだ。

「中井さん、見てたよ！　凄えじゃん！」「素晴らしい！」「よく途中で棄権しなかった。偉い！」「ベスト4！　快挙だ！」どれもこれも称賛の言葉ばかりだった。中でも中井が意外だったのは「四十三歳、我らオッサン世代の星！」「アラフォー代表！」「若い奴らの好きにはさせない！」といった応援だった。

中井は全日本で戦っている時には四十三歳になっていた。中井は自分自身ではまだまだ若いと思っていた。だがテニスの第一線で戦う年齢としてはベテランもベテラン。ほとんどすべてのプレーヤーがとっくに引退している年齢なのだ。納品業者は中井を後押しした。結果ではない。勿論結果が良いに越したことは無いが、彼らは中井のチャレンジそのものに拍手を送ったのだ。

「アンタの頑張りがどれだけ俺たちの励みになってるか」中には涙ぐみながら話す者もいた。中井は戸惑った。

中井は今、応援のイメージが揺らいでいる。中井の今まで持っていたイメージは、強い、カッコいい俺への応援だ、声援だ。だが今中井が貰っている応援は、声援は、強い、カッコいい俺ではない事は確かだ。彼らは弱い、カッコ悪い俺に応援を、声援を送ってくれている。中井は今の今まで他人の為にテニスをした事は無い。全部自分の為だ。自分が、自分だけが良い気分になる為だけにテニスをしてきた。だが今の俺は負け犬だ。少なくとも中井は中井自身の事をそう自覚していた。でも、そんな俺を応援してくれる人がいる。納品業者の声が、直接聞こえてきただけに、胸に突き刺さった。

後押しをしてくれる人達がいる。怪我もよくなり始めている。ただそれでもすぐには中井はコートに戻れなかった。そんな単純な、そんな簡単な訳ではなかった。中井の本当の復帰には、まだまだ越えなくてはならないハードルが沢山あったのだ。

貴美子のアパート⑤

「マネージャー!?　冗談じゃない、やめてくれよ！」

　優花が中井のマネージャーをやると買って出た。突然だった。

　年末。世の中の主な動きは大体終わりだ。キャプソンも野村製作所も仕事納めをして大掃除も終わった。四人集合している。普通に夕飯を摂った直後だった。今この四人は、四人が出会って史上最もダメダメ、グズグズの状態だった。

　中井も田中も貴美子の言った「アンタら二人、二人とも目標が無くなっちゃってグダグダなんだし、一人で居てもどうせロクな事無いんだからウチに来なさい！」に、結果として従った。多少抵抗した。「うるせぇ！　放っとけ！」と。だが所詮は負け犬の遠吠えだった。現実に貴美子のアパートに転がり込んで、しかも夕飯まで作ってもらっているのだ。貴美子にとっては体の大きい息子同然だった。二人は二人とも（二人とも、だ。今回に限っては田中も例外ではない）貴美子というお釈迦様の手の平の上の孫悟空に過ぎなかった。情けないが、結局今の中井と田中にとっては貴美子のアパート以上に居心地の良いところは無かったのだ。

　中井が発言を続ける。だが、中井の発言は、大局的に見てやはり遠吠えに過ぎなかった。中井は、夏木と貴美子と優花が仕組んだ、中井再生計画の策略に嵌っていく。

「なんだよいきなり。俺はもうプレーできないよ。やる気も無いし。それとそういう話を何でわざわざ大将がいるところで話すんだよ」

「田中さんがいるから『わざわざ』話してるのよ。やる気が無いなんて嘘だし、プレーができない、って言うのも嘘でしょ。もう大分治ってるじゃないの。ホントは未練タラタラの癖に、痩せ我慢しないでよ！」貴美子。

「うるせえな！　例え治ったとしてももうダメなんだよ。大将は別として俺はもうダメなのっ。今更もう一回やってられるか！」

「ダメって、何がダメなのよ。別に命取られた訳じゃないし、脚が治ればすぐプレーできるでしょ！　諦めちゃうの？」

「諦めちゃうの、って、じゃ、何を目標にやりゃいいんだよ？　また全日本か？　簡単に言うな！　その時には四十四だぞ。また大怪我するのがオチだって」

「それじゃ、田中さんの立場はどうなるのよ！」優花が参戦してきた。中井は思わぬ貴美子の援軍にうろたえる。

「田中さんの立場あぁ？　そりゃあ、大将は……」次の言葉が出てこなかった。確かに田中の立場が無い。田中をテニスの世界に引きずり込んだのは紛れもなく中井だ。その田中を放ったらかしにして、自分だけ勝手に辞めるというのは余りにも無責任だ。中井の心情を貴美子が分かっているのと同様に、いや貴美子以上に優花は分かっていた。中井と田中は、特に中井はまだ燃え切っていない、燃え尽きていない、と。完全燃焼した優花だからこそ分かる事だった。

「今辞めるなんてあり得ないでしょう！」優花、追い込む。

「………」「………」中井反論できず。田中無言。

「悔しくないの!?」挑発だ。そしてこれはかなり踏み込んだ発言だった。

中井を挑発してくれ、が夏木の依頼だった。それがこのタイミングだった。大怪我をした直後は当然落ち込んでいる。目の前真っ暗だ。そんな時にはそっとしておく事が一番だ。だが次第に傷が癒え、やる事が無くなり、退屈してくると多少視野が開けてくる。この時が道の選択時だ。止まるか行くか？　辞めるか復帰するか？　夏木のプランには中井復活しか無かった。だが、怪我が治りかけた選手が、もう一度プレーを再開する為にはパワーがいる。その発火点が怒りだと、夏木は説明した。ただしその具体的な方法については美澄母娘に任せる、が夏木の方針だった。優花は夏木プロデューサーが抜擢した女優だ。プロデューサーから女優へは大まかな流れは説明していたが、この企画には台本が無かった。女優には台本を渡してやるべきだった。その女優のアドリブ「悔しくないの？」にはさすがに貴美子もびっくりした。貴美子も思わず（セリフだけどチョット言い過ぎじゃネ？）といった表情だった。実の娘に言われるのだ。中井としても穏やかではない。以前田中にボクシングの話を聞いてきた時もそうだった。優花にはそういう所がある。優花は女優になった自分に若干酔っていた。

「………」中井が言葉を失う。当然だ。娘から言われたのだ。ショック以外の何ものでもない。

「………」「………」優花も貴美子も黙る。次に、誰が、どんな内容の発言をするのかが大きなターニングポイントになってしまった。台本が無いのだ。迂闊に発言できない。

「まあまあ、優花ツァン、落ち着いて」声が裏返っていた。田中だった。

「……」「……」「……」一瞬の間。

「ドッカアァァン！」三人は大爆笑した。優花「さん」と「ちゃん」どっちにしようか迷っているうちにごちゃ混ぜのツァンになってしまったのだ。

緊張と緩和。田中は意識して笑いを取りにいった訳ではないが、ボケのかましとしては満点だった。去年の梅雨明け。優花を励ました時もそうだった。優花が調子に乗る所がある様に、田中は田中でこういう所がある。これが中井と貴美子と優花が田中を離さない理由だった。やっぱりこの三人には田中は必要不可欠なのだ。

「ワハハハ！」「アハ、アハハ！」「ハハハハ！」三人共笑っている。特に貴美子は親指を立てて涙を流しながら笑っている。田中さん、グッド！の意味だ。例によって笑いが治まるまでにそこそこの時間を要した。また沈黙の時間になった。また今度は誰が発言するかプレッシャーになった。中井だった。田中に負けじの悪ノリだった。失敗だった。

「ゆうか！」

「な〜に？」

「悔しいですっ！」お笑いコンビのキメ台詞だ。悔しくないの？の答えのつもりだった。

「……」「……」

空気がシーンとなった。ダダ滑りだった。田中のナチュラルなボケと違い中井のそれは不自然なウケ狙いだった。優花が露骨に（最低！）という顔をしていた。だがこれで良いのだ。中井と優花は本物の（実際本物なのだが）父娘の様になっていた。優花の表情は、父のオヤジギャグに呆れる若い娘の姿そのものだったのだ。田中が口を開いた。

「もう少し様子を見てくれないかな。中井さんもまだ完治した訳ではないし」真面目モードに戻った。

「分かりました。もう少し様子を見ます。お父さんも考えて置いて」お父さん、と言った。おそらく中井がそうハッキリ言われたのは初めてだった。

「分かったよ。まあ、一応順調に回復してるのは確かだけどな。でももうシングルスで3《スリー》セットやるのは厳しいな。ましてやグランドスラムなんかフルセットやると5《ファイブ》セットだもんな。こりゃ、夢の夢か……」グランドスラム辺りからは独り言みたいだった。喋っているのかいないのか分からないぐらいの小声だった。優花も貴美子もガッツリ聞いていたが、聞こえないフリをしてやった。中井からこのセリフを引き出せただけでも大収穫だった。問題は田中だ。今の状態、その率直な所を、田中自身の口から直接聞きたい。優花にもう一度強引なインタビュアーに戻ってもらうしかなかった。

「田中さんの次の目標は何ですか?」

「!!」びっくりした。俺?と自分の親指を自分自身の胸元に指して、優花に目線を送って再確認した。

「………」優花が大きく頷きながらアイコンタクト。（そうですよ）と。優花が真剣に聞いてきた以上、田中も真剣に答えるべきだと思った。嘘や誤魔化しはいけない。スゥーッと息を吸って、

「目標は、今俺には目標がありません」正直に答えた。優花が菩薩のような表情をしていた。（それでいいのよ）と。田中が続ける。

「もう一度全日本を目標にするのには遠過ぎるし、厳し過ぎます。だから最近の練習にも全く身が入

りません。中井さんと一緒にやっている時は無我夢中で、その時は目の前の事だけやっていれば良かった、迷わなかった。ジャガーズの騒動の時も、実は楽しかった。それが中井さんとプレーができなくなって、一人になっちゃって、本人の前ですけど、俺は中井さんがいないとダメです」中井は黙って聞いていたが、本当は喉元まで出掛かっていた。（大将！　俺もそうだよ！）と。

ヨシッ！　貴美子と優花は思った。田中にこのセリフを吐かせる事ができた段階でこのシーンはオッケーだ。多少強引なところもあったが結果オーライ。夏木プロデューサーに良い報告ができる。二人は確信した。結局この四人は女性二人がリードしていくグループなのだ。貴美子が切っ掛けを作って優花が締める。優花は一応田中に答える形だったが、勿論田中越しに中井にもこのメッセージを発していた。

「田中さん大丈夫、何事も経験です！　テニスはシングルスだけじゃないですよ！」

コーチ陣

ベアーズ。閉館後。貴美子のアパートに四人が集まる数日前。いつもの夏木、秋山、春日、そして今回はオーナー近藤も同席していた。秋山と春日が、夏木の見解がどうなのか、固唾を呑んで待っていた。

「アリだな」夏木が簡潔に答えた。

秋山と春日がお互いの顔を見合わせる。二人ともホッとした表情になった。夏木が続けた。

「ハルの提案か？」質問も簡潔だった。春日を見る。

「そうです、ハルの提案です！」秋山だった。答えたのは春日本人ではなく秋山だった。こういう場面では今まででであったら「そうです、俺です！」と春日が間違いなく自ら肯定していた。だが、今回は違っていた。春日がやけに謙虚だ。そして秋山がやけに春日を持ち上げていた。

「よく気が付いたな」

「あっ、いえ」オーナーの近藤に褒められ、春日は恐縮していた。

「どうして今まで気が付かなかったんだろう。ハルの言う通りだ。お互いの弱点を補えばいいんだよ。ハル、いつ閃いた？」夏木。

「練習中の田中さんの何気ない一言です。田中さん、大分追い詰められていた。ああいう時には思わず本音が出ますから」

「確かに田中さんにしてみりゃ、前に誰か居てくれれば助かるわな。ハハハ」夏木は上機嫌だった。

「（シングルスだと）ルール違反ですけどね。だけどダブルスならオッケーです。エヘヘ」春日がお道化る。

「よく思い付いたな」近藤がまた褒めた。春日が照れ臭そうにしている横で、秋山が沈んでいた。秋山はまたしても、春日にしてやられたという気持ちだった。それだけではない。今、この瞬間も秋山は自分を責めていた。春日の放った一言がそうさせていたのだ。人は何気ない一言で本音を言う。その通りだ。そしてそれが秋山には強く強く突き刺さった。言葉の二重構造だった。

春日は、田中の何気ない一言でダブルスの活路を見出した。田中は潜在的にダブルスの想像図を描いていたのだ。それが田中の言った「前に誰か居ればなあ」だった。だがこの時春日も何気ない一言を発している。それが「田中さん、大分追い詰められていた」だ。春日も何気なく言った。文字通り何気なく言っただけなのだ。誰かを責めるとか、傷つけてやるとか、そういった感覚は無い。全く無意識だったのだ。だが秋山は聞き逃さなかった。「田中さん、大分追い詰められていた」と。では、追い詰めたのは誰だ？　俺だ！　秋山にしてみれば、春日は春日で何気ない一言の中で、本音を漏らしていた、そして本質を突いていたと気付いたのだ。そう、それが以前夏木にも指摘されていた「お前は選手を追い込み過ぎだ！」の一節だった。

中井の事を否定し続けていた。だが春日は寛容だった。優花をコーチした。結果を出せなかった。だが春日は結果を出した。田中をコーチした。田中を奮い立たせる事はできなかった。俺は何をやっていたんだ。俺のコーチとしての存在価値は何なのだ。秋山の思考は内へ内へと潜り込んでしまっていた。

秋山は、夏木が、近藤が、春日を褒めれば褒める程、自分が惨めになった気がした。秋山はこの時程自分を卑下したことは無い。指導者として、俺は明らかに春日に劣っている。いや、人間としても俺の方が下だ、と。

近藤の同席で、中井・田中のダブルスペア結成の話は大いに盛り上がった。そういえばジャガーズとの対戦の時、中井君は生き生きしていたなぁ、とか、田中君も面白がっていたぞ、とか、田中君のパワーショットと中井君のテクニックの化学反応だ、とか、話題は尽きなかった。だが一方で秋山が落ち込む一方だった。夏木がその事に気が付いた。

「アキ、どうした?」会話が止まった。

「ヘッド、俺、俺……」下を向いている。目が真っ赤だ。

「どうした? らしくないぞ」その通りだ。ここにはいつもの気が強い秋山の姿は無い。

「俺、コーチ失格です」床にポタリと涙の雫が落ちた。大粒だった。

「………」夏木は秋山に覆いかぶさる様にしてその姿を隠した。涙を悟られないようにしてやったのだ。

「ハルの事、羨ましいと思ったり、妬んだり、人としても最低です。ウ、ウッ」秋山は我慢できなかった。夏木の胸に飛び込んで子供の様に泣きじゃくった。

「ん、なこたぁねえよ。アキは立派なコーチだよ。ウチに居てもらわなくちゃ困るよ」夏木は意識して強く抱きしめた。秋山の泣き声が漏れないように……。

「………」「………」「………」

「アキ……」春日が小さく呟いた。アキ、と言うのが精一杯だった。さすがの春日もこの場面はユーモアで乗り切れない。夏木が何とかするしかなかった。

「オーナー……」

「ん?」

「ウチのスタッフは俺も含めて一人ひとりは大した事ないけど、チームワークはいいんです」

「ああ、知ってるよ」

「アキ、ハル。コーチも選手と一緒だ。悩んだり迷ったり、一人じゃ大した事できないんだよ。でもチームで、チームならなんとか乗り切れる。み～んな良い所もあれば悪い所もあるんだよ。それを各々で補ってな、それで、そうすれば……」

「うん、うん」近藤。

「頼りない面子ばっかりですけど、頑張りますんで、これからも見守ってやってください」

「そんな。分かり切ってる事、今更言うなよ……」近藤も年甲斐もなく心が動いていた。感動していた。秋山の涙は意外だった。こうやって人は学んでいくんだ、成長していくんだ、と改めて認識していた。

優花の引退。田中の敗戦。そして中井の怪我。今ベアーズの主力選手は足踏み状態だ。だが近藤はこれも悪くない、と思った。何故ならウチには強力なコーチ陣がいるからだ、と。

からすみペア

中井に勝ったエミール・カラスのその後のテニスキャリアは、栄光に包まれていた。キャプソンスーパーテニス、つまり東京オープンでの優勝回数は四回で一位タイ。もう一人の一位のジョン・スミスの四回とで分け合っていた。但し第ゼロ回大会も含めればカラスの優勝回数は五回、単独トップだ。彼らは十年以上に亘って世界ランキングの一位と二位を奪い合っていた。二人はライバルだった。

マスメディアは必要以上に二人のライバル関係を煽り立てた。二人は仲が悪い、お互いを嫌っているというイメージを作り上げようとしたが、実は二人は親友だった。トップ同士であるが故の友情が芽生え、ツアー中に人知れずそれを育んできたのだ。三十一歳、つまり中井対戦の十年後、カラスはテニスキャリア絶頂時にアメリカに移住する。スミスを慕っての行動だった。従ってそれ以降のカラスの国籍はアメリカで、そしてアメリカ人として、カラスはテニスキャリアを終える。四十歳まで現役を続けた、怪我の極めて少ない長寿選手だった。

現役を引退したカラスは自然な流れでベテランツアーに参戦。主戦場はダブルス。かつて鎬を削ったジョン・スミスをペアに迎え、世界各国を転戦している。

数々のタイトル、名誉、美しい妻、温かい家庭、そして勿論莫大なマネー。カラスはそのすべてを手にしていた。スミスも同様だった。従ってベテランツアーは悠々自適のエンジョイマッチの連続だ。彼らにとって勝負は二の次で、観客を如何に楽しませるかが一番大切な事だ。アンダーサーブ、股抜きショット、利き手でない方のプレー、観客は大いに沸いた。彼らは引退後のキャリアボーナスを謳歌していたのだ。

年明け、一月。ベアーズ。

「おっ！　結構回ってくれるな。大阪、名古屋、最後に東京だ。三大都市じゃん」

春日は公式ホームページから、カラスの今年の予定の記事を目ざとく見つけた。エミール・カラスとジョン・スミス、アメリカやヨーロッパならいざ知らず、アジア、しかも日本にこのビッグネームの二人が揃って来ることは極めて異例な事であった。カラスもスミスも若い頃は単独で東京オープンに参戦しているが、これは各々別々のシングルスの戦いだ。二人揃って、という事は、即ち自動的にダブルスでの戦いを意味していた。スミスのホームページも同様であったので間違いない。予定は六月中だが、参戦する大会等、詳細は今のところ未定だ。いずれにせよジャパンマネーが目的の、顔見世興行である事は明々白々だったが、それでも二人の姿を生で見るチャンスがある事に、春日は興奮した。

「三大都市全部回ってくれるなんて大サービスだな。どうせ金目当てだろ。二人とも悠々自適なんだから、そんなにムキにならなくてもいいのに」春日の独り言に秋山が反応した。確かに大サービスだ。

「カラスはな、だけどスミスの方がチョット事情が違うらしいんだよ」春日。

「えっ、何が？」

「何かテニス以外の事業に手を出しちゃって、それでえらい損害を出しちゃったらしい。だから意外と今のスミスの台所事情は厳しいみたいだぜ」

「スミスの自業自得なんだから、カラスまで付き合う事無いんじゃないの？」

「確かにそうだけど、カラスはスミスに恩があるからな」

「恩？」

「ああ、カラスのアメリカ国籍取得の為に、当時のスミスが相当尽力してくれたらしい」

「そうか、その恩返し。餅は餅屋、って事で本業のテニスで稼ぎ直してる訳か。でも今の時代だったら日本より中国とか中東の方がギャラがいいんじゃないの？」

「そうなんだけど、なんてったって母国以外じゃ日本が一番知名度が高いんだよ。だから集客が見込める」

「そうか、東京オープンの優勝回数は二人合わせて8回？　9回？　ん？　とにかく凄い回数だもんな」

「アキはこの二人、生で見た事ある？」

「無い。テレビじゃ死ぬ程見てたけどな。生は無い」

「子供の頃は何にも分からなかったから、この二人はてっきり仲が悪いもんだと思い込んでいたよ」

「アハハ。そうそう、俺もそう思ってた。今にして思えばマスコミの『煽り』だったんだな。もっともそうじゃなきゃ盛り上がらないもんな」

「ボルグVSマッケンロー！」

「そうそう、サンプラスVSアガシ！」

「最近じゃ、フェデラーVSナダル！　最近、ってこの二人何年トップでやってるんだ。軽く十年以上やってるだろ。全く脅威のオジサンだぜ」春日。

「ウチの倶楽部にも約二名、驚異のオジサンがいるけどな。今は燻っているけど、ハハハ」秋山。

「怒られるぞ！　あと厳密には合計約三名な。もう一人は『ナ』が付く人、イヒヒ」

「そうそう、サマー、木、だからウッド？　ツリーか？」

「木、って言ってるじゃん」

「言っちゃってるな、こりゃ、失礼しました。へへへ」

秋山が元気を取り戻していた。年が明けて気分一新だ。当然話題は中井と田中の事になる。

「中井さんの事、もっと前に知ってりゃ、カラスの見方も全然違ったものになってただろうな」春日。

「ああ、全くだ。もし中井さんが優勝してりゃ、スミスのライバルになってただろうし、今頃グランドスラムのタイトルを持ってたかもしれないもんな」秋山はもう中井を、中井、と呼び捨てにする事はない。

「ずいぶん中井さんを持ち上げるじゃない。でも確かにそうだよな。その可能性もあった訳だ。考えてみれば、俺達は凄い人のコーチをしてたんだな。してたんだな、って過去形だけど、今もしてる。アキ、覚えてるか？　俺が最初中井さんの相手したの？」

「ああ、覚えてる覚えてる。途中でハルとの練習、拒否されちゃったやつ」

「そうだよ、中井さんときたら『いや、もういい』だもんな。あの時は大人しいカスガさんも一瞬カチンときたけど」

「その時点でハルの実力、見切っちゃっていた訳だ。でも今にして思えばよく理解できる。グランドスラムで優勝する奴と戦ってきたんだもんな」

「それなんだけど、中井さん、何であんなぶっきら棒なんだろう、何であんな不貞腐れた態度を取っていたんだろう、って思ってたんだ」

「？・？・？」

「また、もしも、って話だけど。もしその後カラスが全く活躍しないで萎んでいっちゃってたら、あれほど中井さん捻くれなかったと思うんだよ」

「なるほど、その後のカラスの活躍イコール俺だったかもしれないという……」

「妬み！」二人シンクロした。

「そりゃあ、不貞腐れるよ。中井さんの気持ちも分からなくもない。中井さんはカラスの活躍を見て、どういう感情だったんだろう？」秋山。

「その不貞腐れる、ってやつなんだけどね。中井さんが完全に諦めちゃってて、カラスの活躍を心から祝福してるんだったら不貞腐れる、っていうのはあり得ない事だと思うんだよ」春日。

「？？？」秋山。秋山はこういう所は鈍い。春日が仕方なく説明する。

「素人のオッサンの自慢話でさ、俺は高校時代、今メジャーの〇〇からヒットを打った事があるんだぞ、てな話よく聞くだろ」

「うんうん、そんなテレビ番組あったな」

「それは確かに凄いかもしれないけど所詮は過去の話だ。今現役のメジャーのピッチャーからしたら知ったこっちゃない。勿論オッサン側も、今、現役の〇〇からヒットを打てるなんて微塵も思ってない。もう終わった事、つまり双方にとって過去の事なんだよ。だからお互いサバサバしてる。笑い話で終わりだ」

「うん、それで？」

「だけど中井さんの場合はそうじゃない。現在進行形なんだよ。何なら今すぐにでもリベンジしたい。それぐらい『実は』思ってた。いや思って、る。ホントのホントのところはグランドスラムに出たかったんじゃないの」

「まさか？　グランドスラムっていったら5セットマッチだぞ。四十四歳で、正気の沙汰じゃない」

「その正気の沙汰じゃない事を去年までやってたじゃないか！」

「確かにそうだけど」

「アキ、俺思うんだけど、去年まで中井さん、必死で筋トレしてたろ。もしかしてもしかしてなんだけど、全日本で勝ってその上の世界目指してたんじゃないかなあ」

「何でそこまで言えるの？　その推測の根拠は？」

「優花から聞いた。中井さん、ポロッと5セットマッチがどうのこうの言ってたらしいんだ」

「相変わらずハルの情報収集は凄えな。そうか、俺には考えられない事だけど、もしかしてじゃなくて中井さん、ホントにホントにグランドスラムを視野に入れてたのかもな。だけど結果大怪我しちゃった。ショックは大きいな」

「中井さんの当初の落ち込みは多分、あーこれで完全にグランドスラムはダメだ、って思ったからじゃないの。少なくともシングルスはね」

「う〜ん、今にして思えばあの時の落ち込みは、グランドスラムの望みが中井さんの中で完全に断たれたっていう落ち込みか。傍から見れば滑稽なくらいだけどな」

「そうそう、だけどその断たれたっていうのはあくまでもシングルスでは、って事だよ」

「シングルスはダメ。だけどダブルスなら……まさか？」

「本当はダブルスもアリって思ってるはずだ。だけど素直じゃない人だからな。そう簡単にやる気を表に出さないよ。でも一時は本気で諦めていたのかも」

「だけど夏木ヘッドは復帰しろと言ってくる、貴美子さんも優花も」秋山。

「そして田中さんの存在だ」春日。

「俺達にも（中井復帰の鍵は）掛かってくるな。それにしても半年後、いや五か月後にカラス来日だ。因縁だ。何かあるな」秋山。

「ある！　絶対何かある。凄い偶然、いや、運命だ！」春日。

貴美子のアパート⑥

同じく正月。四人。

「な～に？『からすみ』ペアって？」貴美子が誰に聞くともなく独り言の様に呟いた。

「エミール・カラスのカラスと、ジョン・スミスのスミス。二人のファミリーネームのカラスとスミスをくっ付けてカラススミス。短くしてカラスミス、でさらに略して『からすみ』……春日さん命名です」

「こんな言い方してるの日本だけ、もとい、ベアーズだけよ。ウチの倶楽部の中だけで勝手に盛り上がっちゃってるのよ。全く恥ずかしいったらないわ」

「アラ、面白いじゃない。私は好きよ。からすみ！　アハハ！」

会話に参加していないオッサンが約一名いた。中井だ。ブスッとした表情をしている。この四人の会話の特徴は、目の前の人に言っているようで言っていない事だ。本来はAさんに伝えたいのだが、あえてBさんに向かって話す。今日も例外ではなかった。

「からすみペアさん、元世界ランキング一位と二位の組み合わせなんだから、嘸《さぞ》かし強いんでしょう？　ねぇ田中さん？」貴美子が田中に（本当はその奥の人に）投げかける。

「勿論強いでしょう」田中が応える。こういうところは義理堅い。

「対戦してみたいと思いませんか？　ねぇ田中さん？」優花が煽る。

「そ、そりゃあやってみたいと思いますけど、接点が」

「接点が、無い？　いえいえそんな事は無いでしょう。昔接点があった人が近くに約一名いるじゃないですか。ねぇお母さん」優花、さらに煽る。

「いますよ、多分近くに。またとないリベンジのチャンス！　あ、でもその人はもうやる気ないからダメか」貴美子も煽った。

「うるせえなお前ら！　まだ半年も先の話だよ！」中井が口を開いた。否定をしたつもりだったのだろうがこれは墓穴だった。半年後（厳密には五か月後。先の事の様で先の話ではない）を知っているという事は、中井もガッツリこの情報を掴んでいるのだ。中井もシッカリ気にしていたのだ。中井がミスって放ったこの言葉尻を、美澄母娘が見逃すはずがない。

「なんだ、来日するって事、知ってたんじゃないの。それから半年後じゃなくて五か月後ですからね！　六月来日でしょ。今正月、一月だから、六引く一は、五。五か月後です。それぐらい計算できるでしょ！　五か月なんてあっという間ですよ、中井選手！」中井選手、だ。優花がまたまたオヤジを挑発。貴美子もタジタジになる程の娘パワーだ。

「屁理屈言うな！　どっちでもいいだろう、そんな細かい事！」

「よくない！　大事な事！　一日も無駄にできない！」

今のカラスにとって日本は、観光に毛が生えた程度の場所にしか過ぎず、勝負に出向く場所ではない。中井もカラスの来日予定を、意識はしていたが、現実に対戦するとは思っていなかった。勿論この時点ではからすみペア（もう、からすみペアで通そう）と中井ペアが対戦する予定や計画は無い。その伝手《つて》も無い。

だが優花は違う思いでいた。根拠は無いが、このペアは必ず対戦すると確信していた。理屈ではない。直感で、本気でそう思っていたのだ。

「取り敢えず最初やる事は、プロ登録する事ね。時間が無いからサッサと手続きしちゃいましょう。二人は実績があるから問題無いわ」優花はその気マンマンだ。

「エッ？」田中は意表を突かれた。

「大丈夫よ田中さん。身近にプロでやってきた人がいるから。全部その人に任せちゃえば」貴美子は表向き、田中を相手に話をする。いつもの戦法だ。

「おいおい！　勝手に話進めるんじゃねえよ！」中井が参戦してきた。

「私は田中選手に言ってるの！　中井選手には言ってませんよ！」中井選手に言ってるのだ。

「言ってんじゃねえか！」

「言ってません！」

「同じだよ！　嫌らしい言い方しやがって。プロになるって事は賞金貰ってやっていくって事だぞ。分かってんのかお前！」勢いでここまで喋ってしまったが、中井は自分で自分の発した言葉に一瞬で後悔した。よく分かっている人が身近にいる。目の前にいるのだ。中井は「娘」優花に感情で返してしまった。優花にも中井を煽った責任が無い訳ではない。しかしここは元プロテニスプレーヤー美澄優花選手に敬意を払うべきだった。優花の腹の中はこうだった。

（分かってるわよ！　私が一番分かっている！　誰に向かってそんな事言ってるのよ！）ここまで思っていた。だが、これをそのまま口にしてしまったら終わりだ。

「………」「………」険悪なムードの沈黙だ。田中が何とかするしかない。

「分かりました。申請しましょう」

「えっ！」「エッ！」「ええっ!!」優花・貴美子・中井。

「登録しましょう。優花さん、事務的な事はアドバイスしてください」

「ハ、ハ、ハイ」

急転直下だ。優花も貴美子も、そして中井も怒りの持って行き場が急に無くなってポカ～ンとなった。

「………」「………」「………」沈黙だが、先程の沈黙とは質が違う。次に誰が口を開く？

「専務が何て言うかな？」田中だった。天井を見つめポツリと言った。独り言みたいだった。

「専務？」貴美子・優花。

「大将の会社、野村製作所の専務さんだ」

「お会いした事あるの？」貴美子。

「あるよ。大将の一番のサポーターだ」

「えっ、会ったんですか？　聞いてないです。いつ？」

「専務さんがベアーズに初めて来た、ってそれっきりだけど。覚えてる？」

「覚えてます。尾行されてたみたいで」

「ハハハ、尾行、そう、まさしく尾行してたな。大将には気付かれない様に振る舞ってたつもりだったんだろうけど、俺には丸見えだった。それにしてもあんな傍で見られてて、大将全然気が付かないんだもんな。よっぽど集中してたんだよ」

「そうだったんですか。全く気付かなかった」

「その後オーナーに呼ばれて、一発で分かったよ。ああ、あの不審者が野村さんかって事。で、そのまた数日後、会社で」

「会社？」

「ウチの会社、キャプソンで。あ、専務は仕事でだよ、ついでに俺の所に来てくれた」

「そうだったんですか。最初はぶつかったんですけどね。今にして思えば専務の命令が無ければ中井さんとの出会いも無い」

「？？？」貴美子・優花。

中井は田中との出会い、野村製作所の事、今日までの経緯を説明した。田中がプロでやっていくという事は野村製作所の業務から、スタッフから離れる事を意味していた。

「大将は俺と違って、職場での信頼が厚い。専務さんにも社長さんにもきっと認めてもらえるよ」

「そうですね。会社には事後報告になっちゃうけど。やってみます」

「田中さん、ありがとう」

貴美子と優花はさすが田中さん、と思った。ジャガーズ騒動の時は、中井の金魚のフン扱いされたがどうしてどうして、やる時はやる、決断する時は決断する人だと感心していた。特に優花は田中さん素敵！ぐらいに思っていた。めでたしめでたし、の雰囲気になりそうだった。貴美子も思わずいい気分になっていた。

「………」「………」「………」「………」沈黙。だがこの沈黙は良い沈黙だ。

（ハッ!!）違う違う。優花は思い出した。思い直した。思い返した。決断してもらうのは田中さんじゃない（田中さんもだけど）。中井選手だ。お父さんの方だ。お父さんなに？　田中さんの良き理解者みたいな立場に立っちゃって、まるで他人事じゃない。私が決断して欲しいのはお父さんアナタなのよ！と。

「チョットチョット！　思わず騙されそうだったけど、お父さん、じゃなくて中井選手！　アナタはどうなのよ？」

この発言と同時に貴美子も我に返った。そうなのだ。田中には申し訳ないが、貴美子と優花にとって、田中はガス器具の支栓に過ぎない。元栓である中井の方を開かない事には火は付かない。今はその段取りを進めているのであった。

「俺は、いいよ」中井。NOの方の意味のいいよ、だ。

「よくないわ！」貴美子が言った。

「いいって！」ややキレ気味だ。

「よくない！　田中さんを一人にさせるの？」今度は優花。こっちはこっちでキレ気味だ。

よくなかった。色々な意味でよくなかったのだ。二人掛かりなのがまずよくなかった。決定するのはあくまでも中井だ。中井にもプライドがある。促されて渋々決めた、ではダメなのだ。それから夏木に誘導されたとはいえ、二人は、特に優花が前のめりになり過ぎていた。事実優花は次の言葉（逃げる気？）を用意していた。これを優花に言わせてはいけない。中井には多少でたらめでもいいから、再び立ち上がる大義名分を用意してあげなければいけないのだ。田中が鍵を握っていた。田中はこの三人にとって、三人が再会した瞬間から今の今まで役割は変わっていない。中井も貴美子も優花も本能的にそれが分かっていた。田中は、三人の緩衝材だ、安全弁だ。三人にとって田中は知恵であり、理性でもあったのだ。優花の、田中さんを一人にさせるの？を受けた形で田中が発言した。

「優花ちゃん、確かにデートで彼女が約束の時間に来なくて、一人になっちゃうと不安になるけど」

「はい？」優花は意味が分からない。

「遅れてる彼女にいきなり詰問するのは違うと思うんだ。連絡方法はメールとか、ラインとか……直接電話ってケースは今時じゃ、あんまり無いか」

「？？？」

「彼女の事がホントに好きなら、ホントに信頼しているのであれば、俺はしばらくは待つべきだと思うんだよ。理由を聞くのはその後でいい」

「!! !! !!」優花がハッとなった。中井には逃げ道を用意してあげるべきだったのだ。逃げる気？を言わなくて本当に良かったと思った。またしても田中に助けられた。不思議な関係だ。この四人は目の前にいるのに、目の前の人に言わない。目の前の人に直接何かを言って上手くいった試しがない。碌な事が無い。身内なのだ。もう三人は完全に身内になっていた。田中は親戚のオジサンだ。だからちょっとだけ冷静な判断ができる。その親戚のオジサンの事が、優花も貴美子も、そして中井も大好きだった。会社の会議ではない。議決を取る必要も無ければ、正式な議事録を残す必要も無い。何となくでいいのだ。愛し合っているのなら、何となくすべてが上手く回っていくのだ。余計な言葉が却って歯車を狂わす。来るべき時間を待てば良かった。いつも中井が言う決めゼリフを、今日は田中が言ってこの場を締めた。

「じゃ、中井さん、そういう事で」

デート

「ちょっとしたデートですね。ドキドキしちゃうわ」

女だ。貴美子譲りだ。肝が据わっている。こういう事を口にするのは、男の田中には到底できない芸当だった。ドキドキしているのは田中の方だった。田中は自分の車でない事、自分の運転でない事を密かに安堵していた。こんな精神状態ではまともなハンドル操作などできる訳が無い。今二人は東京のTV亜細亜に向かっている。

　菊地から中井に連絡があったのは三日前。やはり四人が貴美子のアパートに集結していた日、夕食後だった。

　中井は田中の、じゃ中井さんそういう事で、を受けてプロの登録をした。全日本ベスト4は伊達ではない。書類手続きは全く問題無かった。あとは怪我の回復を待つのみだ。優花も貴美子も一安心で、中井ファミリーは前回の険悪ムードとは違い、今回は比較的柔和ムードだった。加えて食後だ。飯を食って腹が膨らめば動物は皆落ち着く。例によって四人はテレビのバラエティー番組をボーッと眺めていた。

　油断していた。無造作にテーブルの上に置いてあった中井の携帯に着信音。ディスプレイには「TV亜細亜　菊地」と表示があった。TV亜細亜番組ディレクター菊地と中井が繋がったのは、あのジャガーズ騒動の時だった。中井に好意を持った菊地は、一方的にアプローチ。中井は最初こそ戸惑ったが、菊地の的確なマスコミ対応のアドバイスに助けられる。これを切っ掛けに二人は懇意になった。その後は電話でのやり取りぐらいしかないが、菊地は常に中井の動向に注目していたのだ。その菊地からの着信。三人はハッキリと目撃した。中井と菊地の会話が始まる。三人はテレビの方に顔を向けたままだったが誰もテレビなど見ていない。異常な集中力で中井の会話に耳、だけ、傾けていた。

「ご無沙汰してます。はい、はい」……「怪我ですか？　まあなんとか」……「知ってますけど、そんな、運命とか、大袈裟ですよ」……「えっ？」……「本当ですか？　本当に見つかったんですか？」……「はい、はい」……「いや、でもそれを見たところで」……「確かにそうなんですが」……「ええ、ええ、お気持ちはありがたいんですが」……「分かりました。今すぐには結論が出ないので、少しお時間ください。折り返します」

無視しろという方が無理だ。会話が終わった時には全員中井をガン見していた。通話内容はほぼ筒抜けだった。大体分かる。ポイントは「何が」見つかったか、という事だ。中井の驚きと、狼狽振りは尋常ではなかった。優花が一番敏感に反応した。そして我慢できず問い質した。会話は全部聞かれているのだ。中井もそうそう安易な嘘で取り繕う事もできない。中井は菊地からの情報を正直に話した。一言で言うと、二十二年前の、カラスとの試合の映像が見つかったから見るか？という事だった。それもＶＨＳの、あの粗い画像のユーチューブ画面ではない。オリジナル、しかもノーカットの完全版だ。

「見たい！　見たいわ!!」当然だ。自分が生まれる前の、若き日の父親の映像を見たくない娘などこの世に存在しない。優花は何が何でも見てやろうと思った。その欲望は抑えきれない。優花のおねだりに中井はタジタジだった。そして中井ファミリー内での中井のグダグダ振りは、今日も健在だった。中井は決断ができない。

中井はまだトラウマから抜け出せていなかった。あの日の事にまだ真正面から向き合えていない。怖いのだ。怪我が完治していない事も手伝って、今回は東京行きを回避した。中井はこう言った。

「大将、取り敢えず俺の代わりに見てきてくれ。大将の率直な感想を聞きたい。それによって（俺が）

見るかどうか判断する」と。中井はまたしても田中を頼ったのだ。優花は優花でまたしても内心で
（意気地無し！）と思っていたが、それを口にするのはやめた。それよりも何よりも、兎にも角にもその映像が見たい。優花は言った。「田中さんと一緒に東京に行く。運転は私がします！」と。中井は多少制止したが無力だった。優花の熱意と圧力に押し切られたのだ。

行き。

「お父さ、ちち、ええと、中井さん、じゃない、中井選手からは何か聞いてます？」

「『お父さん』でいいんじゃないですか？　苗字で呼ぶのもおかしいですし、中井選手じゃ、何か知らない人みたいじゃないですか」優花の質問には答えていない。

「ああ、田中さん、それそれ。私に対して敬語で話すの、やめてくださいよ。そっちこそおかしいですよ」

「いや、でも、仮にも元僕のコーチですからね。あ、仮にも、っていうのも失礼か」

「もぉ～だからやめてくださいよ。分かりました。お父さんの事はお父さん、って呼ぶから、田中さんも私に対してはタメ口で話してください。せっかく二人っきりなのに、デート気分が台無しじゃないですか」

（ドッキーン!!）心臓が破裂するかと思った。もし田中が運転していたら、大事故を起こしていただろう。優花に翻弄されるのは中井も田中も一緒だった。優花は初めて出会った十九歳の頃に比べ、大人になっていた。現役を引退し、以前の張りつめた、ギスギスした雰囲気も無くなった。中井に接す

る時は別だが、それ以外は柔和になった。性格だけではない。アスリートを卒業した優花の体は柔らかさ、ふくよかさを取り戻し、明らかに「女」になっていたのだ。贔屓目なし、お世辞無し、客観的に見て、第三者的に見て、優花は美しい。一六九cmと一般女性の世界に戻れば長身。スタイルもいい。冗談でも何でもなく、優花は一流のモデルとして、芸能人として今すぐやっていけるだけのルックスだった。その優花と二人っきりの車内デートだ。田中が意識せずにいられる訳が無かった。

「わ、わ分かったよ。じゃ、今日はタメ口でいこう」

「ありがとう。じゃ、お互いの事、何て呼ぶ?」

「えっ?　お、俺は優花ちゃんって呼ぶしかないじゃない」

「私は田中さんの事何て呼ぼうかしら。健次さんだから『ケンちゃん』か。だったら私は『ユウちゃん』か。『ユウ』って呼び捨てでもいいのよ、アハハハ!」

優花は自分で発言して自分で勝手に笑っていた。田中が少し引き気味になる位上機嫌だった。優花は田中に対し、恋愛感情は無い、と自分に言い聞かせてはいたものの、実際は自分でもよく分かっていなかった。その感情は、父親不在であった故の単なる穴埋めか?　いやいやそうではない。田中は「代理」程度ではない。もっと大きな存在だ。かと言って「恋人」と呼ぶには余りにも抵抗がある。優花は複雑な自分自身の感情に揺れ動いていた。ただこれだけは言える。人間田中健次の事が大好きである事に間違いは無かった。田中の朴訥とした雰囲気、裏表のない誠実さ、天然ボケ、時折見せる影、思わぬタイミングで出てくる優しい言葉、そのすべてが好きだった。そんな田中と仮にも二人っきりの密室デート。嬉しくない訳が無かった。そして優花が田中を好きになる最も大きな要因は、田中のキャラクターが、中井と真逆である事だった。優花は時々貴美子に溢《こぼ》していた。田中さんが私のお父さんだったら良かったのに、と。だから優花はせめてこの僅かの二人だけの時間は、思い切りデート気分を味わおうと決めたのだ。

いずれにせよ、呼び方について田中は、ケンちゃんユウちゃんはやり過ぎだと言った。田中さん、優花ちゃん、で良いのだ。田中はやや悪ノリ気味の優花を諌めた。優花はそれすらも嬉しかった。自分にブレーキを掛けてくれる大人の男性として、優花は田中の事が尊敬できる。そしてこれはこれで、優花がまた違う角度から田中を好きになる要因になった。お互いの呼び方が決まって、二人はやっと普通の会話に戻る事ができた。

「田中さん、前々から思ってたんだけど」

「ん?」

「お父さんに対して、何で敬語なの? 二人は同い年、同級生じゃない。何で?」

「何で、って、そういう流れになっちゃったからなあ。俺にとっては普通なんだよ。今更中井さんとタメ口で話してみたところで、却って不自然になっちゃうと思うんだ」

「だから、それそれ。中井『さん』もおかしい!」

「おかしいかなぁ? なんか『なかい』って呼び捨てするのも気が引けるし」

「ダメよ、フフッ」

「ダメかなぁ」

「ダメよ、あんなチンピラ! 締めちゃえばいいのよ。だって田中さんとお父さんが本気で喧嘩すれば、あんな奴イチコロでしょう」

「チンピラ、イチコロ、って、そんな。ハハ」

「そう、イチコロ。アハハ。私お父さんの田中さんに対する態度を見ててヒヤヒヤする事があるのよ。よく田中さん怒らないな、って。だってアイツときたら田中さんが何にも言わないのをいい事に好き放題じゃない。全く偉そうに、何様だと思ってんのよ。私が田中さんの立場だったらガツンと言ってやるのに」

「別に怒ってないし、気にもしていないよ」

「そういう田中さんの寛大なところに甘えてるのよ。今日だってそうじゃない。せっかく菊地さんに教えてもらったのに、大将、代わりに行ってくれ、って全く意気地無しだわ。ハッキリ言うけど、あの男、実は臆病者の『チキン野郎』なのよ！」

「………」笑顔だ。田中は苦笑いするしかなかった。優花の話は見事に的を射ている。だが優花のそれは愛情に満ち溢れていた。アイツ呼ばわりの中井の悪口を言いながら、優花は中井を愛しているのがそのトーンでよく分かる。そして独身の田中は中井の事が羨ましかった。俺にも娘がいたらなあ、と思った。娘に説教されるのも悪くないと思ったのだ。田中は田中で優花の事が好きだった。優花の言う通りだ。今日ぐらいはデート気分を味わおうと思った。

「確かにそういう所がある。あ、これ俺が言ってたって内緒だよ」

「いいのいいの、その通りなんだから。アイツ大会前に慌てて筋トレしてたでしょう。あれだって田中さんを意識してたのよ。パワーは田中さんに勝てっこないんだから。で、無理して結局あのザマよ」

「……」ツッコミどころ満載だったが、黙って聞いているのが一番だと思った。

「本気だったのよ」急転して真面目モードのトーンだった。

「本気？」

「本気で全日本を獲る気でいた。『俺にはまだ先がある。だからこんなところでは負けられない。田中如きに負けて堪るか！　田中如きに躓いて堪るか！』ってそんな心境だったのよ。だからあんなにムキになってトレーニングしてた。結果的にオーバーワークになっちゃったけどね。あ、如き、ってごめんなさい」

「いや、分かるよ。中井さんにしてみれば、田中、如き、だ」

「だけど、結果、大怪我で終わっちゃって。お父さんの本当の目標、恥ずかしくて口にできなくなっちゃった」

「本当の目標？」

「お父さんの、中井選手が描いていたイメージは全日本で優勝して、それで……」

「それで？」

「それで晴れて『次は○○だぞ～！』って声高らかに宣言したかったに違いないわ」

「○○に入る言葉は？」

「それは本人の口から言って欲しいな。目標って、恥ずかしいからなかなか口に出せないのは分かるけど、やっぱり自分から言わないとダメなのよ」

「自分から……」

「そう、自分から。周りにどんなに反対されようとも、笑われようとも」

田中は驚いた。優花は言った。確かに言った。自分の明確な目標を言った。そしてその目標に真正面から向き合った。周りは笑う事こそ無かったが、無理だと思っていた。でも優花は最後までベストを尽くした。今、目の前に一つの事を「やり抜いた」人間がいる。優花は全く後悔の無い選手としての現役生活を終えた。だからまだやり抜いていない中井の事が見えているのだ。だからここまで言い切れるのだ。田中にとって優花は遥かに年下だ。だがテニス選手としての優花は大先輩であり、尊敬に値する存在になった。そして優花の成長に、田中はある種の感動すら覚えていた。田中の心情を見抜いていたかの様に優花が続けた。

「あ、すごい年上の田中さんに、生意気な事言って、ごめんなさい」

「そ、そんな事ないよ。優花ちゃんの言う通りだよ」と、言ったものの田中は内心あ〜あ、と思った。何でもっと気の利いた事が言えないのだろう。せっかくのデートなのに、ムーディーな言葉が思い付かない自分自身に非常にガッカリしていた。その後はこれといった盛り上がりの無い会話が続く。目的地が近づいていた。


TV亜細亜。菊地の事務所。

「いや、中井君の気持ちは分からないでもないですよ。僕だってどうしようか迷ったくらいですから」

田中と優花、特に優花にとって菊地の第一声は意外だった。てっきり、だらしないなあ中井君は、的な事を言ってくると思っていたのだ。

「SNSの画像は見ましたか？」菊地が話を切り出した。ジャガーズ騒動後、一時的に拡散したが、その後すぐ失速してしまったユーチューブ画像の事だ。ここがそもそものスタートだった。

「見ました」「私も見ました」田中と優花が一様に答える。

「でも画像も粗いし、音声も酷い。だから何を言ってるのか分からなかった。（世間に）イマイチ拡散されなかったのも理解できるわ」

「大昔ウチのテレビ局で流したやつのVHSの録画映像がベースですからね。言ってみればコピーのコピーみたいなもんですから、当然粗悪品……偽物です。でも今日見せるのはそのオリジナル……本物です。うちのアーカイブにありました。当時のアナログテープをデジタル処理しました。ですからかなり見やすくなっているはずです。しかも（ユーチューブ画像の様な短縮バージョンじゃなくて）フルバージョンです」菊地が説明をした。それは決勝のみならず準決勝からだった。二十年以上封印されてきた、中井の若き日の勇姿が今ここに蘇るのだ。優花は居ても立っても居られなかった。菊地は優花の、一刻も早く見せて！オーラに圧倒され、自己紹介もそこそこに録画映像を再生した。画像は超鮮明だった。ユーチューブ画面とは比べものにならない。そして目の前に、当時二十一歳の、躍動する中井が現れた。

「若い！」「細い！」「軽い！」「速い！」優花。

「上手い！」「強い！」「凄い！」田中。

「田中さんも美澄さんも、中井君の若い時の映像を見るのは初めてですか？」

「勿論です。スナップ写真とか、止まっている画は何枚かありますけど、動いているのは初めてです」優花。

「私もです」田中。

「どうですか、感想は？」

「基本的なフォームとか、動きの特徴は今と同じです。ただ、この頃は今以上に軽やかですね。おそらく体重も今と比べて一〇kgぐらいは軽いんじゃないでしょうか」

「最近は筋トレして体重が増えてたから尚更違いが分かるわ。この頃の体重で良かったのに」

「四十代にもなるとそうはいかないんですよ。まあ、取り敢えず準決勝は以上です」

中井の圧勝。最初から結果が分かっていたとはいえ、やっぱり身内が勝つのは気分が良い。準決勝の優花と田中はよく喋った。内容を吟味するというよりは、感情に任せた感嘆詞が多かった。それもポジティブな内容ばかりだ。あっという間に終わった。事実、試合時間そのものも短かったのだ。

「で、決勝なんですが」菊地が決勝画面に変える。菊地は準決勝、決勝と一度通しですべて視聴済み。だから今回は、二度目ということになる。


決勝は違っていた。画面が何となく暗かった。菊地はその日、曇りだったことを話したが、二人が感じたのは物理的な暗さではない。それだけでは説明できない独特の雰囲気があった。準決勝とは違って今度はのんびり見ていられない。口数の絶対数は少なくなったが優花が適切な解説を加える。

第一セット。《6－6》シックスオールまで。

「重い空気ですね」田中。「カラスの粘りが凄い。（サービスゲームを）落としそうで落とさない」優花。「素人の私が言うのも何ですけど、技術的には圧倒的に中井君の方が上だと思うんですが、精神力でカラスが何とか喰らい付いているというか」菊地。「その通りです！」優花・田中。

第一セット。タイブレーク。中井が落とす。

「ああっ、やっぱり落としちゃったか」優花。「？・？・？」菊地。「タイブレークになった時点で二人の気持ちに差があります。ブレイクできそうでできなかったおとう、ちち、いや、中井と、それを守り切ったカラス」優花。この映像を見ている間は中井の事は「中井」にしようと決めた。「カラスの方が気が楽という事ですね」菊地。「そうです」優花。「このままの流れだと中井君ズルズルいっちゃうのかと思ったんですが」菊地。「そうですね。カラスストレート勝ちの流れが、誰の目にも明らかです」優花。

第二セット。

「カラスの運動量がガクッと落ちましたね」菊地。「第一セットのタイブレークがカラスの最初のピークです。人間ですから一度安心します。安心するとすぐには元に戻れません。それでもよく頑張っています」優花。「中井君の、揺さぶりっていうんですか？　まるでカラスをイジメてるみたいですけど」菊地。「残酷な様ですけどこの戦法で正解です。このまま最後まで押し切ってしまえば良かったのに」優花。「あっ、カラス追わない」菊地。「足にきてますね。中井さんの戦術が効いてる」

田中。「第一セットを取ってるから、この後は無理しないで体力の回復に専念するのがセオリーです」優花。「このセットを捨てるって事ですね。あっ、諦めましたね。全然反応しない」菊地。

第三セット、序盤。

「問題の第三セットです。私は数回見ていますが、何度見てもここまでは中井君の負けが全く目に浮かばないんです。結果が分かっているのに敗戦が信じられない」「菊地さんの仰る通り、中井さんが負けるなんて信じられない。完全に中井さんの圧勝ペースじゃないですか」「私もそう思う。ホントにここから負けちゃうの？」

第三セット、中盤。

「あっ、痙攣！」優花。「痙攣ですね」田中。「初めて見た時は絶対に棄権だと思いましたよ」菊地。「このあとも続けるの？　嘘？」優花。「やっぱりダメじゃないですか。あれっ、続ける」田中。「ここら辺りからチェコの応援団が騒ぐんです」菊地。

「ほんとだ。凄い声援」田中。「こういう応援は凄く力になります」優花。「そういうものですか？」菊地。「そうです。エキストラパワーです」優花は自身の経験からこう言っている。だが、冷静に考えれば、普通に見ればこれは焼け石に水だ。判官贔屓の一幕に過ぎない。菊地も、田中も、そして優花もそう思っていた。「ん？　何か言ってますね」田中。「気が付きましたか、この言葉」菊地。「私も気になった。何て言ってるのか分からないけど、奇麗な言葉じゃない事は確かね」優花。「美澄さん、外国語堪能じゃないですか、それでも分からない」菊地。「分からないです。とにかく英語じゃない。それとフランス語でもドイツ語でもないのは確かです」優花。「何て言ってると思います。あとで調べたんです」菊地。「『卑怯者！』じゃないですか?」優花。「正解です。何で分かりました?」菊地。「中井のプレーを見ていたら分かります。私が逆の立場だったら同じ言葉を言っていたかも」優花。ただ、この時の中井にとって幸いだったのは、中井がチェコ語を全く理解していない事だった。この『卑怯者』に関してはプレーに影響していない。中井が狂い出すのは次からだ。日本人観客の、なかい〜正々堂々やれ〜の音声をマイクが拾っていた。「あっ、あっ！　これか！」田中が異常反応した。菊地は驚いた。もっと驚いたのは優花も同じ様に異常反応していた事だ。「アッ、アッ、アア！」「ど、どうしました?」田中と優花が顔を見合わせた。二人とも悲しい顔をしていた。今分かった。長年解けなかった謎が今解けた。中井が未だに解放されていない『正々堂々』の呪縛は、この時が始まりだった事を。

第三セット、中井崩壊の始まり。

「………」「………」優花と田中が画面から視線を全く外さず言葉を発さない。発せない。見たくない。だが見なくてはいけない。そう葛藤している様だった。「だ、大丈夫ですか?」菊地が心配になる。身内だ。身内と友人が見ているのだ。その衝撃は菊地が最初に受けた大きさの比ではない。菊地は二人を見守るしかなかった。「あっ、ダメ」「ああ、駄目だ」優花も田中もまとまった文章で、理路整然とした発言をする事ができなくなっていた。それでもゲームは、映像は続く。菊地には二人が二人とも、冷静になれ、冷静になれと自分に言い聞かせているのが分かった。中井敗戦の事実に目を背けてはいけないのだ。二人は目を凝らし、画面上に何か異変が無いかを探し続けた。気を取り直す。あくまでも第三者として見る。中井だけでなく、カラスも見る。客観的に見る。すると発見するところがあった。カラスのヨレヨレ振りだ。「芝居かなあ？」優花。「芝居かもしれないね。だとしたら上手過ぎる」田中。この二人の会話を聞いて菊地はギクッとなった。さすが現役プレーヤーだ。何故さすがと思ったのかは二人がTV亜細亜をあとにする直前に明らかになる。ただ、今のところは、二人に画面を最後まで見届けてもらおうと思った。「チェコの応援が気になるね」田中。「確かにそうなんだけど、海外でやる時はこんなもんじゃないわ。いちいち気にしてたらやってられない」優花。田中は先輩優花にガツンとやられた。冷静に考えればこの時の中井は今の優花より年下、しかも海外での試合経験が全く無い、一大学生に過ぎないのだ。優花がプロの目線でアプローチしてくれている。だから菊地は、初めて見た時とは全く違った角度から、改めて新鮮な目でこの映像を見る事ができていた。「中井さん、アンフォーストエラーが増えてきたね」田中。「相手としてはどうなんですか？」菊地。「めちゃくちゃ助かります」優花。「砂漠でオアシスを見つけた様な……砂漠もオアシスも行った事ないけど」優花が解説を加えた。よく分かる表現だ。菊地がまた感心する。

第三セット、中井、蟻地獄。

「ああ、駄目だ」「アッ、ダメ！」田中と優花のだめっ、がまた増えてきた。中井が《5－5》ファイブオールに追いつかれた場面だった。「ウオオォー！　これか！」田中が突然大声を出した。そのあまりの声量に菊地と優花は仰天する。「あ、いや、ごめんなさい」田中は謝りながら、何故異常に反応したのかを説明した。安易なドロップショットは相手に叩かれるのを教わった事を、そしてその練習を何度も繰り返した事を。菊地はまたまた感心していたが優花が冷静だった。「それにしても田中さん」優花。「はい？」田中。「カラスが足を残してるわ。やっぱり芝居だったのよ」優花。「そうだね芝居だ。だけど俺達、今冷静になって見てるから芝居って分かるけど、その時の中井さんにしてみればこれを見破るのは無理だろうね」田中。「そうね」優花。「芝居？」菊地。「そう、芝居です。足を引きずっているのも、息を切らしているのも、表情も、全部芝居です」優花。（そんな？　まさか？）とは菊地は言わなかった。事の顛末をすべて知っているからだ。菊地は推理小説を全部読み終えている。犯人も知っている。犯行の手段も知っている。それは最後の最後に種明かしをしてもらったからだ。優花は違う。優花は結末を読む前に、犯人も、犯行現場も、犯行に使われた凶器もすべて言い当てている。菊地はプロテニスプレーヤー優花に強く興味を持った。確認の意味で質問してみた。「マッチポイントでもやるもんなんですか？」「やります！　騙し合いですから。で、マッチポイントをモノにできなかった時、プレーヤーは物凄く焦ります。マッチポイント、イコール勝利ではないんです。マッチポイントを握っていながらグランドスラムの優勝を逃がした選手は沢山います。スケールは全然違いますが、私もマッチポイントからひっくり返された事は何度もあります」経験者の迫力ある、そして説得力のある解説だった。

　第三セット、中井の終焉。

「イップスですね」菊地。「そうです。よく分かりましたね」優花。「ゴルフのパターで、そんな極端ではないですが、経験があります。それのテニス版みたいな」菊地。「そうですか、そうですね、その通りです。中井の場合は一気にその症状が顕在化しました。完全に精神的なものですね。明らかにパニックになっています」優花。この時点で優花の目は真っ赤だった。だが冷静に解説を続けている。努めて冷徹を装っている。対して田中はダメだった。見ていられない。中井の姿を直視できない。

女は強い。ゲームセットが近づく。「今度は相手のマッチポイントですね」菊地は残酷な様だが話を振った。黙っていられなかった。「カラスは立派です。中井のミスを期待していない。ここが勝者と敗者の差です」優花も立派だ。最後まで菊地に気を配る。キチンと解説している。していた。だが、ゲームセット。中井がヒキガエルの様に無様にコートに取り残されている。田中はガックリと下を向いた。優花は、優花は気丈だ。優花は凝視し続けている。画面を、無残な中井を、そして一言も声を発さない。表情も変えない。我慢していたのだ。その証拠に、優花は自分の唇を引き裂かんばかりに強く強く噛みしめていた。だが、限界だった。堤防が決壊する。その大きな瞳から一粒の雫が零れ落ちてから、濁流になるまではあっという間だった。涙が止まらない。全く止まらない。いつまでもいつまでも止まらなかった。優花はその涙を拭う素振りすらしなかった。ただただ、中井を、二十一歳アマチュアの中井を、まだまだ未熟だった甘ちゃんの中井を見続けていたのであった。

帰り。

行きとは打って変わって、帰りはお通夜の様だった。帰りの運転は田中がした。助手席の優花は、DVD（菊地は今回の映像のすべてをDVDに編集し、二人に手渡していた）のケースと、何やらメモ帳の様な物を胸に抱き抱えている。それはまるで火葬場に向かう霊柩車の様であった。父の遺影を持つ娘の優花。葬儀社の運転手。

会話が弾む訳がなかった。

「どうする？」田中。「どうしよう」優花。

程度が限界だった。田中のどうする？には二つ意味がある。DVDを見せるかどうか、これが一つ。もう一つがメモ書きの公開だ。TV亜細亜をあとにする際、このメモ書きの事で予想以上の時間を取った。

「大分、遅くなっちゃったね」田中。「そうね」優花。

高速の途中のパーキングにも入らず、寄り道もせず、二人は帰路を急いだ。やっと貴美子のアパートに近づいてきた。

貴美子のアパート⑦

十分に余裕を持って自宅アパートを出たつもりだった。慎重には慎重を重ねて行動したつもりだった。二人きりにならない様に。だが、二人は二人きりになってしまう。

「あれっ、まだ帰ってないの？」中井。

「それがまだなのよ。さっき連絡があって、あと三十分位掛かるって」貴美子。

参った。丁度、ちょ～ど中途半端な時間だ。あと一時間と言われれば中井は出直しただろうし、あと十五分であったのなら何とか沈黙に耐え切れる時間だ。だが中井に与えられた時間は三十分だった。三十分と分かっていての敵前逃亡はあまりにも情けないので、中井は優花と田中をこの場で待つ苦渋の決断をした。となると、さすがに三十分間貴美子と全く口を利かない訳にはいかない。苦痛だが何とか一人で頑張るしかなかったのだ。この四人は直接本人と対峙すると碌な事が無い。その、最も碌な事が無いのが、中井と貴美子だった。碌な事が有って、平和であったのなら、そもそも二人は離婚などしていない。どちらか一方でも三十分間無言を貫いていたのなら、トラブルは無かっただろう。だがこの二人はこの、たった三十分間を我慢する事ができなかった。

「やっと着いたね」

「うん、お母さんに謝らないと」

貴美子の部屋から明かりが漏れている。だが漏れているのは明かりだけではなかった。二人の言い争う、怒鳴り声も残念ながら漏れてしまっていた。勿論優花と田中に内容は分からない。だが二人が感情をぶつけ合っているのは確かだった。

「だから何でお前に指図されなきゃなんねえんだよ！」

「指図って、アナタがグズグズしているからでしょう！」

「グズグズだとお！　亭主に向かってなんだテメエその言い方は！」

「実際グズグズじゃないの！　それから亭主じゃなくて『元』ていしゅ！　今は単なる居候！」

優花と田中は、これはアカン！と思った。特に優花は一瞬にしてこうなった経緯を想像できた。そしてほんの二言三言で今現在の状況、貴美子優勢、中井劣勢が判定できる。口喧嘩では、絶対男は女に勝てない事は分かり切っていた。逆に田中は男の、中井の気持ちが理解できる。口喧嘩で勝てないから手が出るのだ。手を出せば男の負けで、この瞬間すべてが終わる。危なかった。もう少し到着が遅くなっていたら、中井は手を出しかねない、緊迫した状況だったのだ。

「お母さん、落ち着いて」優花のファインプレーだった。お父さん落ち着いて、では中井のプライドを傷つける。貴女《あなた》が、言い過ぎたんじゃないの？という所からスタートさせたのが良かった。聡明な貴美子はサッと刀を鞘に納めた。

「ごめんなさい。興奮しちゃって」

「どうしたの、一体？」

「いえ、この人がね」

そのあとの貴美子の説明に優花と田中は驚愕した。復帰に舵を切ったはずの中井が、やっぱり辞める、と言い出したというのだ。

何故こうなってしまったのかは分からない。売り言葉に買い言葉、どっちが合っていてどっちが間違っている、どっちが先でどっちが後という様に、貴美子と中井の言い分は、裁判官のいない二人きりの事なので水掛け論になってしまう。だがどういう経緯でこの戦争状態になったかは別として、中井が「辞める」と言った事だけは確かな様子だった。

「お父さん、ホントなの？　本気で言ってるの？」裁判官優花が問い質す。

「ああ、辞めるよ。馬鹿馬鹿しくってやってられるか！」

開き直っている。そしてここまでハッキリと口にするとは思わなかった。貴美子との間で何があったのか？　優花は微かな希望を込めて、確認の質問をした。

「辞めるって、田中さんとダブルスを組むのを辞めるって事？　まさかテニスを辞めるって事じゃないわよね」

「大将は関係無いよ。もう、テニスを辞める！」

「………」「………」優花も田中も絶句した。

優花は、中井が根性無し、という事は知っている。そして、貴美子が気が強い事も知っている。貴美子が中井に何らかの言葉を放ったのが原因である事は容易に推測できる。だが、それにしてもあまりにも話が性急に過ぎる。ここまで中井が頑なになったのには何かが、何か中井の逆鱗に触れる様な発言があったのだ。優花は思考を張り巡らせた。どちらか一方に味方すればどちらかがますます怒り、傷つく。中井にしてみれば逆鱗に触れた、と取る発言かもしれないが、それは中井の自惚れであって、貴美子は貴美子で中井を励ましたつもりの発言かもしれないのだ。今回のキーマンは間違いなく優花だ。何故ならば田中があまりにも無力であったからだ。優花が話を切り出さなくてはならないが、その一言は非常に難しいものになってしまった。

「あ、そうだ！　ごめんなさい遅くなっちゃって。私たちが遅くなっちゃったのが一番悪いのよ。ねぇ田中さん？」

「そ、そう、そうなんです。僕たちが遅くなっちゃったから、貴美子さんにご心配掛けちゃって、中井さん、イライラさせちゃって、ホントに、申し訳ない」

田中は、優花の咄嗟の機転は正解だと思った。俺達二人が悪者になれば少なくともこの緊迫した状況は緩和する。だから優花の呼び掛けに呼応したのだ。今までの四人だったらこれで何とか軌道修正できていた。田中もそう信じていた。だが、今回はそうならなかった。中井の怒りが収まっていなかったのだ。

「ああ、そうだよ。お前らがモタモタしてたからこうなっちゃったんだよ。デート気分でも味わってたのか？　遅くなる事ぐらい向こうを出発する時点で分かるだろうよ！　何で事前に連絡しないの！」

言い過ぎだ。二人を攻撃するとは、お門違いも甚だしい。確かに遅くなるのなら、出発時に連絡するのが常識だ。だが二人は貴美子に連絡するのを忘れるぐらいの衝撃を受けていた。こちらはこちらで事情があったのだ。二人はこれを主張する事もできた。中井の言い過ぎは間違いないが、それでも二人は自分たちの言い分を封印する気でいた。我慢する気でいた。中井にすれば田中側の事情など知る由もない。だから中井に反論せず黙っていた。だが黙っていられない人がいた。貴美子だ。もう貴美子は許せなかった。貴美子は鞘に納めたはずの刀を再び抜いた。そして中井に切り掛かる。そうさせてしまったのは中井自身だった。

「何て事言うの！　自分の不甲斐無さを責任転嫁するなんて最低よ！　アナタには二人の事をどうこう言う権利は無いわ！　そもそもアナタが意気地無しだから代わりに田中さんに行ってもらったんでしょう！　そんな言い草なら最初っからアナタが行けば良かったんじゃないの！　全部そう、大将が、大将が、ってアナタ自分の事でしょう。田中さんが何も言わないのをいい事にアナタ全部甘えてるのよ。アナタ、アナタの周りの人にどれだけ助けてもらったと思ってるの。佐藤さん、伊藤さん、オーナー、そして田中さん。田中さんと出会わなかったら今でも腐ったままだったのよ。それを何よ、偉そうに、アナタの態度は何？　何様？　アナタの優柔不断さが、周りを振り回してるんじゃないのよ！　もうやめて！　もういい加減ちゃんと本音を言ってよ。本当にホントに目指してた事を口にしなさいよ！」凄い勢い、凄い剣幕だった。

（あわわ!!）二人は慌てた。消火器で間に合わない。もう火は消せない。貴美子は正論を言った。だが今の中井が、ハイ、その通り、仰る通りでございます、申し訳ございません、などと言う訳がなかった。貴美子の発言は中井を引っ込みのつかない所へ追い込んでしまった。

「そういうお前の出しゃばる所が嫌で別れたんだよ。こっちはこっちで考えがあるんだ。ガタガタ言ってくるんじゃねえ！　俺には俺の人生があるんだから、お前が先回り、先回りするんじゃねえよ！」

「先回りじゃないわ！　逆よ！　後押ししてるんじゃないの！　どうしてそれが分からないの！」

「ああ、分かんないねえ！　何だ後押しって？　どこだ？　どこに押すんだ？　お前がやってる事はなあ、バンジージャンプのスタート台で悩んでる奴を後ろからいきなり押してるようなもんなんだよ。バンジージャンプの場合は命綱があるけど、今の俺には無いの！　復帰、復帰って簡単に言うな！」

（怖いんだよ！）と素直に言えない。これは田中が理解できた。中井が意気地無しである事、優柔不断である事、グズグズである事、確かだ。確かだがとことんまで中井の立場に立ってあげよう。何の為にもう一度頑張るのだ？　何を明確な目標にすればいいのだ？　中井は全日本に全精力を傾けてきたのだ。それで怪我だ。そして今の年齢は四十三歳だ。『怖い』と思う事がそんなに不自然な事か？もう辞めると決断する事が、そんなに恥ずかしい事か？　中井は中井で悩んでいたのだ。バンジーのスタート台の上で。そして飛び降りるタイミングを自分で見計らっているつもりだったのだ。優花と田中は、それはそれで（相当な譲歩だが）中井の気持ちは分からないでもない、という流れになりつつあった。だが、貴美子は、貴美子は全く違った視点にいた。そうじゃない、中井よ、そうじゃないのだ、と。

「バンジージャンプじゃない」今度は大声ではない。貴美子は下を向いて、呟く様に、独り言の様に、だが、バンジージャンプの件はキッパリと否定した。

「あん？」「エッ？」「えっ？」中井・優花・田中。

「バンジージャンプじゃないわ」貴美子が繰り返した。

「？」中井が、何言ってるんだコイツは？という表情だった。

「バンジージャンプじゃ、ただ落ちていくだけじゃない！」

「？？？」中井・優花・田中。

「私は、大地を蹴って、大空へ羽ばたくあなたを応援したかった」

「………」「………」貴美子の言いたい事が少し分かってきた。

「私は、あの日まで、あなたと同じ夢を見ていました」

「………」「………」「………」

「絶対叶う、って信じてました。でもあなたは負けてしまった。でも私はすぐ立ち直れる、って思っていました。でもあなたは立ち直れなかった。まさかの二十年間です！　私は諦めかけていました、三年前までは！　でもあなたは立ち上がった。けれどあなたが立ち上がったのはあなた一人の力ではない。いろいろな方々のサポートのおかげです。そして何といっても田中さんと出会ったからです。

あなたは田中さんと出会って昔の顔に戻りました。夢を純粋に追い掛ける少年の顔に。私には、私にだけは、分かる事です。私は……」

話はまだ続いている。中井が遮った。貴美子の演説を聞くのは面白くない。

「急に敬語で何だよ！　でも、でも、って何が言いたいんだオマエ！」

優花と田中は（田中もさすがに）この馬鹿、黙って聞け！と思った。貴美子が泣きながら、震えながら訴えているのだ。

「私は、優花ちゃん、私はこの三年間とても楽しかったの、とても充実していたの！」

優花が、ウン、ウンと大きく頷く。優花も涙目だ。

「もしかしたら、もう一度、もう一回夢を見させてくれるんじゃないかと思って」

核心に迫っている。中井がまた白けさせる。

「な～に、泣いてんだよ。お前ら女は泣きゃあすむと思ってるからなあ、何だ、夢、夢って、夢で食っていけるか！　生きていけるか！っていうの」

田中がキッ！と、視線を中井に向けた。睨み、だ。出会って初めて中井に対して威嚇の目線を放ったのだ。中井がたじろいたのを女性陣二名が見逃さなかった。中井の物言いは、やっぱり小心者の捻くれた表現に過ぎなかったのだ。田中が一言も発する事無く視線のみを貴美子に送る。続けてください、の指示だった。貴美子は勿論、優花もこの時初めて田中に恐怖した。心地良い恐怖だった。雌が雄に畏怖する瞬間だった。

「田中さん、私はね、中井と同じ夢を見ていたの。私の夢は中井の夢なの！」

今度は田中がウン、ウンと大きく頷いた。中井が出しゃばる。震えている。

「何だよ、夢って、何だよ！　言ってみろよ！」

「それを私に言わせるの？　あなた自身の口から言わなくていいの？」

「いいよ！　なんだよ！　言ってみろ！　いいから言ってみろ！」

「優花ちゃん、田中さん、ゴメンね」中井がこんな人で、こんな意気地無しでゴメンね、という意味だった。

「だから言ってみろ！」中井の最後の抵抗だった。

貴美子が大きく息をスウ──ッと吸う。泣きながら、震えながら、でもハッキリと、キッパリと言った。


「私の夢は、昔も今も、ウィンブルドンのセンターコートです！」


「…………」「…………」「…………」

「…………」「…………」「…………」

何も、誰も、勿論中井も言葉を発せない。四人が出会って最大の衝撃の言葉だった。図星だった。呼吸が止まって、動きも止まっている中井の様子がその何よりの証明だった。

ベアーズへの入館も、田中との練習も、ジャガーズとの対戦も、優花を応援したのも、そして自身の全日本挑戦も、すべてだ。中井にとってすべてがウィンブルドンのセンターコートに直結していたのだ。そしてできる事ならオーストラリアンオープンも、フレンチオープンも、USオープンもすべて出場したいと思っていた。そしてそして中井が特に、特別に位置付けていたのは何といってもウィンブルドンだった。中井のプレースタイル。流れるようなサーブ&ボレー、繊細なタッチショット、地を這う様な強烈なスライス。中井に最も適したサーフェスは緑の芝のウィンブルドンだった。そしてそしてそして中井がどうしても手に入れたかった武器。手に入れたいのに手にしていなかったのが、サーブだった。田中の、あの嫉妬した田中のビッグサーブだったのだ。

田中は中井と出会ってから今日までの中井の言動、行動、そのすべてに合点がいった。すべてに説明が付く。どうして腐っていたのか？　どうして捻くれていたのか？　どうして皮肉ばかり言うのか？　どうして強がってばかりいたのか？　分かる。判かる。解かる。

「俺、ウィンブルドンのセンターコート目指してるんだ」と一言言ってくれればすべて理解できたのだ。

三人の視線が中井に集中する。中井が震えている。反論できない。何か言葉を発しようと思っても、出てこない。体が言う事を聞かないのだ。今までの強がりは何処へ行った？　三人は視線を逸らさない。中井にずうーっと向けたままだ。中井がハーハー肩で息をしている。もう耐え切れなかった。苦し紛れの行動だった。

「帰る！」

そう言って、ドア付近に逃げ込んだ。動線上にいた優花を突き飛ばした形になった。優花は勿論貴美子も呆気に取られた。優花はテニス選手で体のバランスが優れているとはいえ、所詮女だった。一八三㎝の大男の勢いを止められるはずがない。その時だった。もうひとりの一八四㎝の大男が動いた。この一八四㎝の大男は、一八三㎝の大男の行為が許せない。

「中井！　待て！」田中は初めて中井を中井！と呼び捨てた。腹の奥底から出る、ドスの利いた大声だった。と、同時に後ろ向きの中井の後ろ襟首をむんずと掴み、力任せに後方に引いた。凄い握力だ。体の中で一番重い頭を引っ張られた中井はたちまちバランスを崩す。勢いが付き、惰性が付いたところで田中は手を放した。慣性の法則で中井は何もできず後方にひっくり返るだけだった。中井が尻餅を付く。だが本能的に顎を引いた。そのまま後頭部を打ち付けなかったのが、中井のテニス選手としての微かなプライドだった。気丈な貴美子が、優花が、キャー！と悲鳴を上げた。それぐらい田中の行動は二人にとって意外であり、恐怖だったのだ。尻餅を付いた中井を田中が上から、文字通りの上から目線で睨みつけていた。間接的であった貴美子と優花でさえ恐怖だったのだ。直接それを味わう中井は二人の比ではなかった。震えていた。歯がガタガタと音を立てているのが分かった。図らずも今日の昼間、優花が田中に言った、田中さんがお父さんと本気で喧嘩すれば、の一説の通りの姿がここにあった。中井は本物のヤクザに脅されているチンピラそのものだった。

「な、何だよ」怯えている。尻餅は付いたままだ。

「中井さん」中井、さん、に戻している。口調も穏やかで優しい。田中は続ける。「見てくれますか？それと中井さんに伝えなくちゃならない事があるんです」

「な、何？」まだビビっている。一度脅しておいて優しい口調に戻るのは、敏腕刑事が取り調べの際に使う常套手段だ。田中は無意識？意識的？にその手法を使った。もう中井は田中の提案にＮＯとは言えない。

「優花ちゃん！」

「ハ、ハイ」優花は突然名を呼ばれて驚いた。

「やっぱり見せよう！　それと例のやつも、全部聞いてもらおう！」

　優花は黙って頷いた。優花は田中の行動のすべてに納得、理解できていたが、中井と貴美子は「？・？・？・」「？・？・」だった。田中は中井と貴美子に、特に中井にはまるで子供を諭す様な優しい口調でこう言った。

「中井さん、貴美子さん。帰りの車中までは（見てもらうかどうか）迷ったんですが、やっぱり見てもらう事にします。中井さん、辞める意思の様ですが、その前に一度、一度だけでいいですから、今日俺達が持ち帰ったＤＶＤを見てもらえますか？　決断はそのあとでも遅くないと思うんです。お願いです。とにかく画を、画像を見てください」

　中井は怯えながらも、無言ながらも、わ、わ、分かったよ、見るよ！といった意思表示をしていた。それを見た優花が微笑み、田中とアイコンタクトを交わしていた。尻餅を付いたままの中井に田中がそっと手を差し伸べる。こっちも無言ながら、ゴメン！ちょっとやり過ぎた、という表情を浮かべていた。貴美子だけが「？・？・？・」のままだった。

「準決勝はいいや、決勝だけにしよう」

　優花が素直に頷いた。田中が仕切り、優花がそれに従う。優花は田中の迫力に押され、アシスタントの様な立ち位置になっていた。優花はＤＶＤ二つのケースの内の一つ「決勝」とマジック表記のしてある方を貴美子に手渡した。

「お母さん、これ」「は、はい」貴美子がディスクを挿入し、再生。四者四様の鑑賞が始まった。中井は少しだが、冷静さを取り戻していた。

「三時間以上掛かります。チェンジコートとか、カラスが痙攣するからメディカルタイムアウトの時間とか。どうします？　早送りしますか？」

貴美子がううん、と首を横に振った。フルで全部見ます！という意思表示だった。中井は？　中井に決定権は無い。無力の中井は貴美子の意思に従うだけだった。四人共無言で見た。中井も貴美子も勿論興奮したが、田中と優花との決定的な違いは、二人がリアルタイムで経験していたという事実だった。中井と貴美子は当時の記憶と目の前の画面を照らし合わす。観客として、しかも真後ろの席で中井の姿を追い掛けていた貴美子にとっては、この画像はほぼ百パーセント記憶通りだった。何故ならば、貴美子の目線とカメラが捉えた目線、貴美子が記憶していた会場の雰囲気と、ＴＶ亜細亜が記録した会場の雰囲気が一致していたからだ。中井は？　中井は自分の姿を俯瞰で、第三者として見るのは勿論初めてだった。中井は数か所で、自分の記憶と実際が違っていた部分に気が付いた。中井は思わず声を上げてしまう様な場面もグッと堪え、とにかく無言ですべて見終える様に自分に言い聞かせた。中井の意思は他の三人に伝播した。誰も余計な口を挟まない。四人はゲームセットまでを一気に鑑賞した。

三時間半後。優花と田中が帰った時刻が午後十時頃だったので、時計は余裕で日を跨いでいた。深夜の二時が近かった。

中井が大人しくなっていた。優花と田中は、中井が殊の外冷静に自分を見ていた事が意外だった。それでも本人に二つ三つの質問をしない訳にはいかない。優花がインタビュアーを買って出た。

「どう?」

「どう?って見たまんまだよ。中井選手惨敗の図、だよ」自虐的に自分を評価する。皮肉屋の中井が戻ってきた。

「それだけ?」

「それだけ?ってどういう意味だ」

「そのままよ。気が付いた事はそれだけですか?って意味」

「……………」

「どう?」

「……………」中井の歯切れが悪い。何か言いたそうだった。優花の問い掛けを中井は受け流せない。そうなのだ。優花と田中がTV亜細亜で気が付いていた事を、中井も同じ様に気が付いていたのだ。ウェアのデザインとか、ゲームカウントとか、選択したショットとか、そういった細かい記憶違いも確かにあった。だが優花が指摘しているのはそういう事ではない。全体を通して何か気が付いた事は無かったんですか?と聞いているのだ。さらにヒントを出した。

「おとう、中井選手じゃなくて、カラス選手の方とか」

中井が、んぐっ、と喉仏を動かした。何かを言おうとしてやめた。言葉を飲み込んだのだ。優花は正解を確信した。これこそが今の中井とあの時の中井の記憶違いだったのだ。

「大変よね、痙攣、って」ダメ押しした。ある種嫌味だった。中井は観念した。完全にバレている。少し遠回りに正解を言った。

「チョットわざとらしいな」声が小さい。滑舌がハッキリしていない。

「エッ?」嫌味の追い打ちだ。聞こえなかったフリをして、もう一度無理に言わせる。

「カラスの動きが、何かわざとらしい、みたいな」

「カラスの動きが何? 何がわざとらしいって? えっ? えっ?」優花はこういう所がある。Sっ気があるのだ。田中が苦笑いしていた。嫌いではない。中井は遂に感じていた事を吐露した。

「(試合中は)全く気が付かなかった。(カラスの奴)芝居してるな」

優花がすかさず田中を見た。二人は同時に微笑み、してやったり!の顔になった。

「何だお前ら、恋人同士かよ!」中井が突っ込んだ。貴美子がプッと小さく、ほんの一瞬吹き出した。やっとだ。やっとここで、ずう〜っと暗かった中井ファミリーに、微かだが光が差し込んだ。田中と優花は、ヨシッ、あと一押しだ、と思った。

「私も田中さんも向こう(TV亜細亜)で初めて見た時同じ感想だったの。で、今二回目。間違いないと思うわ。中井選手としては(芝居を見破れなかった事を)どう思う?」

「どう思うって(見破れなかったんだから)しょうがねえじゃねえか。今頃になって、テメエ騙してやがったな、なんて言ってみたところで始まんねえよ」珍しく中井が殊勝な事を言っている。そう感じた優花が感想をそのままストレートに言った。

「随分しおらしいじゃない。ホントにそう思ってる？　私だったらコンチクショウ！って思うけどな」また煽っている。

「俺だってコンチクショウって思うよ。芝居を見破ってたらな。もしそれが分かってたら全然違ってたよ」

「何が？　何が違ってた？」追い込む。

「戦略だな。選択するショットとか」

「選択するショットが違ってたら結果はどうなってたと思う？」さらに追い込む。

「何が言いたいんだよ！」少しイラつく。

「勝ってた？」どストレートだ。

「そりゃあ、お前……」とまでは言ったが、そのあとに続くはずの「勝ってたよ」が明言できなかった。中井は中井でカラスをリスペクトしていたのだ。カラスはその後グランドスラムも獲っている。そんなカラスに対し、ああじゃなかったら、あれが無ければ、あの時こうだったら、俺が勝ってた、とは軽々に言えない。中井は中井なりにカラスに対し、今更「たられば」を議論しても意味は無い、と、決着していたのだ。そして中井は一呼吸置いて、思い出したかの様にコメントを続けた。

「カラスが芝居をしていたのは間違いない。今見返してみるとよく分かる。俺もそう思うよ。だけど仮にカラスが芝居をしていたとしても、見破れなかったこっちが未熟なだけって事で公には処理されて終わりなんだよ。だって……」

「だって?」

「証拠が無い。今更どうしようもないよ」中井としてはこれで終了、この議論はハイ終わり、というスタンスでいた。だが優花(と田中)は終わっていなかった。

「確かに証拠が無ければ終わりね。じゃ、もし証拠が出てきたら?」

「だから何が言いたいんだよ」中井としてはもう終わったものだと思っているから、少しウンザリしてきた。

「証拠が、証人が出てきて、いやあ、あれは実は芝居だったんだ。まんまと騙されやがって馬鹿な奴だ、みたいな事をあとで言われたら?」

「そりゃあ、お前、えっ? まさか?」

「そんな事言われたら誰だって腹が立つでしょう。例え試合終了後でも。確かに芝居そのものはアリだけど、芝居をしたかどうかは言わないのがスポーツマンじゃないかしら。ましてや敗者にそれをするのは明らかにマナー違反だと思うんだ」

「えっ、優花、なに? あれっ? もしかして? その、な、何だ?」支離滅裂だ。キチンとした文章が言えない。中井は混乱した。

「あるよ」「え、ええっ?」「証拠が、証拠の映像が残っていたのよ!」「!!!!!!」

衝撃だった。カラスが、あるいは誰か関係者が語ったのか? 中井は当時の事を必死に思い出していた。

「中井さん、カラスが、カラス本人がコメントを残しています」ここで田中が参入してきた。そうだった。中井は元々は田中に託したのだ。その田中が、映像を中井に見せる！と決断したのだ。中井はその義務を果たさねばならない。そして中井はその義務を果たした、そう思っていた。

「いや、大将、でも」でも試合終了まで全部見終えたじゃないか、そうアピールしたかった。田中は中井がそう言うだろう、と思っていた。

「中井さんの記憶はここまでですか？」

「？？？」記憶はここまで？　どういう事だ。試合終了のその先に一体何があるというのだ。

「表彰式が中止になった事は覚えてます？」

「………」（表彰式？　中止？　ハッ、確かにやってない）中井は思い出した。

「そのどさくさで、カラスがインタビューを受けてるんですよ。それは覚えてます？」

「………」（覚えてない。カラス？　インタビュー？　だが大将の言う通り、あの時チェコの応援団が乱入してきてどさくさだったのは確かだ。だけどカラスのインタビューなんて知ったこっちゃない。覚えている訳がない）

中井は思いを張り巡らした。冷静になってもう一度その時の事を思い出してみる。すると、

「ハッ！」そういえばユーチューブ画面で見たような気がする。中井は思い出した。いや、厳密にいうと思い出した訳ではない。

「思い出しましたか？」

「思い出した訳じゃないんだ。何かインタビューの画像が（この前）ユーチューブにアップされてただろ。それで初めて、ああ、カラスのインタビューがあったんだな、って思ったくらいだ。だけど画

像も音も悪くて何だか訳が分からなくなって、うやむやになって、それで……」

「その時の映像が、音声が日本側のTV亜細亜に（ハッキリと）残ってたんですよ。大事なのは音声です！」田中は続ける。

「中井さん、これからそれをお見せします。先ずは素材をそのままお見せします。よく見て、いや、よく聞いててください」

カラスが地元チェコのTVスタッフに囲まれている。早口。チェコ語。何を言っているのか分からない。

「（何て言っているのか）分かります？」

「分かる訳ないだろう」中井は大きく首を横に振りながら答えた。そうだ。分かる訳がない。

「優花ちゃん！」田中が目で優花に指示をした。例の物を持って来い、という意味だ。優花が素早くそのメモ帳を持って田中に近づいた。

「中井さん、読み上げます。かなり辛辣な事を言っています。中井さんにとっては酷い内容になります。心して聞いてください」

「田中さん、待って！」

「はい？」

「ちょうどインタビュアーが女性だから、こっちを私が担当するわ。田中さんはカラス担当でどうかしら」

「おっ、いいね、その方が分かりやすい。そうしよう。中井さん、俺達がチェコ語の翻訳文を読み上げます。できるだけ画面に合わせてみます。貴美子さん、面倒ですけど、文章毎に（リモコンの）ポーズボタンを押していただけますか？　お願いします」
用意周到、段取りオーケーだった。優花がインタビュアー役、田中がカラス役になって、インタビューの様子を（日本語で）再生する手はずだ。インタビュアーが地元チェコの女性アナウンサーだったので、それは宛《さなが》ら洋画のアテレコの様だった。二人の熱演によって、二十二年前のカラスのインタビュー内容が見事に、そして中井にとっては残酷に蘇る。

ア＝女性アナウンサー（インタビュアー）＝優花
カ＝カラス＝田中

ア：優勝おめでとうござ……。
カ：えっ？　なに？　これ（チェコに）流れてんの？　生（放送）？
ニュアンスだ。菊地が調査した範囲内で、チェコ語を翻訳している。当時若くてヤンチャだったカラスを、日本語のニュアンスにするとこういう感じになるだろう。優勝、しかも初優勝の直後だ。まだインタビュー慣れしていない。気分は高揚している。カラスは必要以上に流暢に喋っている。加えて興奮もしている。この時のカラスに周囲を気遣う余裕は無い。カラスを諫めるアドバイザーもまだこの時にはいない。従って発言は必然的に過激になった。
ア：生放送ではありません。でも間もなく本国（チェコ）に流れる予定ですよ。

カ：おお、そうなんだ。了解！
ア：改めまして、優勝おめでとうございます！
カ：ありがとうございます！　イエーイ！
ア：先ずは感想をおねがいします。
カ：嬉しいです！　サイコー！
ア：苦しい試合でしたね。
カ：そうだね、苦しかった。でも勝てて良かったよ！
ア：昨日今日と二日続けてアクシデント（痙攣）、でもよく戦い抜きましたね。
カ：ああ、そうだね。ホントに参ったよ。スケジュールがタイトで……。
ア：タイト？
カ：ああ、ハッキリ言って奴らは（この大会の主催者・勿論日本人）フェアじゃない！　俺ばっかりハードなスケジュールを組みやがって、お陰で全然休養を取る暇がなかったよ。
ア：その分相手は有利に……。
カ：その通りだ。ナカイは休養バッチリじゃないか！　俺はスタート時点でヨレヨレだったんだ。正直最後まで持つかどうか不安だったよ。
ア：日本のアンフェアにもかかわらず、それでも勝利をもぎ取りました。素晴らしいです。勿論チェコのアナウンサーは地元贔屓だ。当然だ。
カ：そう言ってくれると嬉しいよ。ありがとう。

ア：痙攣した時はどうだったんですか？
カ：あの時はもう駄目だと思った。よっぽど棄権しようかと思ったよ。
ア：ナカイの卑怯なやり方に随分苦しめられましたね。どうやって立ち直ったんですか？
カ：全く卑怯な奴だ。ナカイは臆病だから俺と打ち合わない。前後に揺さぶってきやがった。まあ、だけど（相手の）戦法だからな。2セット目は途中で捨てたんだ。それでひたすら回復するのを待ったんだけど、あのまま最後まで続けられたら俺も参ってたよ。ハハハ、だけど応援団で大分助かった。
ア：途中から日本人の中からあなたに声援を送る人もいましたね。
カ：いたいた。それとナカイに何か言ってたな。そこからナカイがおかしくなった。俺としては大助かりだった。普通に打ち合ってくれるし、勝手にミスしてくれるし。
ア：足はどうだったんですか？
カ：大分回復してたんだ。だけど、急に元気になるのは得策ではないと思った。だからしばらく本当に痛そうなフリをしていたんだ。
ア：ナカイには気付かれなかったんですか？
カ：アッハッハッ！　全く気付いてないよ。奴は自分の事で精一杯だ。
ア：決勝の場面でよくそんな芝居が打てましたね。
カ：そんな事は無いよ。俺だって必死だ。俺だって奴に追いつくまでは一杯一杯だったんだ。芝居、っていうか、俺なりの戦い方だったんだ。普通だったら完全に負けてるよ。

ア：それでも勝った。その勝因は？
カ：勝因？　そんなもん無いよ。俺はただラッキーだっただけだ。
ア：ラッキー？
カ：ああ、ラッキー。俺の勝因を強いて挙げるとすれば、ナカイがチキン野郎だったって事だけだ。あいつは自分のマッチポイントで安易なドロップショットを打ってきやがった。あれで簡単に勝てると思ったんだろうな。足を残しておいて良かったよ。ダッシュして打ち返したら、ナカイの奴、目を丸くしてやがった。そこからは俺のペースだったよ。
ア：イップスみたいなのもありましたね。
カ：あれで決まったな。俺は内心せせら笑ったよ。ナカイが甘ちゃんで本当に助かったぜ。まあ、所詮日本の緩い環境の学生に過ぎないし、日本人の精神力なんてあんなもんだ。俺はプロだからな。どんな手段を使ってでも勝たなきゃならない。あんなスカしたお坊ちゃんに負けて堪るか。まあ、繰り返すけどナカイがチキン野郎だった事が俺の勝因だよ。ハハハハ。
ア：表彰式が無くて残念でしたね。
カ：表彰式？　そんなもん必要ないよ。賞金だけいただければ……。
ア：日本円で三百万円だそうですが？
カ：そうだね。大金だ。ジャパンマネーだけは日本は素晴らしいよ。アッハッハッ！
ア：オッホッホッ！　優勝おめでとうございました。エミール・カラス選手でした。

中井が震えていた。今度は恐怖ではない。プルプルと、怒りに震えていた。目が、顔が真っ赤だった。悲しみではない。怒りだ。怒りの血液で中井の体中は真っ赤になっていた。この様子を三人はガッツリ見ていた。中井が燃えている。大体分かる。一目で分かる。特に貴美子は中井の内心が手に取るように分かる。もう中井はカラスへのリベンジをイメージしていた。インタビューを見せた事は正解だった。この時点で田中と優花は中井の心を動かす作戦に成功した。大逆転だった。勿論貴美子は田中と優花に感謝していた。だが、それと同時に、中井に半ば呆れていたのも確かだった。単純な人ね、と。

インタビューが終了した後、少し間があって中井が口を開いた。誰にという特定人物はいないが、こう聞いてきたのだ。

「これは本国で流れたのか?」その声は静かで低かったが、間違いなく怒りのトーンだった。このインタビュー映像はチェコで放映されたのか?という意味だった。

「俺達も同じ疑問を持ちました。菊地さんに確認したところ、分からない、という事でした。ですが、放映されなかったと推測するのが常識的な判断です。何故なら発言内容が過激すぎます。中井さん個人への攻撃は勿論、批判は主催者の日本側、ひいては日本人全体に及んでいます。さらに最後にはジャパンマネーの事すら皮肉っている。仮にチェコ国内で放映されたら、一時《いっとき》はチェコのテニスファンが喜ぶかもしれません。でもこの内容が日本側に漏れたら大問題です。大袈裟でなく、国際問題に発展しかねない」田中が答えた。

「だろうな」中井。

「簡単に言うと、チェコ側としては、この映像は永遠に闇に葬っちゃう事で処理したんじゃないかと思うの」優花。

「そうだね」田中。

「もうちょっと詳しく説明して」貴美子。

「あ、え、その」

「私から言うわ。チェコ側からすれば、この第ゼロ回東京オープンは、何もかも上手くいった大会なのよ。結果的にね、結果的によ」口ごもる田中を優花が助ける格好になった。

「？？？」貴美子はまだ全体像が掴めていない。優花の解説が始まった。

「カラスは興奮して暴言を吐いてしまった。カラスは油断していた。カラスはチェコのＴＶ局だけに喋ったつもりだった。でもそっくりそのままの様子を、たまたまＴＶ亜細亜が継続して録画してたのよ。その映像は日本側に残っている。もし日本側がチェコ語をすぐ翻訳してチェコ側に抗議すれば、凄くややこしい問題になったと思うわ」

「ややこしい？」

「そう、ややこしいのよ。まず日本側はミスターナカイの名誉を著しく傷つけたとして抗議するでしょう。これはさすがにチェコ側は反論できない」

「うん、うん」

「多分その点だけについては折れると思う。だって言い過ぎだもん。だけどもう一つ厄介な問題が残ってるの。不自然なドローとスケジュールの設定よ」

「あっ、そうか」

「今度はチェコ側が反撃に出るはずだわ。そして日本側がまた何か言ってきたら、こう再々反撃するはず。それにしても勝ったのはカラスだ、我々の代表はこんな悪条件にも拘らず勝利した。カラスの発言は言い過ぎかもしれないが、彼は真実を述べている。アンフェアだったナカイも主催者も、何をか言わんや！とも言いかねないわ」

「なるほど」

「でもそんな心配ご無用になったのよ。だってミスターナカイは何の抗議もしてこない。その後のツアーに全く出てこない。そもそもテニスの世界にいるのかどうかさえも分からない。二十年以上も音沙汰無しだったら、こんな（カラスにとっては）ちっぽけな問題、自然消滅だわ。無かった事にしちゃえばいいのよ」

「第ゼロ回大会は非公式だから記録に残らない。だったら日本円の三百万をサッサと持ち帰っちゃえばいいだけの話だものね」貴美子はやっと合点がいった。

「その通りです。さらにカラスにとって都合が良かったのは日本側のＴＶ（生）中継が無かった事です。これで完全に第ゼロ回東京オープンは消滅した」田中がダメ押しをした。

「カラス側から見ればね。カラス側から見れば完全犯罪で時効かもしれないけど、今はＤＮＡ鑑定っていう画期的なものがあるのよ。これには時効が無いわ。つまり、証拠が出てきて、被告を再び裁判所に引きずりだす可能性が出てきたって事よ。ねえ、お母さん、田中さん」

「そうね」貴美子。「そうだね」田中。

「ドローとか、スケジュールの事は別問題。ナカイは卑怯だとか、アンフェアだとか言ってたけど、私が一番許せないのは『チキン野郎』発言ね。これは暴言、侮辱発言だわ。ミスターナカイはチキン野郎なんかじゃないわ。これを証明して見せようじゃないの！　この一点に絞りましょう！」そう言いながら優花の鼻がピクピク動いていた。自分で言っていて自分で吹き出しそうだったのだ。チキン野郎、は、優花も陰で言っている。いみじくも今日の行きの車内で田中に言ったばかりだった。中井が敵味方に拘らず、共にチキン野郎、として認識されている事に、優花は笑い転げそうだったのだ。

ここまでの会話に肝心の主役である中井が登場していない。だが三人は例によって例の如く、すべては登場していない中井に話し掛けているのであった。

「ここまで証拠が揃っていて、これ程までにコケにされて原告側が黙っている手は無いわ。名誉棄損で訴えましょう！　もう一度名誉挽回の為に戦いましょう！　あ、でも肝心の原告がヤル気無くしちゃっててダメか？」そしてまたまた例によって例の如く優花が先陣を切って、中井を挑発するのであった。あとは中井次第だ。

三人が中井を見る。思いは同じだった。（中井！　もう一度立ち上がれ！）と。雰囲気が変わっていた。ポジティブな方向に変わっていたのだ。各々が中井に短く話し掛ける。

「中井さん！」（やりましょう！）田中。

「あなた！」（戦って！）貴美子。

「スタンドアップ！　ミスターナカイ！」

と、優花が言ったところでドッと笑いが起きた。中井は爆笑まではいかなかったが少しだけ白い歯を見せた。苦笑いしたのだ。苦笑いとはいえ、笑いは笑いだ。中井は確かに笑ったのだ。もう決まっていた。中井が笑った時点で三人の勝ちだ。中井の笑顔は、テニスを辞めると言った事を撤回したのと同じだった。

ファミレスへ

「で、どうすりゃいいんだよ」

中井が戻ってきた。中井らしい、捻くれた、ぶっきら棒なＹＥＳの意思表示だった。翻訳すると「分かったよ、復帰するよ。復帰するけど、具体的にどう第一歩を踏み出せばいいんだよ。これだけみんなで俺を押したんだから、何か具体的なプランがあるんだろうな」だ。

「大丈夫！　私が中井・田中ペアのマネージャーになるから」と優花がこの一言でかたづけた。

深夜四時近くなっていた。四人共ヘロヘロだった。田中のお腹がグゥーと鳴った。

「優花ちゃん、食材は？　お弁当でもいいけど」

「ハッ！」

忘れていた。完全に忘れていた。帰りの道中で夕飯の食材、それが間に合わなければコンビニのお弁当を買ってくる事を貴美子と約束していたのだ。蚤の糞程の意識すらなかった。それぐらいナカイＶＳカラスは衝撃的だったのだ。

「ゴメン、今から買ってくる」

「いいよいいよ、どうせ出掛けるなら四人一緒にファミレスでも行きましょう！」

「マジかよ」と中井。「俺は別にいいですよ。運転しましょうか？」と田中。

「私が言い出しっぺだから私が運転するわ。行きましょう！」

例によって中井だけチョット抵抗したが、三対一でファミレス行きはあっさり決まった。四人は軽自動車に乗り込み、すぐにアパートを出発した。だが問題は何処に行くかだった。四時ともなると二十四時間営業の店を探すしかない。

「こんな田舎じゃ店なんてないぜ」と中井が渋るも、「大丈夫よ、お母さん、（道は夜中だから）空いてるし、都内の方まで走っちゃえば？」の優花の一言でかたづけた。

その通り車はスムーズに都内に入る。二十四時間営業のレストランの看板が光っていた。

「ここでいいじゃん！」貴美子・優花。「ここでいいです」田中。「ここにしよう」中井。満場一致だ。

四人共腹ペコだった。意外と量を平らげた。そして帰り道。


ファイト！


四人は、このファミレスの帰り道の事を、一生忘れない。

「結構食っちまったな」「意外と食べましたね」「なんかガッツリ食べちゃったね」「そうね」食後の

四人の感想だった。

ちょっと前まで四人は揉めに揉めていた。中井と貴美子は派手な「元」夫婦喧嘩を展開していたし、中井と田中は兄弟喧嘩（どっちが兄貴でどっちが弟か分からないし、田中が中井を一方的に脅したようなものであったが）をしていたし、優花は中井を挑発し続けていたし、中井は怒ったり、ビビったり、やる気をなくしたり、またすぐやる気になったりしたし、貴美子も怒ったり、ビックリしたり、泣いたり、笑ったりしていた。

凄く感情が動いた。その時は飯どころではなかった。人は大失恋をしたり、大切な、あるいは身近な人が亡くなったりすると、食事が喉を通らなくなる。だけどしばらくすると腹が減る。悲しみのショックで食事ができなくなったからといって、一週間絶食して餓死した人の話は聞いた事が無い。最愛の人が死のうとも、災害に巻き込まれようとも、果ては戦時下においても、人は生きている限り必ず空腹になる。空腹になれば嫌でも人は飯を食うのだ。そしてそれが満たされれば否応なしに眠気に襲われる。

中井がそうだった。田中もそうだった。貴美子も、優花も、みんなそうだ。帰りの車中はみんな眠かった。後部座席の中井と田中はあっさりその誘惑に負けた。だが女性陣はしっかりしていた。優花がハンドルを握った。貴美子は優花が睡魔に襲われないように、車内では絶え間なく喋り続けた。優花に語り掛けた。

「大丈夫？　無理しないでね」

「ありがとう、大丈夫よ、ガム噛んでるし」

「優花ちゃんがシッカリしていてくれるから助かるわ。それに引き替えこの人ときたら」貴美子が運転席の後ろの席の中井を見た。だらしなく、口をポカーンと空けてガッツリ寝ている。

「田中さんも寝ちゃってる？」優花は運転中なので後部座席に首を捻る事はできない。

「田中さんも寝ちゃってるわ」貴美子がさりげなく確認した。

他愛もない二人の会話が続いた。貴美子も優花も、中井と田中の悪口とも陰口とも付かない話題を意識して選んだ。中井と田中にもしかして聞かれているのかもしれない（聞かれたところで二人は動じないが）というギリギリトークを楽しんだ。このスリルで二人の眠気は吹き飛んだ。だが三十分程走ると、その会話も尽きた。ガムの味が無くなった。優花はそれを、包み紙にそっと吐き出した。車内が一瞬静寂になった。このままではいけない。

「ラジオでもかけよっか」

「うん、いいね、そうしよう」


ＦＭ、ＤＪの声、五時半頃。

おはようございます！　えー、まだちょっと薄暗いですけどね。運送トラックの運転手さん、タクシードライバーさん、これからお仕事に向かわれる方、夜勤明けの方、病気療養中の方、いかがお過ごしですか？　ＦＭ○○、ＤＪの△△です。今日は朝一番で、皆さんにお元気になっていただけるような一曲からスタートさせたいと思います。

中島みゆきさんで『ファイト！』です。この曲長いんで、なかなかラジオでフルにって結構勇気がいるんですが、今日は頑張ってかけちゃいます。えー、それで、この曲なんですが、最初ドラムのドンドン、タトン、ドンっていうのが聞こえてくるんですけど、それが連続じゃないんですよ。単発です。その間隔が、ドンッと次のドンの間《あいだ》がですね、結構あるんですよ。独特の間《ま》があります。それで最後のタトン、タトン、で、ラジオから音が消えます。リスナーの皆さんここで、特に初めて聴く人にはですね、メチャメチャ不安になっちゃうと思うんですけど、大丈夫ですからね、ラジオの故障でも放送事故でもないですからね。あ、準備できました？　ちょっと長いんですけどね、素晴らしい曲ですからね。最後までお聴きください。それでは改めましてご紹介します。

「中島みゆき　ファイト！」

前奏：ドラムのみ

曲が流れ始めた。だが貴美子は、最初の部分を良く聞き取れなかった。それだけではない。正直DJの曲紹介も頭に入らなかった。優花がその間、喋り続けていたからだ。つまり車内は、曲の前半部分までは、優花の話し声と、ラジオからの音声が、交錯し、混在された空気だったのだ。
優花にとって最も良くない事態は、睡魔に襲われる事だった。今はガムを噛んでいない。だから意識して自分から言葉を発した。その語り口は半分は独り言、半分は貴美子に話し掛けている様に。そしてその内容は、茶化していると言っても良い程辛辣な、楽曲へのツッコミだった。

「あ、『ファイト！』ね。知ってる知ってる。テレビのＣＭでやってたやつでしょ」

「……」

貴美子は無言のままで、積極的なリアクションは取らなかった。

「これだけじゃなくって最近、中島みゆきの曲って、よく流れてるわよね。『糸』とか……。あとリアルタイムじゃ見てないけど昔ＮＨＫの再放送でやってた、ええと、何だっけ、プロジェクトＸ？それの主題歌の……」

「地上の星」

貴美子が反応した。小声だった。優花の独り言？は続く。

「そうそう、『地上の星』。あと金八先生か？　その時は私、生まれてなかったけど、今だとなんかパロディーでやってるじゃない、強制的に連行される時に流れるやつ。あれ、笑っちゃうわ。何だっけ？　シュプレヒコールがどうのこうの……」

「世情」

貴美子が小さく呟いた。クイズ番組の答えのタイミングだったが、はしゃいだ感じではなく、どちらかというと重く、暗いトーンだった。

良く知っている。「糸」や「地上の星」はともかく、「世情」ともなるとかなり古い曲だ。優花は勿論、貴美子ですらもリアルタイムの作品ではない。

ベアーズテニス倶楽部では、スクール生、その父兄、会員、コーチ陣、その他スタッフが参加する懇親会が、年二回開催される。それに貴美子も、過去数回参加した。参加者の中には年配の方も多い。金八先生世代だ。その方々がカラオケで歌う（唄う？）姿を見て、貴美子は間接的に中島みゆきの作品を知ったのだ。その後貴美子は、彼女（中島みゆき）の楽曲に興味を持った。そのまた間接的に、優花はそれらに触れる事になる。だから知識はゼロではなかった。ただ、貴美子や大先輩達の熱量とは裏腹に、優花は冷めていた。さらに言うと、どこか馬鹿にしていた部分もあったのである。優花はなおも喋り続けていた。

「あ、世情って言うんだ。でさあ、中島みゆき、って、なんかオーバーなんだよね。メッチャ熱唱するじゃない」

「………」貴美子は何も言わない。

「大上段に振りかぶって、さあ、泣いてください、って感じで……。まるで感動の押し売りじゃない」

「………」貴美子はまたしても無言。ノーリアクションだった。優花のお喋りはさらに続いた。少し調子に乗ってしまった。

「で、極め付きはこの『ファイト！』。ファイト！　ファイト！って、ボクシングかっつーの」

この発言を受けて明らかに貴美子の表情が強張った。運転中の優花はその横顔を凝視できないが、今まで和やかだった車内の雰囲気が一変したのは確かだった。「気」というものは言葉を発せずとも何となく伝わる。ましてや母娘だ。優花はそれをいち早く感じ取った。貴美子は無言でこう語っていたのだ。
（優花ちゃん、チョット黙ってて！　それより静かに、この曲を聴きなさい！）と。
貴美子の圧力に優花は圧倒される。しかし優花は言葉を発さない、発せない。それだけ貴美子には迫力があった。母娘なのだ。お互いの心中は文字通り「黙っていても」分かり合える。優花は毎度の事ながら、調子に乗ってしまう自分自身を反省した。そして心の中で（ごめんなさい）と、何度も叫んでいた。
優花のお喋りが止むと、車内は静寂を取り戻した。そしてその時優花が取った行動は、ラジオのボリュームのツマミを二段階上げた事だった。優花なりの、お詫びの形だ。すると音が、歌詞が、鮮明に耳に、全身に飛び込んでくる。楽曲が車内を支配し始めた。後半部分しかハッキリ聴けなかった。最初からシッカリ聴いておくべきだったと優花は後悔した。それでも二人は聴き入った。二人は改めて、この超有名な楽曲『ファイト！』を聴き直したのだ。

名曲だった。やっぱり素晴らしい曲だった。

ベタかもしれない。或いは優花の言った「お涙ちょうだい」の罠に、まんまと嵌っているのかもしれない。だが、そんなものを超越する程に、二人は心揺さぶられていた。

情報化社会になって、人は昔の、所謂「名画（映画の方）」と呼ばれる作品を簡単に観られるようになった。何時でも、何処でも、何度でも、だ。そして人は「感動を買う」ようになった。供給側は反対だ。何がしかの金額で「感動を売って」いる。賛否はあるだろう。だがどちらにせよこの風潮は、もはや止める事はできない。

それでも世の中には、男女の壁を越え、世代を超え、国境を越え、時代を超越し、いつまでもいつまでも人々の心にとどまる「名作」が「傑作」が確かに存在する。そこに登場する役者のものまねをする者がいたり、パロディー化するのは、そのオリジナル作品が優れているからだ。インパクトが強烈だからだ。本物をもう一度見直してみるがいい。あらすじが分かっていても、結末が分かっていても、何遍観ても視聴者を飽きさせない、色褪せない作品の魅力を再発見するはずだ。

『E.T.』の、可愛かった少女を演じた娘が、その後アルコール依存症になった事も、『ホーム・アローン』のマコーレー・カルキンが、その後薬物に嵌った事も知っている。あれだけ大ヒットした『サウンド・オブ・ミュージック』も、肝心の本国オーストリアでは評価されていない事も知っている。勿論『タイタニック』は、多くの場面でCGが使用されている事なんて、みんなみんな周知の事実だ。所詮作り物だ。物事にはすべて裏表があるのだ。裏の醜い部分を見始めたらキリがない。そんな事は全部分かっている。分かっていて人は進んで「泣きにいく」のだ。

『ファイト！』だって同じだ。商売だ。ファンはお金を払って、進んで中島みゆきのコンサートに足を運び、自ら能動的に、泣きにいっているのだ。

貴美子は勿論、優花にだってそれは分かっている。重々分かっている上で二人は泣いた。泣ける要素があった。ここで流れた『ファイト！』はオリジナル。音声だけだ。中島みゆきの歌う姿は無い。

オーバーに声を張り上げていない。照明も無い。ＣＭで使用される映像の様に、涙を誘う演出も無い。余計なものが一切無い「音」だけが流れた。それが却って良かった。車内という事も良かった。閉ざされた空間で、余計な雑音が無い。

けれども優花は運転中。百パーセント感情移入する訳にはいかず、さすがに大泣きまでには至らなかった。少し瞳を潤わす程度だ。だが貴美子にその心配は無い。貴美子は自ら泣きにいって、そしてまんまと「泣かされて」しまっていた。優花は真正面を向いているので、その様子は詳しくは分からない。そして曲がすべて終了した時、やっと優花はお喋りを再開した。

「ごめん、前言撤回！　やっぱいい曲だわ。お母さん、恥ずかしいけど、私感動しちゃった」

「…………」貴美子が黙っている。

「ね、お母さん、いい曲だったわよね」

「…………」

「お母さん？」

「…………」無言だが鼻を啜る音。

「お母さん？　貴美子さん!?」

「ウッ！　ウ、ウウゥ!!」我慢できなかった。

「いやだ！　泣いてんの？」

「だって、ウウッ、へへ」貴美子は恥ずかしかった。照れ（泣き）笑いをして誤魔化そうとしてもダメだった。貴美子の泣きは、優花のそれとは違い、完全な「号泣」だった。
「もぉぉ～　年取ると涙腺が緩くなっちゃって。最近のお母さん、泣き過ぎ！」可笑しいような、嬉しいような、悲しいような。優花も少しだけ、改めて、もらい泣き笑いをしてしまった。

優花は勿論運転を続けている。ドライバーは、前後左右、四方八方に注意を払わなければならない。突然優花は変な事を思い出した。教習所で教わった「運転中のドライバーは、頭の後ろにも目を付けていなければいけませんよ」だ。そして再び訪れた静寂の中、我に返る。そうだ、車に乗っているのは私とお母さんだけではなかった。身長一八〇cmを越える大男のオッサンが、あと約二名乗っていた、と。

そう思い出すと、急に二人の事が気になり始める。チョット前の記憶を辿れば、曲が掛かっている間、後部座席はやけに静かだった。それまでの寝息と、微かに聞こえていたイビキが途絶えていた(様な気がする)。その反対に、その間は後部座席で何か音がしていた。タクシーで、酔っぱらいの乗客が目が覚めて、体勢を整える為に急に落ち着かなくなるあれだ。そうだ、確かに後ろの二人はゴソゴソしていた。物音がしていた。起きていたんだ。そう気になり始めると、もうダメだ。確認せずにはいられない。

優花が最初に確認したかったのは田中だった。露骨に後ろを振り向かなくとも、何となく雰囲気で分かる。それでも優花は田中の顔を見たかった。そして、本来はやってはいけない行為だが、優花は運転中にバックミラーの向きを、そっと田中の方を映し出す角度に変えた。変えてしまった。田中の顔が見えた。起きていた、やっぱり田中は起きていた。実は田中は、貴美子と優花の会話も聞いていたし、曲もガッツリ聞いていたのだ。その田中の様子がおかしい。

田中が目頭を押さえている。そう思えば曲の掛かっている間、微妙にズッ、スッ、と鼻を啜る音が漏れていた様な……。（ま、まさか？　も、も、もしかして田中さん、な、な、泣いてる？）恐る恐るバックミラー越しに再確認。（泣いとる！　あの田中さんが泣いてるやおまへんか！）優花は震えた。あの、田中が泣いていた。優花が記憶している限り田中が人前で、少なくとも中井ファミリーの前で涙を見せた事は無い。その田中が泣いた。曲に感動してキッチリ泣いていたのだ。

嘘（うっそおぉーん！！！）。優花は心の中で絶叫した。

と、なると問題はあと一人のオッサンだ。ちょっと前に「お前ら女は泣きゃあすむと思ってるからなあ！」と啖呵を切ったオッサンだ。優花は気になって気になって仕方がない。だがこのオッサンは、運転中の優花にとって最も見にくい位置にいた。このオッサンは運転席の真後ろの席を陣取っていたのだ。優花は、このオッサンも絶対起きていた、と確信していた。田中と同じだ。イビキが途絶えていた。自分の背中越し、つまり真後ろでゴソゴソ音がしていた。間違いない。曲の掛かっている間、真後ろからは余計な音が聞こえなかった。後ろのオッサンは自分の気配を消しているようにしていたのだ（結果的には優花にはバレバレであったが）。聴いている。絶対聴いているはずだ。

赤信号。

あー、やってはいけない事だが優花はやってしまった。勿論念の為にサイドブレーキをしっかり掛ける。後ろを振り向く。中井と目が合う。そして何と何と、中井は大泣きしていた。大泣きも大泣き。窓の外を見つめ、大号泣していたのだ。田中の様に地味に細々と、ではない。それはそれは派手で盛大だった。顔はクシャクシャ。両眼からは滝の様な涙が、そしておまけに両鼻からは鼻水が洪水の様に溢れ出ていた。

汚（きったねぇぇ！！！！！）。優花は心の中で悲鳴を上げていた。

寄りによって、生まれて初めて見た父の泣き姿がこれとは。優花はドン引きした。このオッサンに深く関わるのはやめようと、固く決心した瞬間だった。

夜と朝の綱引きは、完全に朝側に寄っていた。東京から茨城方面に走ると、車は北東に向く事になる。朝日が眩しかった。涙が目に染みた。

戦略会議①【ダブルス技術編】

「それじゃ、そういう事で。分かった？　泣き虫オジさん二人」

中井の得意のセリフ「じゃ、そういう事で」は優花に奪われた。涙を見られたあの日以来、二人は優花の生徒になり、優花は二人の先生になった。二人に反論反抗は許されず、その行動とスケジュールはすべて優花に委ねられた。完全に優花のペースだ。

優花は、早速二人の明確な目標「ウィンブルドンのセンターコート」に向けて、具体的に走り出した。センターコートに足を踏み入れる事ができるかどうかは時の運だが、とにかくやらなければならない事は、ウィンブルドンに向かっての行動の逆算だった。何処かで聴いた唄の歌詞にあった「出場通知」を受け取らない事には始まらない。それにはポイントだ。一ポイントでも多く稼がなければならない。優花は一試合でも多く出場する事を、強く強く勧めた。練習は二の次だった。練習をしている暇があったら試合に出た方が良いという考え方だったのだ。

「えっ、いきなり海外ですか？」田中が気弱な発言をした。それは優花に対してで、しかも敬語だった。田中としては、自分、優花、中井の三人（時として貴美子も）になった場合、中井だけ敬語で、それ以外の人へのタメ口への切り替えが難しい。田中は中井にだけはどうしてもタメ口では話せないので（こちらの方が自然になってしまったのだ）この際全員敬語で話すと決めた。

「そうよ、ＡＴＰツアーが認定しているポイントを稼ぐとなると、国内大会だけじゃ到底ダメな事ぐらい分かるでしょ」優花先生、弁。

「………」中井、無言。

「そんな、俺、日本を出た事ないです」

「何子供みたいな事言ってんのよ！　私なんかたった一人で全部（ツアーを）回ったのよ。中井選手がいつも傍にいるんだから、そんな泣き言言わないの！　何事も経験よ！　分かった？　田中君」田中、くん、と来た。

「………」田中、全く反論できず。

「しょうがねえよ大将。優花の言う通りだ。国内だけでウジウジやってたんじゃ、確かにポイントは稼げねえよ」中井はキャプソンで、マレーシア、中国と海外勤務の経験がある。その他出張で渡米も経験しているので、免疫の無い田中とは多少事情が違っていた。

「私も同行できる時は同行するし」

「えっ、同行してくれるんですか？」

「できる時は、って言ってるでしょう。全部じゃないわ。お金も時間も無尽蔵じゃないのよ」

これを聞いて田中がシュン、となった。オカンにやり込められる男子高校生の様だった。

「とにかく試合に出続ける事！　勿論勝てるに越した事は無いけど、負けてもいちいち引きずってたらダメよ。次っ、次って切り替えていかないと」

優花は二人に、中井ペアがツアーに勝ち続けられる事など到底無理、という前提でプレゼンをした。これに対しては、中井が意外と従順だった。田中のパワーは確かに凄い。だが世界の中では並のレベルになってしまう事を冷静に判断していたのだ。優花も知っていた。自分の試合の合間に男子の試合も見ている。ランキング百位以下でも、田中並みのビッグサーバーはゴロゴロしているのだ。優花は今後を憂慮した。対策は自分自身にも考えはあるが、夏木の知恵も借りたい。そこで優花はベアーズのコーチ陣を招聘し、中井ペア世界進出に向けての戦略会議を開催した。

会議に出席したのは、進行役で優花、そして夏木、秋山、近藤、一応春日。勿論中井ペア本人達も参加している。この会議では、自分達を過大評価せず、できるだけ客観視する事が必要とされる。中井にはそれができていた。だが田中にはできない。自惚れているからできないのではなく、まだまだ田中は自分の実力を俯瞰で、第三者として見た経験が無いのだ。田中は当事者でありながら、この会議を不思議な感覚で、まるで見学する様な立場で参加した。

「先ずヘッドの考えを聞かせてください」優花が口火を切る。

「大きく分けて二つある。サービスゲームとリターンゲームだ。先ず田中さんのサーブ。つまり田中後ろの中井前、これが最もポイントを獲れる形だと思う。田中さんのファーストサーブの確率にもよるけど、いや、セカンドでも今の田中さんのサーブの威力なら問題無い。そんなに強烈なリターンが返ってくるとは考えづらいし、仮に返ってきたとしても中井が前で処理してくれる。前に中井がいるから田中さんも安心してサーブに集中できるはずだ」

「そうですね。この形が中井ペアの原点ですからね」秋山が念押しをする。

「うん。次は中井のサーブ、つまり中井後ろ田中前だ。中井だって悪いサーバーじゃない。相手だってそう簡単にリターンエースは取れないと思うけど。中井、お前はどう思う?」

「俺はサービスダッシュする。大将はネットにベタ詰めしちゃってくれ。前気味で勝負するしかない。何とか後ろで頑張るけど、上手い事ロブで決められちゃったらしょうがない。下手に両方で（相手の選択したショットを忖度して）網を張っちゃうと、却ってダメだ」

「そうだな。アレーコートに打ち込まれるくらいなら、ロブを打たせた方がいい。前を締める戦法で正解だろう。田中さん、そういう事ですから」

「は、は、はい」

「次にリターンゲームだ。どっちがどっち（を担当するの）？」

「大将がデュースサイドで俺がアドサイド」

中井に迷いは無かった。これしか無いと思っていたのだ。実際他のスタッフ全員も、このポジションで疑いの余地は無かった。この時点では、この時点では、優花も含めて全員賛成だった。

「中井さんが片手（のバックハンド）で田中さんが両手（のバックハンド）。経験からいっても妥当ですね」と春日。それは、片手の方が守備範囲が広い、アドサイドにワイドにきたサーブは片手の中井の方が処理しやすい、加えて経験というのは、アドサイドの方が勝負所で回ってくるから、という意味だった。すなわち（30‐40）サーティフォーティまたは（40‐30）フォーティサーティ、アドバンテージレシーバーあるいはサーバーで、こういうカウントになった場合は経験に勝る中井に任せた方が良い、という、やや中井を持ち上げたと言えなくもない発言だった。だがこれは逆に言えば田中の守備範囲は狭く、アドサイドを担当させるのには荷が重い、とも取れる発言でもあった。プライドが高い選手であったのなら微妙な発言だった。しかし問題無かった。何故なら、

「それしかないですね」と、田中自身が認めたからだった。田中には変なプライドは無い。

「大将がビッグリターンで（デュースサイドで）ポイントを先行してくれるとありがたいんだけどな」

「国内だったらな。だけど田中さん、海外だと2メートル近い奴の超ビッグサーブを受ける事になる。そう簡単に今まで通りのリターンはできないと考えた方がいい」夏木の見解だ。

「ロブとか、そういう逃げるショットも必要になってきますね」秋山が懸念する。

確かにそうだな、という全体の雰囲気だった。だがこの雰囲気は破られる。

「必要無いわ！」優花だった。意外な発言だ。

「必要無い？　そうはいかないだろう。全部が全部強打、って訳にはいかないぞ。苦手な部分も多少克服していかないと」秋山にとっては優花の発言はやや不満だ。

「いいえ、全部強打でいくべきよ。田中さん、そりゃあ、現実には全部が全部って事は有り得ないと思うけど、少なくとも、気持ちはすべて強打で、一発ウィナーを狙ってください」

「はあ？　は、は、はい」田中は優花にいきなり振られてビックリだ「？？？」の秋山。その他のスタッフも半信半疑だった。それにしても優花の断定的な言い方の根拠は何なのか。夏木が確認の質問をした。

「優花、もう少し説明してくれ。このままだとコーチ陣が納得できない。第一本人が理解できていないだろう」

「分かりました。そ、そうですね、う〜ん、何て言うのかな？　ライオンはライオンのままでいるべき、っていうか」

「？・？・？・？・？・」一同。

「あ、ごめんなさい、いきなりで。尚更分からなくしちゃったか。よく言うじゃないですか、ライオンはウサギ一匹を仕留めるのにも全力を尽くすって。つまり田中さんには下手な小細工は必要無いって事。で、世界を相手にするって事は相手もライオンばっかりみたいなもの、みたいな、感じです」

「なるほど」夏木。続きを促す。

「勿論最初は（相手のビッグサーブに）面食らうわ。でも絶対に引いちゃダメ！　もう取れっこないと最初から諦めてしまったら永久にリターンできないわ！　田中さん！」

「はい？」

「最初は全く対応できないと思うけど、回数を重ねると必ず慣れてきます。二〇〇km／hを超えるサーブが普通になってきます。だから逃げちゃダメ！　必ず返せるようになってきます。それまで我慢してください。その為には経験を積むしかないの！　試合数を重ねるしかないのよ！」

「つまり相手がライオンなら、こっちもライオンで対抗するしかないって訳だな。逃げて殺されるぐらいなら、向かっていった方が良いと」夏木が優花の発言の背中を押す。

「その通りです。田中さん、本人を目の前にしてごめんなさい。例え話として聞いてくださいね。田中さんみたいなライオンタイプにとってロブとか、ドロップボレーとか、そういう繊細なショットは『逃げ』のショットなんです。『逃げ』はライオンにとって負けです。あくまでもライオンタイプの田中さんにとっては、ですよ。そういう苦手なショットは無理に克服する努力をする必要はありません。

無駄な努力です。そんな暇があったら自分の武器を、自分の牙を磨くべきです。ライオンに徹すべきです。でも逃げるイコール負けじゃないタイプもいます。草食動物がそうです。シマウマとかヌーが自分からライオンに向かってはいかないでしょう。逃げるが勝ち、って諺があるくらいじゃないですか。逃げ切れればそれに越したことは無い。だけどそれでも追い付かれてしまう事もあります。最終的に追い付かれて追い込まれた時、その時初めて草食動物は反撃します。シマウマの後ろ蹴り一発で、ライオンの内臓を破裂させるぐらいの威力があるらしいじゃないですか。必ずしも肉食動物が強くて、草食動物が弱いとは言い切れないと思うんです。あ、何言ってるんだろ私、自分でもよく分からなくなっちゃったんだけど」

「いや、そんな事は無い。よく分かるよ。プロとして自分のスタイルを持つって事がいかに大切かって事が。なあ、中井」夏木は優花の応援団だ。

「あ、ああ。まあな」（ん、じゃあ俺は草食動物って事かよ！）と、内心今一つ面白くなかったが、例え話としてはよくできた内容だったので中井は渋々ではあるが賛同した。これは夏木のある種意地悪だった。中井がどういう心境で優花の話を聞いていたかを理解した上で、中井に話を振ったのだ。

夏木が続けた。

「デュースサイドについては優花案でいいな。じゃ、田中さん、そういう事ですから」

「は、は、はい」

「次はアドサイドだ。アドサイドについては議論する必要は無いだろう。中井得意のロブとかアングルショットで相手を混乱させる。これで決まりだ」夏木は完全に決めつけている。その通りだ。中井も勿論そのつもりでいた。その通りなんだが、前述の「逃げ」がどーにも引っ掛かる。黙っていてもいいが、中井はどーしても、どーしても我慢できなかった。

「その通りなんだけどよ、別に逃げてる訳じゃないぜ。戦術だからな。分かる？　セ、ン、ジュ、ツ。勝つ為のあくまでも一つの手段だって事を言っておくぜ。だから別に逃げてる訳じゃ……」

二回繰り返し（二回繰り返すという表現は本来誤りだがここではあえて）そうだったので、夏木が遮って、

「分かってる、分かってるって」と先陣を切ると、「分かってます、分かってますよ中井さん」と秋山と春日が続き、「分かってるわよ！」と優花が言ったあと、「分かってるよ、中井君」となんと近藤までがダメ押しをした。

中井は内心（くっそぉー、こいつら！）と思った。中井は皆に愛され始めていた。中井は自分自身が（近藤や夏木はともかく年下の秋山、娘の優花、果ては馬鹿にしていた春日にまで）イジられるとは夢にも思っていなかったのだ。

今、ベアーズのスタッフは、誰一人中井を怖がっていない。ビビッていない。入館した当時には考えられない事だった。それが大きく変化した。もう腫れ物に触る様な扱いはしていない。何故ならば中井の正体がバレてしまっていたからだ。ぶっきら棒な対応、口の利き方、無愛想。それが全部虚勢である事、内面は本当はビビりである事。全部バレていた。それが良かった。中井とスタッフの間に壁は無くなった。誰しもが中井に自分の意見をズバッと言えるようになってきたのだ。

「じゃあ、皆さんそういう事で」優花が会を締める。具体的な戦術についてはまだまだ詰める必要があるが、大まかな流れは決まった。中井のお株は完全に優花に奪われていた。優花の発言力が急激に増していたのが印象的だった。やはり海外ツアーと全日本をやり抜いた経験が大きい。田中は不思議な感覚のまま会議を終えた。これからの行動は、ショットの一つ一つは、自分であって自分だけのものではない。自分で打っているんだが周りの誰かと一緒に打っている、あるいは見えない大きな力によって「打たされている」ような感覚だ。そうなのだ。中井ペアはもはや中井だけの物でも田中だけの物でもない。中井個人も田中個人も、そして中井ペアも今は孤独な存在ではない。チームなのだ。「チームベアーズ」の一員なのだ。

中井も田中も、今までずうーっと一人で生きてきた。すべて「自分」「自分の為だけ」に生きてきた。だが今は違う。田中もだが、特に中井は今「自分以外の誰かの為」に動き始めていた。今は無意識だ。だが試合を重ね、今となっては明確に、鮮明になった目標であるウィンブルドンのセンターコートに近づくと、それは「有」意識に変わっていくのであった。

仕掛け人

三月。今度はよく見える。今度はよく聞こえる。画面は鮮明、音声はクリア、しかもテロップ付きだ。今度のユーチューブは大炎上をした。

優花を始めとする中井ファミリーにしても、夏木を始めとするチームベアーズにしても、中井ペアがからすみペアと対戦する事は確信していた。確信してはいたが、具体的な案があるかといえば、それは全く無かった。不思議だ。全く無いにも拘らず、それは何故か実現してしまう。「運命」と呼ぶべきものなのだろうか？　こういう時、それを具現化する裏の人間が必ず現れる。今回の場合それは菊地だった。TV亜細亜、番組プロデューサー菊地倫造が打って出た。菊地は満を持して、それを仕掛けたのだった。

日本のテニスファンはユーチューブ画面に飛び付いた。若き日のカラスが暴言を吐いている。相手はあのジャガーズ騒動の主役、そして最近では全日本選手権ベスト4まで勝ち抜いた中井だ。中井がまたしても世間の注目を集める。VHS画像ではパッとしなかった、消化不良だった部分が今回はすべて解決されている。言語そのものはチェコ語で未だに分からないが、どんな内容を喋っているのかは分かる。分かる様にしてくれている。何故ってご丁寧に、日本語翻訳をキッチリテロップ付きで、紹介してくれているからだ。

菊地はTV亜細亜のアーカイブから、中井にとって都合のいい部分だけを切り取ってユーチューブにアップした。それは、カラスの「チキン野郎」発言だけを極端にフィーチャーし、アンフェアなローの部分については意図的にカットした、圧倒的中井有利の内容の、ある種インチキ画像（音声）だったのだ。だが一般視聴者はそんな事など知った事では無い。「カラス許せん！」「中井頑張れ！」「中井リベンジしろ！」の機運が盛り上がる。これならば日本側の（一方的で勝手な）準備はOKだ。ただし問題があった。日本側がやる気マンマンでも、肝心のカラスを動かさない事には何も始まらないからだ。

大人の出番が、大人の悪知恵が必要だった。

戦略会議②【中井vsカラス編】

四月。カラスのインタビュー映像が、日本で炎上している真っ最中、ベアーズテニス倶楽部休館日、クラブハウス。

キャプソン佐藤、慶聖大学テニス部顧問伊藤、ベアーズテニス倶楽部代表近藤、野村製作所野村廣一郎社長、TV亜細亜菊地の五名。この五名は七十代と六十代と五十代。野村製作所野村廣一専務、中井、田中、夏木、この四名は四十代。計九名が集結した。三十代の秋山と春日。二十代の優花は遠慮してもらった。大人の嫌らしい話になるからだ。議題はたった一つ。からすみペアと中井ペアを、どう戦わすか?だった。

この目的遂行の為には、マスコミを動かさない事には始まらないという認識について、各自は一致していた。従って必然的に議題の中心が菊地となる。そもそもこの会合に菊地をゲストとして招いたのは、それが目的だったのだ。最初の議題はカラスのインタビューから。内容については全員ユーチューブで視聴済みだ。

様々な感想が出た。

「若かった、と言ってしまえばそれまでだけど。それにしても酷いな。ウチ（慶聖）の学生だってもう少しまともな受け答えをするぜ。あのジェントルマンカラスと本当に同一人物の発言なんだろうか。夏木君、どう思う？」確かに今のカラスの洗練されたインタビューの受け答えからは、到底考えられない悪態ぶりだった。

「インタビュー慣れしていません。この頃はマスコミ対応のレクチャーなど一切受けていないでしょうね。それに試合内容が凄かったですし、しかも初優勝ですから、興奮するなという方が無理だと思います。それとインタビュアーがチェコ人で、母国語同士で話せるから油断も相当あったんじゃないでしょうか？」

「う〜ん、そうか、しかしそれにしても」

「菊地さん、疑う訳じゃないんですが、本当にカラスはあんなに酷い事を言っているのでしょうか？」

佐藤が疑問を投げかけた。

「その点は我々も何度も確認しました。チェコ語の専門家にも尋ねたのですが、翻訳については間違いありません。因みにチェコ語としてはかなり汚い言葉で喋っているそうです」

「…………」「…………」「…………」皆黙った。沈黙を破ったのはテニス素人野村社長だった。

「それで、これを証拠に復讐するんですか？」

「黙ってろよオヤジ。復讐なんて人聞きの悪い事言うなよ！」

「いや、復讐でいいんです。今風で言うと『リベンジ』です」

「リベンジ!? !? !?」一同が驚愕した。

「図式は、中井、カラスへリベンジ！　これで行きましょう！」

「中井はそれでいいのか？」佐藤が中井に意思の確認をする。

「結構です」中井。ＯＫの意味の、結構です、だ。

中井がカラスにリベンジするというのは分かる。理由は分かる。仮にシングルスでやるとなれば話は分からなくはない。世間は盛り上がっている。無責任な外野は、中井の再戦要請に「カラス逃げるのか！」と野次るのは簡単だ。だが問題はそれをどう形にするかだった。

「世間が盛り上がっているのは分かるけど、どう考えたって無理があるよ。カラスは無視だろう」伊藤虎雄が切り出した。

「確かにその通りですね。私がもしカラスだったら伊藤さんの仰る通り中井君を無視します。下手に関わったら火傷するだけですからね」仕掛け人の張本人菊地の発言だ。意外な内容に一同は驚く。

「そんな夢みたいな話が本当に実現するのでしょうか？　私にはあの、あのジョン・スミスとウチの一《いち》従業員に過ぎなかった田中が対戦するなんて、とても信じられないのですが」野村父（廣一郎）が口を開いた。「早とちりするなよオヤジ。対戦するって決まった訳じゃない。どうやって対戦させるかをこれから話し合うんだよ。それから因縁、あ、失礼しました。関係があったのはカラスと中井さんで、スミスと田中は全然関係無いの！」野村息子（廣一）はオヤジの発言が的外れだと思ったので本人に釘を刺す。と同時に廣一は中井に無言で、スミマセン、と目線を送った。確かに野村父の発言は、この時点では見当外れと思われたが、あとになってみると、これは貴重な投げ掛けになっていた。

だがこの時点では、参加者全員、この事に気付いていていない。

「いや、因縁でいいです。それで合ってますから」中井は気にしていない。

「中井君には悪いけど、因縁と感じているのはこっち側だけで、カラス側は全く感じて無いと思うよ。仮にこっちが何らかのアクションを起こしたとしても無視するだろう。トラの言う通り最初は絶対無視だな。湊も引っ掛けてくれないと思うよ」ベアーズ近藤が伊藤の意見に同調する。ニュートラルな見解だ。

「だけどこのまま何もしないっていう手は無いよ。こっち（日本側）は例のユーチューブで盛り上がっている。このチャンスは絶対活かすべきだ」佐藤の意見だ。佐藤の思惑は少し違う。佐藤は過去、中井の広報の仕事をした経験がある。だから対戦実現の色気が多分にあった。

「じゃ、具体的にはどうするんだよ。カラスは、その、フフッ『からすみペア』か？　つまり（スミスとの）ダブルスで来日するんだぜ。先程野村さんからのお言葉があった通り、スミスは関係無い。仮に、いや有り得ないと思うよ、思うけど仮に中井ｖｓカラスのシングルス戦が実現したとしても、スミスが浮いちゃうじゃないか！　ますます有り得ないよ。菊地さんはどう思います？」春日命名のからすみペアに吹き出してしまったが、確かにその名称の方が言い易いので伊藤はそのまま使用した。この会議では「からすみペア」が正式名称だ。

「仰る通りです。シングルス戦は、有り得ません」菊地は明快に答えた。

「夏木君はどう思う？」今度は近藤が夏木に振った。

「ナシです。カラスにとってメリットがありません。まあ、絶対カラスがシングルス戦に応じる事は無いと思いますが、カラスが負けた場合、彼は日本にいる間とてもバツが悪くなる。スミスとのダブルスの世界ツアーですから、その意味が無くなってしまいます。カラスは一度引退していますからモチベーションも体力も落ちています。中井と、私もですが、同い年の四十四歳になりますからね。それと既に金も名誉もすべて手にしている。それに対して中井は、中井スマン、中井は何も手にしていない。もし対戦すれば、失うものが何も無い中井が、死に物狂いで向かってくるとカラスは考えるでしょう。勝負はメンタルです。しかも中井は、中井スマン、中井は一応現役です。中井が勝つ可能性は十分にあります。負ける可能性が高いカラスにシングルスを戦うメリットは何も無い。ですからシングルス戦は確かに有り得ないですね」夏木の的確な分析だった。

「一応、は、余計だけどな」中井が自ら夏木に突っ込んだ。ここら辺は阿吽の呼吸だ。一同が僅かながら微笑んだその時、

「あー、やっぱりこの話はナシですか」と野村父がガッカリしたように呟いた。話が一時的に実現不可能な流れになりそうだったが菊地が間を置かず、

「だけどダブルスならアリなんですよ、野村さん」と切り返した。菊地は自信があるかのような物言いだ。それを感じ取った一同の空気がまた変わった。すると、

「どういう意味です？　何か興行的に秘策があるんですか？」と野村息子が聞き返した。さすがは経営者。こういう点は目ざとい。図星を指された形の菊地が白状する様なトーンで話し始めた。

「秘策っていう訳じゃないんですけどね。今回の場合、アプローチするのはむしろカラスじゃなくてスミスの方だと思うんです」

「スミス?」一同共通の、?だった。菊地は続ける。

「スミスは今、キャッシュが欲しいんですよ」

結論からだった。回りくどくなくて良い。菊地は結論を述べたあとに、スミスのサイドビジネス失敗、今現在の懐具合等の説明をした。

「なるほど。スミスの事情はよく分かりました。でも菊地さん、具体的にはどうアクションを起こすんですか? それが我々には思いつかないんですが……」佐藤が皆を代表して質問をぶつける。

話の流れはスミスをどう動かすか?に移行してきた。菊地がまた口を開いた。今度の説明は長くて回りくどい。

「皆さん、今現在のスミスとカラスの関係性についてはご存知ですか?」

「非常に良好じゃないでしょうか。テニス界きっての親友と呼んでもいい」近藤が代表で答えた。

「でも十五年前、二十年前はどうだったでしょう。少なくとも、表面上は、とても良好とは思えませんでした。ライバルなんていうもんじゃない。まるで敵《かたき》同士、いや、もっと言うと二人は憎しみあってるんじゃないかと思うくらい火花を散らしていた。そうです、これ、すべて(今にして思えば)マスメディアの『煽り』だったんです。二人は不本意だったかもしれない。でもエンターテインメントとしては、こういう図式を意識的に構築していく事は必要なんです。世界の1《ワン》、2《ツー》が、なあなあじゃ、締まらないでしょ。興行としては常識、常套手段です。ですから今回の中井ペア対からすみペアも同じ事をします。で、既に中井vsカラスの構図は出来上がっていますから……」

「出来上がっているから?」

「同じ様に『意図的に』田中ｖｓスミス、の構図を作り上げる事が必要です」菊地は言い切った。

何となく分かった。要するにダブルスの形の中で、同時進行で個々にシングルスを戦っている様なイメージを作ってしまえ、と言っているのだ。でもこれも同じだ。じゃあ具体的にどうするの？ が問題だった。

戦略会議③【田中ｖｓスミス編】

「ボクシングが参考になりますよ。まあ、格闘技全体がそうですけど、ボクシングのタイトルマッチが一番分かり易いですかね」今までずうーっと黙っていた田中が突然口を開いた。それを見た菊地がニヤリと笑った。

クラブハウスに全員が集まる一時間程前。レストラン「テディベア」の個室で、菊地、中井、田中の三者による事前会談が行われていた。

「いや～、大騒ぎになっちゃってるね。仕掛けた本人が聞くのは何だけれど、どうだい中井君？」

「客観的に見て宣伝としては成功だと思います。でもなんか他人事みたいで……当事者の自分が一番遠い位置にいるような、不思議な感覚です」

「カラスに対しての感情はどうなの？　今でも憎んでる？」

「そりゃあ初めてインタビュー内容を知った時は腸《はらわた》の煮えくり返る思いでしたよ。だから勿論今でも許さない、って気持ちはあります。でも少し時間が経って冷静になってみるとカラスの気持ちが分からないでもないんです。もし逆の立場だったら、俺はもっと酷い事を言っていたかもしれない。で、その後の彼のインタビュー、だけではない。マスコミへの対応は目を見張るものがある。悔しいですが今の彼は完璧です。本当に紳士的な態度で誰にでも接している。恐らく苦労したんだろうと思う。特にチェコ時代は。彼にしてみればとっくに忘れた事だ。それを今になって穿り返されるのは本意ではないと思う。だけどかといって僕の立場からすればこのまま泣き寝入りする訳にはいきません。だから菊地さんの質問に答えると、もう憎しみは無いです。憎しみは無いけれど戦わない訳にはいかないっていうのが本音です。だから、この際彼と再戦できれば形は何だっていいです。どんなご協力でも頂戴したい、という事だけです」

「分かった。でも中井君には申し訳ないけど、カラスとの対戦はエキシビションで行うのが限界だね。それもカラスが挑戦に応じるっていうのが大前提だけど」

「SNSで挑発して、カラスを振り向かせることはできますか?」

「無理だね。カラスは徹底的に無視だよ。少なくとも『シングルス戦は』有り得ない」

「『シングルス戦は』ってどういう意味ですか?」ここで今まで黙って聞いていた田中が、初めて会談に参入してきた。

「うん。シングルス戦はナシだけど、ダブルス戦ならアリって可能性が無くもないんだ」

「!? !? !?」

二人の驚きと疑問に、菊地はスミスの現状を説明した。

「なるほど。スミスは興行だろうが何だろうが試合に、要するに多くの人前に出て、ギャラを稼ぐ必要に迫られてるってことですね」

「そうなんだよ。だから今回の日本ツアーはどちらかというとスミス主導で、カラスがそれに付き合っているっていうのが実情なんだ」

「カラスはアメリカ国籍取得の際、スミスに世話になっていますからね。それの恩返しみたいな……」

「その通り。だからスミスはむしろ試合がやりたいんだよ。だけど因縁はカラスと中井君のみだ。スミスと田中さんの間には何も無い。戦う大義名分が無いんだ」

「………」「………」少し沈黙の時間があった。それを破ったのは田中だった。意外な発言だった。

「だったら無理矢理それを作っちゃえばいいんじゃないですか。俺とスミスが揉めてるような……」

田中の発想に菊地と中井は驚いた。だが問題は同じだ。具体的にどうするか？だった。

「大将。気持ちは有難いんだけど、具体的にどうするんだよ。何か奇策でもあるの？」

「ありません。ありませんけど格闘技の煽りなんてデタラメですよ。とにかく相手選手に難癖付けて、強引に対決姿勢を作り上げちゃいますから」

「例えば？」

「例えば……う〜ん、何でもいいんですよ。例えばアイツのホクロの位置が気に食わないとか、女房がブサイクだとか。切っ掛けは何でもいいんです。そのあと、ナンだテメエは！って展開になっちゃえばそれで成立です」

「ムチャクチャじゃねえか。そんなもんなの？」

「そんなもんです、夫婦げんかみたいなもんですよ。些細な事から始まって……。でも注意が必要です。最初は（周辺の、外野の）煽りって分かってるんですけど、そのうち（当事者同士が）本気になっちゃうんですよ。俺の場合も過去に経験が……あっ、何でもないです」

「なになに？　教えてよ！」中井が聞き逃すはずが無かった。菊地と二人掛かりの尋問に、田中は陥落する。


それは、田中の抱えている闇、つまり「人殺し」問題だった。田中は語った。新たな勤務地の先々で、ふとした切っ掛けでその話題になる。最初聞き手に悪気は無くとも、どうしても質問に熱が入る。田中にも悪気は無い。ただチョットしたボタンの掛け違いで、言い争いに……。口喧嘩のうちはまだいい。だが本当の喧嘩になったらお終いだ。田中は絶対に手が出せない。もし手を出してしまったら、それこそ相手は「人殺し！」のキラーフレーズ？を繰り出してくるだろう。田中はこのジレンマに多いに悩まされた過去を告白した。

「………」「………」また暫し沈黙。今度は菊地がそれを破った。

「田中さん！」

「はい？」

「それ、使わせてもらえます？」

「えっ？」

「中井君、決まりだ！　これでスミスｖｓ田中の構図ができる！」菊地は暗雲の切れ間から、光が差し込んでくるのを感じていた。

一時間後。改めてベアーズクラブハウス。一同は田中の突然の、脈絡の無い、「イメージは映画『ロッキー』です！」発言に戸惑う。菊地がすかさずフォローして納得したものの、それにしてもまたしても一同の思いは一緒だった。だから具体的にどうするんだよ！だった。だが次の菊地の発言ですべては終わった。もうこの男に任せるしかない。そう結論付けたのだ。菊地の発言とはこうだった。

「私がアメリカに飛びます！　スミスとカラスに会って、直接交渉してきます！」と。

一同は菊地の迫力に押される。いい意味で呆れていた。（コイツ、根っからのテレビマンだな。視聴率の為なら何だってやりやがる）と。もうこうなったら便乗だ。勢いでこんな発言が飛び出した。

「テレビ放送は勿論ＴＶ亜細亜だ。そして提供は絶対うちのキャプソン！」これは佐藤。

「ウチ（慶聖大学）もＰＲしてくれよ！」これは伊藤。

「ぜ、ぜ、是非ウチ（野村製作所）もＣＭを流してください！」これは野村父息子だった。

全員が高揚していた。ヨシッ、イケる！という雰囲気になっていた。ただしこの、からすみペアＶＳ中井ペアは、あくまでエキシビションだ。単なる興行だ。でも皆それでいいと思っていた。中井自身でさえがそう思っていたのだ。だがその空気を破る一人の男がいた。ベアーズテニス倶楽部オーナー、近藤熊吉だった。

「菊地さん」

「はい、何でしょう近藤さん」

「この対戦はエキシビション以外考えられませんか？」

「え、ええ、現実問題としてはそれ以外はチョット」

「公式戦で戦わせましょう！」

「ええっ!?」

「最後の東京は公式のATPツアーのカテゴリーに入っています。彼らをワイルドカードで出場させるんです。中井君、田中君、ここに照準を合わせてくれ。ここが一番ビッグポイントになる」

「えっ？」「はいっ？」中井・田中。

「ここのポイントを稼いでウィンブルドン一発本選入りだ。この大会に優勝してウィンブルドンに乗り込むんだよ！」

海外デビュー

中井の自家用車で空港へ移動中。運転手中井、助手席田中、二人きり。最初の海外ツアーは、マレーシアのクアラルンプールだった。中井の元勤務地近く、しかも日本にすぐ帰国できる日程だったので、比較的気持ちは楽な初の海外ツアー参戦となった。

「エライ事になっちゃったな」

「そうですね。近藤オーナー、凄い迫力だった」

「どうやら当の本人達より周りの方が真剣だぜ。ウィンブルドンのセンターコート、ハハハ」

「笑い事じゃないですよ。みんなマジじゃないですか。目茶苦茶プレッシャーですよ」プレッシャーですよとは言いながら、それも心地良いといったトーンだった。

「菊地さんも早速動いてるみたいだし、何か凄い必死だったな。向こうの方が当事者みたいで却って俺達の方が他人事みたいな感じだよな」

「それは言えますね。俺なんか今日生まれて初めての海外ですよ。何かピンとこないな」

「傍から見るとクレイジーな二人だぜ。四十四歳でウィンブルドン出場目指してま〜す、なんてよ」

「俺だって信じられないですよ。あの日、ウンチ漏らしそうになってベアーズに飛び込んだ時に今の俺の状況なんて……。全く、未だに夢見てるみたいだ」

「夢は始まったばかりだぜ。ハハハハ」

優花は同行していない。中井の脚はとっくに癒えていた。二人は、特に中井は上機嫌だった。サポーターがいる。スポンサーも付いている。目標に向かってのプランも明確になった。中井は全日本ベスト4。怪我でリタイアしていなければもっと上位までいけた自負もあった。ペアの田中もベスト8だ。二人が合わされればダブルスでもきっといい成績が残せる。やっていけるという自信があった。田中ですらそう思っていたのだ。二人は楽観していた。もっというと、二人は二人とも世界を舐めていたのだ。

中井ペア、海外ツアー初戦。

結果は惨憺たるものだった。優花の事前のアドバイスは聞いていたつもりだった。頭に入っていたはずだった。だが試合が始まってすぐ、二人の頭は真っ白になった。

田中自慢のファーストサーブを、いきなりリターンエースで取られた時点で二人はパニックになる。田中本人は勿論だが、中井もこれで精神錯乱状態に陥った。前を捌けない。前衛の仕事ができない。そうなってくると田中にサーブのプレッシャーが圧し掛かる。力んだ田中はいたずらにダブルフォールトを重ね自滅した。

中井のサーブ。元々田中は前が苦手だ。相手リターナーは露骨に田中を狙い撃ちしてきた。田中は棒立ちで、全く対応ができなかった。

田中のレシーブ。捕れない、獲れない、全く取れない。相手のサーブが全く打ち返せない。田中の身長は一八四cm、中井の身長は一八三cm。少なくとも国内の大会では自分より高身長の者と対戦する機会はほとんど無かった。だが今はどうだ。世界ツアーでは二人の身長は並、いや並以下だった。身長一九〇cmを楽々と越える相手のサーブは、今まで経験のした事のないものばかりだった。速さだけではない。角度が全く違う。田中のビッグリターンは的外れなものになり、仮にラケットに当たったとしても極端なネットか極端なオーバーのどちらかだった。

中井のレシーブ。ロブは相手前衛のスマッシュの餌食になった。まるでレッスンの球出しだった。相手はストレス解消の如く無慈悲に打ち込んできた。中井と田中は返せないのは勿論、打球が当たる恐怖で後ろ向きで逃れる事屡々《しばしば》だった。

戦う以前だった。ボクシングでいえばファイティングポーズすら取れなかったのだ。

結果は、全敗、完敗、惨敗。

帰国。優花先生の元へ。

「見せてごらん」優花先生。ご立腹だ。

試合はすべて画像に記録として残しておくように、の指示に従っていただけまだマシだった。本当はこの記録映像など無かったものにしておきたかったが、田中が優花のプレッシャーにあっさりと屈する。田中は中井の恨めしそうな顔を横目に、その自撮りしたビデオをおずおずと優花に手渡した。

二人は喫煙の証拠の吸い殻が見つかり、職員室に呼び出されて小さくなる中途半端な不良学生そのものだった。

美澄優花教諭のネチネチ攻撃（口撃）が始まる。

「あのさぁ〜私言ったよね、海外は国内とは違うって。アナタたち全然気合が入ってないじゃないの！　ウキウキしちゃって、旅行じゃないのよ！」

二人とも下を向いている。田中が飛行機に興奮し、海外旅行気分だったのは事実だ。

「田中さん！」

「ハイッ！」

「私が試合前に言った事覚えてる、アナタ程度のサーブやリターンは、海外じゃ当たり前のレベルなのよ。だからその分魂を込めて打たなきゃならないのに、全然気が抜けちゃってるじゃないの！」

「ハ、ハ、ハイ。スミマセン」

確かにその通りだった。田中はサーブを入れさえすれば中井が何とかしてくれると思っていた。中井も然り。田中のサーブがまともにリターンされるとは思っていなかったのだ。予想通り、中井がそこを突かれる。

「中井も中井よ。全然ポーチに出てないじゃないの！」やった！　遂に中井、と呼び捨てだ。優花はこのあとに続く言葉（おまえは地蔵か！）を実は用意していた。

「……………」それでも、この屈辱にも中井は反論できない。全くご指摘の通りだったからだ。

「あのねぇ～ダブルスっていうのは片方が半分の力出して、もう片方が半分の力出せばいいなんて思ってたら大間違いよ。二人とも全力出すの！　それで、その気持ちで（試合に）入ってやっと初めてスタートラインなのよ。それなのに何よアナタたち、お互いがお互いを頼り切っているじゃないの！　アナタたちの関係は信頼じゃなくて依存。分かる？　イ、ゾ、ン。相互依存じゃないの！　気構えがなってない！　ダメダメ！　全く話にならないわ！」

二人は依然俯いたままだ。そして心の中でこう叫んでいた。（優花先生！　おっしゃるとおりですうぅぅ）と。その後、リターンゲームについても優花先生のネチネチ攻撃は続いた。最後の方は二人ともさすがに（もう、カンベンしてくださぁぁ～い）が心の叫びだった。

優花は今回の敗戦に対し、これでもか！という程のダメ出しをした。これは優花の義務だ。愛のムチだ。これだけはやっておかなければならない。だが優花は二人に説教をしながらも、心の奥底ではそれ程の心配はしていなかった。二人の敗退の理由がハッキリしていたからだ。技術ではない。気持ちだ。メンタルの面だけ立て直せば大丈夫、と優花は前向きだった。確かに全敗ではあったが、世界を見てきた優花は二人が持ち帰ったビデオ映像で確認ができていた。そして確信していたのだ。技術のベースにおいて中井ペアは決して世界に見劣りするものではない、と。

出直し見直しやり直し

四月五月はアメリカ・ヨーロッパを中心にツアーを回る。出直しだ。二人にとって正念場だった。二人だけの場合、優花が同行した場合、さらに貴美子が同行した場合と状況は様々だが、経過と結果は概ね優花が予想した通りだった。

田中は自分のサーブを見直した。技術的にではない。気持ちを、だ。優花に指摘された通り中井に頼るのを止め、自分一人でもエースを獲りにいく気持ちで臨んだ。それでもリターンは返ってきた。国内の大会ではありえない事だ。だがさすがに外国人プレーヤーといえど、田中の魂を込めたサーブを一発ウィナーで打ち返すのは至難の業だった。中井はフラフラッと返球されたイージーボールを、相手コートに叩き込みさえすれば良かった。中井も意識を変えた。田中がサーブで苦しんでいる時は、積極的にポーチに出て田中を助けた。ギャンブルの要素が高い分、ストレートに抜かれる事もあったが、二人は意に介さなかった。相手の見事なウィナーに対しては仕方が無いと割り切ったのだ。

中井のサービスゲームが一番のネックだった。ここが一番ブレイクされやすいゲームだ。だが二人はあれこれ策を講じるのを止めた。ブレイクされるのが当たり前、キープできれば儲けもの、ぐらいの考え方に切り替えた。

田中のリターン。優花の言う通りだった。二〇〇km／hの相手のサーブは回数を重ねると次第に慣れてきた。取り敢えず返しさえすれば相手がミスってポイントを拾える事もあった。これを（30－30）サーティオールとか（40－40）デュースでやってくれると俄然ブレイクの確率が高くなった。仮にもう一度デュースに戻っても今度は田中がノンプレッシャーで相手のサーブを叩く事ができる。そうなってくると益々ブレイクし易くなった。

中井のリターン。中井も相手サーブに慣れてきた。さすがだ。ロブ、スライスのショートクロス、上手い。効果的だった。

だが……。

五月中旬。二人は驚異的な試合数を熟していた。優花の指示通りだ。あまりにも目まぐるしい日々の連続で、今自分が何処にいるのかさえ分からない状況だった。優花の言う通りだ。いちいち敗戦に落ち込んでいたらキリがない。負けの反省をする暇があったら体力の回復に努める方が賢明だった。

結果は、二人の感覚は勝ったり、負けたり、勝てなかったり、勝てなかったり、だった。勝ったり、負けたり、これは問題無い。本当は問題あるがやっぱり問題無い。勝てる相手には何度やっても勝てる。だが負ける相手には何回やっても勝てないという（二人にとって不可解な）現実に直面していた。

ウサイン・ボルト。この男の世界記録9秒58は、人生を百回やり直しても届かない。俺達の目指しているのはここじゃない。10秒の壁だ。百回走るとその内二～三回、追風とか、たまたまいい条件が重なった時にだけ突破できる事がある。それでもギリギリ、突破できたといっても9秒99、よくても

9秒98だ。じゃあ、その他の記録が10秒97とか10秒95かというとそうでもない。10秒34とか10秒25ぐらいで走っているのだ。中井ペアがいつも勝っているのは、11秒の壁を越えられない奴らだ。こういう奴らも世界にはいる。こいつらを相手にしてもしょうがない。問題は10秒21とか10秒15とかで走ってる奴らだ。こいつらだってチョット気を抜けば10秒42とか10秒36に落ちるはずだ。だがどうしても中井ペアはこの10秒20近辺の奴らに勝てなかった。勝ったり負けたりではなくて「勝てなかったり、勝てなかったり」だったのだ。

原因は何処にある？　中井ペア自身には分からなかった。ボロ負けしている実感は無い。ただ結果として負けている事だけは厳然たる事実だった。この課題の克服無くして、中井ペアにウィンブルドンの道は開かなかった。

優花はこの敗戦の分析に取り掛かった。専用のソフトにその日の試合結果の中井ペアの記録を打ち込む。試合のビデオの見直しとデータの読み込みを連日行わなければならず、その作業は深夜に及ぶ事も少なくなかった。疲れ切って熟睡している二人の部屋の隣室で、優花は今日もパソコンと睨めっこをしていた。何が原因だ？と。

「大丈夫？　もう寝たら？　選手よりも貴女の方が先にダウンしちゃうわよ」

ツアーは大詰めの段階に入っていた。最後の頼りとして貴美子が同行していた。

「ありがとう。う～ん、でももう少しやっておく」

「あともう一歩の所で勝てないのよね。それまでは見てても負ける気がしないんだけど」

「そうね。私もそう思う。決して力負けしてる訳じゃないのよ」

「カラスの時もそうだったわ。テニスの技術は中井の方が上だったと思うのよね。だけどあの人、フフッ、ビビりだから肝心なところでポカしちゃって。二人（中井と田中）を見比べると、意外と経験が浅い田中さんの方が勝負強いんじゃないかしら」貴美子の何気ない一言だった。優花が即座に反応した。

「えっ！　今何て？」

「え、だから田中さんの方が勝負強いんじゃないの？って言ったの」

「それだ！　それよ！」

「!!　!!　!!」優花の大声に貴美子は驚いた。優花がもう一度パソコン画面を覗き込む。データを打ち込んで何かを確認していた。

「どうしたの？」貴美子。

「うん、確認、確認」

何かに気付いた優花を、しばらく貴美子は見守った。優花の眼がパッと見開いた。そのタイミングを見計らって、

「どう？」と、貴美子が訊ねる。

「思った通り。お母さんの言う通り。やっぱりお父さんは……中井選手はビビり。データ的にもチキンだって事が証明されたのよ！」

二人は顔を見合わせた。可笑しい様な、悲しい様な、泣きたい様な、笑いたい様な、複雑な気分だった。だが少なくともアナライザー美澄優花としては、スッキリとした結果が出てホッとしたのは

事実だった。分析結果が出た以上、冷酷だろうとそれは本人に伝えなければならない。明朝、人事部長美澄優花は、中井貴文と田中健次に人事異動の辞令を交付する。朝まで待ってやったのがせめてもの恩情だった。

「今日の試合から中井選手がデュースサイド、田中選手がアドサイド。分かった」

二人にとって、特に中井にとっては寝耳に水だった。当然理由を聞かせろ、という事になる。予想していた優花のカウンターのセリフはこうだった。

「それを私に言わせるの？　言っていいの？」

寝起きの中井には、それを改めて問い質す程の気力は無かった。また、試合時間が迫っていた二人には、優花案について議論している暇も無かった。二人は例によって反論も反抗もできない。試合会場に急ぐ。試合を行う。

勝てる。

いつもと逆だった。負けない。負けそうで負けなかった。相手は二人とも二メートル越えの化け物コンビだ。個々のショットはすべて彼らの方が上だった。だが唯一中井ペアが負けていなかったものがある。メンタルだ。そしてそれをリードしていたのは田中だった。

中井ペアのリターンゲーム。(40－30）フォーティサーティの相手ゲームポイント。田中は悉く(40－40）デュースまで持ち込んだ。デュースになってノンプレッシャーの中井はショットの選択が自由になった。ダメ元の気楽なショットの正解率は意外と高かった。アドバンテージレシーバー。田中がこれをモノにする。ブレイクできる。自分達のサービスゲームが楽になる。結果終わってみれば勝っていた。

二人は昨日から今日にかけて、急にテニスが上手くなった訳ではない。中井と田中、キミとボクの立ち位置が逆になっただけだ。ただこの立ち位置の交換は、ボケとツッコミが逆になったぐらいの劇的な変化だった。

一〇〇メートル走でいえば二人は0・1秒平均時間を縮めたのだ。たった0・1秒かもしれない。だがこのたった0・1秒の短縮が勝者と敗者を選別していたのだった。

インチキ

「インチキだらけじゃないですか！」

からすみペアを中井ペアに対戦させるプランを聞いての、春日の率直な感想だった。

「いいんだよ！　とにかく俺達がする事は、何が何でも両ペアを対戦させる事だ」春日は耳を疑った。信じられない。清廉潔白なイメージの夏木から、最も遠い所の発言内容だったからだ。

「カラスが乗ってくるとは到底思えませんけど」

「カラスはな、だけどスミスはやって欲しいはずだ。テニスに関係ないビジネスに手を出しちゃって、奴の台所は火の車なんだよ。菊地さん、アメリカに乗り込んで、むしろカラス本人よりスミスから揺さぶってるらしい」

「知ってますよ！　でも要するに金、って事ですか？　それにカラスを巻き込んで。なんか不純だなあ、って言うか、本末転倒の様な気がするんですけど」

「いいんだよ！　とにかく俺達がする事は、何が何でも両ペアを対戦させる事だ」夏木が全く同じセリフを繰り返した。春日は幻滅する。

「ユーチューブも、こっち側の都合のいい様に編集してるらしいですね。確かによく見るとインタビューの流れとして不自然な所がありますね」当然ユーチューブ画面はチェック済みだ。

「挑発っていうのはそういうもんだよ。とにかく相手を怒らせれば第一歩としては成功だ。その証拠に早速カラスが不快感を表明してるカウンターのツイッターが表に出たじゃないか」

「こっちはそれにどう対応するんですか？」

「ガタガタ言ってくるんじゃねえ、悔しかったら中井と対戦しろ、って言い返してやりゃあいいんだよ」

「………」春日が不快感の顔だった。

「何だよ。何かまだ言いたい事ありそうじゃねえか」

「じゃあ、言わせてもらいますけど、オーナーはオーナーで協会にドローのうらこう、働きかけをしているらしいじゃないですか」

「何だよ。ハッキリ言ってみろよ！　うら、なに？」

「う、裏工作です」

「全く、どこでそういう情報を仕入れているんだか、そうだよ、オーナーはオーナーで動いてんの！　目的は一緒さ。中井ペアを六月に開催されるパシフィックオープンに出場させる。からすみペアをワイルドカードで出場させる。上手い事ドローを組んで決勝でぶつかる様に『裏工作』する。ああ、そうさ、裏工作で結構！　それで中井ペアが優勝する。ポイントを稼いでウィンブルドンの本選に出場する。二人の、特に中井の夢が叶う、ってどこがインチキなんだよ。絵に描いたようなサクセストーリーじゃねえか！」ちょっとヤクザっぽかった。夏木がこんな物言いをするなんてガッカリだ。

それでも春日は涙声になりながらも精一杯の抵抗を試みる。

「他に方法は無かったんでしょうか？」

「他に方法って？」

「いや、あの、正攻法っていうか、もっと正々堂々できなかった、のかな、っていうか、とにかく裏の部分が見えちゃって、俺は嫌です」

「じゃ、どういう方法が正々堂々だったのか、言ってみろ！」

「あ、いや、その」

「正攻法ってのは何だよ、言ってみろ！」

「あ、あの、俺が言いたかったのは裏の部分が…」と、途中まで言ったところで夏木が大声を出した。

「裏はいきなり裏じゃねえんだよ。表があるから裏があるの！」

「?・?・?・」

「分かんねえか、中井の、田中さんの立場に立ってみろ。二人とも四十四歳だ。俺と同い年だ。この歳でウィンブルドンに挑戦だ。いきなり出場なんてできないぞ。ハードなトレーニングをしなきゃならない。きついツアーを回らなきゃならない。普通世間はどう思う？　馬鹿な奴らだ、頭がおかしい奴らだ、そう思うだろう。それだけじゃない、やっかみもあるさ。いい歳こいてテニスで生計を立てるなんていい御身分だな、って批判も絶対ある。これで怪我でもしてリタイアしてみろ、それ見た事かって笑いものだ。ユーチューブだ、ツイッターだ、ドローを操作して、裏金を使って、裏工作をして、全く汚い奴らだ、そうも思われるだろう。それでも勝てばいいよ。だけど負けたらどうなる？スポンサーもサポーターも、そいつらの顔全部丸潰れだ。それだけのリスクをあいつらは背負ってるんだよ。ハル、お前にそれができるか？　お前が四十四歳になった時に同じ様に挑戦できるか？　そりゃあ、十代二十代の挑戦とは違うよ。ガキじゃねえんだ。無手勝流って訳にはいかねえよ。だから、お前、ハルに言わせればズルもする、インチキもする。そういう裏の事が嫌だっていうんだったらそうしたらいいさ。だけどなあ、俺達が、大の大人が裏で必死になって動くって事は、表がしっかりしてるからなんだよ。中井の夢がハッキリしてるからなんだよ。『ウィンブルドンのセンターコートに立ちたい！』どこに文句があるんだ。素敵な、素晴らしい夢じゃねえかよ！　夢を叶えさせてやる為に、俺達が動いてどこが悪い！　中井にはそういう不思議な魅力があるんだよ。それを一番強く、身近に感じてるのが田中さんだ。田中さんは中井に付いていって到頭《とうとう》全日本ベスト8までいった。海外ツアーまで熟している。テニス歴僅か五年足らずで、完全に世界の表舞台に立ってるじゃないか。今や中井と同じ夢を見ているんだよ。田中さんだけじゃない。さっき中井の夢を叶えさせるって言ったけど中井の夢は俺の、オーナーの、佐藤さんの、伊藤さんの、菊地さんの、野村父・息子の、優花の、そして貴美子さんの夢でもあるんだよ。これが表だ。いいか、表があるから裏があるんだよ。光があるから闇があるんだ。どうせあいつらは裏があるんだよ、なんて評論家になるな！　そいつらには裏どころか表さえも無いじゃないか！」

夏木も涙目だった。最後の方は興奮していた。声が震えていたのでよく分かる。例え一瞬であろうとも夏木を疑った自分を春日は恥じた。ここに大人がいる。尊敬できる大人がいる。勤めの新人サラリーマンが、会社に入って最初に失望する事は、尊敬できる上司に出会えない事だ。だが、出会えない事の方が圧倒的に多いのが現実だ。春日はサラリーマンではない。けれども尊敬できる上司を持てた奇跡に今は感謝している。

春日も泣いた。夏木も泣いた。そして秋山は、秋山は何処にいる。秋山は最初から最後までずうーっと春日の後ろにいた。黙って、一言も発せず二人の会話を只々聞いていただけだった。秋山も泣いた。夏木にも春日にも負けないぐらい泣いた。最近のチームベアーズは、泣き虫だらけになった。

対戦へ

五月初め。

冗談は本気《マジ》に、嘘は本当になりつつあった。中井ペアとからすみペアの対戦はもはや既定路線になっていた。第一報はやはりネットからだった。

それにしても春日恐るべし。VHSの「カラスは中井の悪口を言っている」も「スミスは金に困っている」も両方当たっていた。事態は春日の推察通りに進んでいく。

【スミス・カラスペア、パシフィックオープンに公式参戦表明か？】

「キターッ！　来ました、遂に来ました。アキ、遂に決定だ。からすみが公式戦出場だ！」春日。もうからすみペアの、ペア、も省略して喋るのがチームベアーズの常識だった。

「公式参戦表明か、って、か、の後クエスチョンマークが付いてるぜ。まだ正式に決まった訳じゃないだろ」

「そんなもん絶対に決まりだよ。ホントはもうとっくに決まってたんだよ。じゃなきゃ日程的に間に合わないじゃないか。それに何て言ったって『ヤホー』のトップ記事だぜ。天下の『ヤホー』が報じているんだから間違いない！」

「そうか、『ヤホー』が報じてるんだったら間違いないな。『ヤホー』だもんな」

「そうだよ、『ヤホー』だよ」「そうだよな、『ヤホー』だもんな」二人はゲラゲラ笑いだす。可笑しくて可笑しくて、笑いはしばらく止まらなかった。

《概要》

【六月〇日～六月△日の間、東京◇◇体育館で開催される予定のテニス大会、パシフィックオープンに、グランドスラム複数回優勝実績のあるジョン・スミス（四十六歳アメリカ）と、同エミール・カラス（四十四歳アメリカ）ペアが、ベテランツアーではなく、通常のシニアツアーで参戦する模様。尚、この大会には二〇××年、全日本選手権ベスト4の中井貴文（四十四歳キャプソン所属）と、同ベスト8の田中健次（四十四歳野村製作所所属）ペアも参戦する】

小記事❶

『エミール・カラス（以下カラス）と中井貴文（以下中井）は二十三年前、東京オープン（当時は非公式）決勝で対戦しており、その時はカラスが辛勝しているが、その後の優勝インタビューでカラスが中井に対して放った「チキン野郎」発言が、今になって物議を醸している。二人はツイッター上で舌戦を繰り広げていたが折り合いが付かず、戦いは遂に実際のコート上へ発展。中井は「リベンジマッチ」としてこの対戦を位置付けている』

小記事❷

『ジョン・スミス（以下スミス）が田中健次（以下田中）の、ボクシング選手時代の事件に付いて言及。所謂「人殺し」発言が第二の問題となっている。田中はこの発言に対し猛抗議をしたが、結局こちらも折り合いが付かなかった。本来スミスと田中は、カラスと中井の因縁とは無関係であったが、ここへきて事態は宛ら場外乱闘の様相を呈している』

「凄えな、誰が考えたんだ？　このシナリオ」秋山。

「TV亜細亜の菊地さんが中心で、近藤、佐藤、伊藤の『三藤』と、あとヘッドも関わってるらしい」春日。

「らしい、ってどっちなんだよ？」

「スミマセン、関わってます。ガッツリ関わってます。本人に聞いたので間違いありません」

「得意の本人確認か。じゃ、田中さんの件はどうなんだ？　そもそも田中さんとスミスは全く関係無いだろう。なんだかむしろこっちの方が大騒ぎになっちゃってる感じじゃないか」

「田中さんの件はさすがに今本人がツアー中だから直接聞けてないけど、こっちもオーナーとヘッドから大体の事は聞いてるよ」

「本当にスミスが人殺し！って言ったのか？　あの温厚なスミスからは考えられない発言だな」

「アメリカ人だからな、日本語で人殺し！とは言ってない」

「なんじゃそりゃ？」

「ニュアンスだよ、ニュアンス。ヒーイズ、ア、ムァダーとかキラーとか何かの拍子で言ったんじゃないの？　多分悪気は無いよ。そうか、ミスタータナカは過去に人を死なせてしまったのか、が、彼は人を殺してしまったのか、に変わって、いつの間にか、タナカはヒトゴロシダ！になっちゃったんだと思うよ」

「ヒトゴロシダ、って英語風に言ったって日本語だかんな」

「ハハハ、で、田中さんだって最初はそんなもんだろう、って気にしてないフリを装ったんだけど」

「だけど、何だ？」

「例によってネット住民が気付いて、焚き付けて、で、菊地さんが煽ったんだよ」

「全く、菊地さん、アメリカに何しに行ってるんだ」

「ビジネスだよ、ビジネス！」

「ビジネス？」

「そんなもん、不慮の事故だった、って事ぐらい普通理解できるだろう。だからスミスがそんな事言う訳無いって菊地さんも了解済みさ。だけど菊地さん、そう言った事にしてくれって交渉したらしい」

「な、な、なにいぃぃ！」

「この対戦はさあ、カラスｖｓナカイだろ。だけどそうなるとスミスとタナカが浮いちゃう。だから無理矢理でもいいからスミスｖｓタナカの構図を作ってしまえって事にしたんだよ」

「う〜ん、大人の世界だな。だけど当の本人、つまり田中さんはどういうリアクションだったんだろう」

「これが意外なんだ。分かりました、俺（田中）とスミスが揉めてる事にしましょうって。適当にツイッターなり何なり、お互い罵り合う様な事をやれば盛り上がるんじゃないですか、って菊地さんに逆提案したんだそうだ」

「本当に意外だな。田中さん前のめり、ノリノリじゃないか」

「そうなんだよ。で、どうやら田中さんとしてはボクシングのタイトルマッチ前の所謂『煽り』をイメージしてたらしい。映画『ロッキー』みたいな」

「そうか、ボクシング経験者の田中さんならではの発想だな。で、スミスは？」

「快諾！　勿論ギャラ次第だけど」

「……………」

「何だよ、どうした？」

「この前のヘッドとハルの話でさあ、俺も不覚にも泣いちゃったけど、だけどこうやって具体的な裏を知っちゃうと、複雑だな」

「ああ、確かにそうだな。だけどこの前のヘッドの話の復習だけど、表あっての裏だからな。周囲がどんな裏工作をしようともコートに上がるのはナカイ、タナカ、カラス、スミス、この四人。試合が始まったら最終的にはテニスの内容、結果がすべてだ。これは、これだけは当人同士にしか分かち合えない。これだけは真実だ」

「言われてみれば確かにそうだな。ボクシングの『ファイト！（闘え！）』だな。いざ自分がその立場になったら怖いよ。俺には無理だな。どんなに周りが騒いでもそいつらは結局見てるだけで安全圏だもんな。ゴングが鳴ったら当の本人達は命懸けだ」

「『ロッキー』観たか？」

「観た。何回観ても面白い。結末が分かってるのに面白い！」

「今回のからすみ対中井・田中は『ロッキー』のテニス版みたいなもんで構図は同じだよ。違うのはダブルスで、まだ結果が分かってないって事ぐらいで」

「しょうがねえ、良い結果が出るよう、俺達は脇役に徹するとするか」

「そうだな、良い脇役がいないと主役が輝かないもんな」

そんな会話を二人は交わしていた。本気で怒って喧嘩をしたり、腹を抱えて大笑いしたり、揃って大泣きしたり。この二人も人生を共有していた。「親友」と呼べる存在がここにもあった。

決戦本番

「ワー!!　ワー!!!!　ワー!!!!!!」

四人会場入り。凄い歓声だ。会場は超満員。この時点で興行としては成功だ。試合はまだ始まっていない。しかしそれにしてもこれがテニスの試合会場か？　これがテニスの試合前の光景か？　違う。ここはコロシアムだ。格闘技だ。これから始まるのはテニスではない。殺し合いだ。そんな錯覚に会場は包まれていた。

試合前の記念撮影に四人の笑顔は全く無く、その眼は四人が四人共異様に血走っていた。コイントス。田中のサーブで試合開始が決まった。その後、四人は遂にネット越しに「直接」対峙する。中井の目の前にカラス。そして田中の目の前にスミス。いわゆる眼《ガン》の飛ばし合いだ。だが飛ばし合いにしては距離が近すぎる。各々憎むべき相手との顔と顔の距離は、その間に拳一つ分も入らない。唇をチョット突き出せば、簡単に接吻できる程の、超至近距離だった。テニスではない。それはボクシングのタイトルマッチの試合前の光景そのものだ。それを見せられた観客はさらに盛り上がり、またしても大歓声をあげる。体育館という封鎖された環境で、それは無秩序に反響し、木霊し、増幅された。

ザワザワが治まらないままに世紀のリベンジマッチが遂に、遂に始まる。

第一ゲーム、第一ポイント。

いきなり、いきなりだ！　田中のフラットサーブがセンターにノータッチで決まった。

「ドッカーン!!!!!!」

二〇〇km／h越えのビッグサーブ。デュースコートのカラスは反応できない、動けない。ウォーという歓声。イェー！という田中と中井のガッツポーズ。からすみペアに見せつけている。第一ポイントからエンジン全開だ。

第二ポイント。「ドカーン!!」田中のサーブがスミスのボディーへ。ジャガーズの、あの南野翔太に放った殺人サーブだ。翔太は対応できず悶絶したがさすがスミスだ。何とかラケットに当て返球。しかし返ってきた球に力が無い。中井が強烈なスイングボレーでからすみのコートに叩き込む。第三ポイント。田中はややスピードを落としたファーストサーブを確実に相手コートへ。中井がポーチ。決まる。第四ポイント。スライス気味のサーブをセンターへ。ノータッチ。第一ゲームはラブゲームで中井ペアがキープ。会場は大拍手。

第二ゲーム。スミスのサーブ。スミスはサウスポーだ。対策は練ってきたつもりだったが練習と実際とではやはり違う。初めて味わうキレのあるスライスサーブに、中井も田中も対応できない。こちらもラブゲームでキープ。からすみ側もこれ見よがしのガッツポーズを多用して中井側を挑発。《1－1》ワンゲームオール。

第三ゲーム。中井のサーブ。問題の中井サーブだ。やはりブレイクされた。ただ救いだったのは、ポイントのすべてがからすみペアのウィナーで決まった事だった。下手な小細工をして自滅するよりはよっぽどいい。一時的にからすみ優勢に。

第四ゲーム。カラスのサーブ。幸いにしてカラスは驚くほどのビッグサーブを持っていない。田中をアドサイドに置いたのが正解だった。すかさずブレイクバック。《2-2》ツーゲームスオール。からすみ側に流れを渡さない。

またしても凄い歓声だ。歓声ばかりではない。時折凄いブーイングも聞こえる。度を越した各々のガッツポーズに対してだ。両ペアはブーイングを承知であえてオーバーアクションを、変な表現だが「心掛けて」いた。今回に限っては本質的に大人しい性格の田中も例外ではない。その「義務」を果たす事を忘れなかった。

舞台裏(1)　テレビサイド　コートの真後ろから

会場は満員だが必ずしも中井ペアの応援団ばかりではない。主催者は意識的に在日アメリカ人(一部チェコ人)にもチケットの割り振りをしていた。比率は三~四割程度であろうか。当然無視できない数字だ。ツイッターの舌戦には各々に熱狂的なサポーターが付いていた。中井vsカラス、田中vsスミス、だけではない。試合はサポーター同士の日本vsアメリカ(チェコ)の意味合いも含まれていたのだ。

(ジャガーズの時と違って全員プロだからな。技術が、迫力が違う。日本人の観客も大分レベルが上がってきた。エンターテインメントとして、楽しむ術が分かってる）菊地は密かにほくそ笑んでいた。

これは興行だ、ショーだ。菊地の視点はあくまでもTVマンのそれだった。

舞台裏⑵　主催者とスポンサーサイド　コートの遥か後方から

「決勝まで残ってくれて良かったですね。ホッとしました。CMまで流していただいて、本当に感謝します」野村廣一郎。特別誰かに、と言う訳ではないがそう呟いた。

「決勝以外ありえないからな。でもよく勝ち上がってくれたよ」野村廣一。田中のウェアにプリントされた、田中自身が愚痴った「ダサい」野村製作所のロゴがコート上で輝いていた。

「勝ってくれないと困ります。その為のドローなんですから……オッと失言でした」近藤。

今大会の参加出場ペアは七組の変則トーナメント戦。一応三連勝で優勝だ。たった七組ではあるが、第一シードはからすみペア。第二シードが中井ペアだった。中井ペアの一回戦二回戦は楽勝。相手は話にならない程の弱小だった。からすみペアの一回戦は不戦勝。そして二回戦の相手は謎の棄権をしたていた。従ってからすみチームは一度も戦う事無く自動的に決勝進出。見え見えの出来レースだった。

「見え見えじゃねえか！」三藤の一人、伊藤が吠えた。

「いいんだよトラそんな事は。ここにいる観客全員が分かってるよ。それを承知でみんな決勝のチケットを買ったんだから」

「うち（慶聖大学）の事もPRしてもらえるし、提供もタツのところのキャプソンだし、視聴率も期待できる。まあ、良しとするか」

「そうだよ、今のところ上手くいってる。クマの功績だ」

「近藤さん、いろいろお骨折りいただきましてありがとうございました」

「いえいえ、私にできる事はこんな事ぐらいで。あとは本人達の頑張りです」

三藤と野村父息子のやり取りだ。近藤は、人事を尽くして天命を待つ、といった心境だった。

中井ペアは四月五月の地獄のアメリカ・ヨーロッパツアーを終え、日本に帰ってきた。後半の連続勝利が大きかった。中井ペアの持ちポイントは、ギリギリウィンブルドン本選出場の可能性を残している。あとは日本。六月に東京で開催される、このパシフィックオープンが最後のチャンスだ。近藤としては中井チームにこの大会に優勝してもらい、正規のポイントを獲得して『正々堂々』ウィンブルドンに乗り込んでもらいたかった。その為にはからすみチームとの対戦は、エキシビションではダメだ。

本来この大会にからすみペアは「ゲスト」として出場する予定だった。だが今現在、現実には「公式戦」に出場している。彼らは、特例中の特例で、一時的に現役復帰し「正式」にATPツアーに参戦した。勿論菊地とからすみペアの「裏」交渉結果の賜物だが、基本的にはベアーズ近藤の力業だった。彼は彼の持っているすべてのテニス関係者の伝手を駆使し、協会に働きかけ、無理矢理からすみペアのパシフィックオープン正式・公式出場に漕ぎ着けたのだった。

ドローの事を問われれば確かにインチキかもしれない。しかし近藤は、中井の夢をかなえる為には何でもすると腹を括っていた。こんな事は枝葉に過ぎない、大した事では無い、と割り切っていたのだ。

舞台裏(3)　コーチ陣　ファミリーボックス

「そう簡単にはいかねえか」

「あんなに特訓したのに、やっぱりスミスが凄すぎるんですかね」

「そんな事無いよハル。ヘッド、まだ始まったばかりじゃないですか。勝負は後半ですよ。その時きっと効果が出ます！」

「そう言ってくれるのは有難いけど」

試合直前、中井ペアはスミスのサウスポー対策、特にサーブに対するレシーブの特訓をしていた。それを提案し、率先して実行したのが夏木だった。夏木は自らを、仮想スミスに見立てる事を買って出た。何故ならば、夏木自身が元来サウスポーであったからだ。元来、というのは夏木は普段スクールでは「右利き」で指導しているからだった。

「それにしてもビックリしましたよ。ヘッドが左で本気でサーブを打つところを初めて見ました」秋山。

「俺もです。どうして今まで隠してたんですか？」春日。

「別に隠してた訳じゃねえよ、スクール生にムキになって打つ必要無いだろ」

「確かにスクール生にいちいち本気で打ってたんじゃレッスンにならない。ヘッドの秘密兵器だったんですね。本当は左利きだったのに、あえて右でプレーしてた。星飛雄馬の逆バージョンですね」

「なんじゃそりゃ？」

「知らないのかよアキ、『巨人の星』だよ」

「知ってるけど、星飛雄馬って右利きだったの？」

「そうだよ。実は右利きだったんだよ。それを星一徹が無理やり左投げにしたんだ。それで誰も星飛雄馬が本当は右利きだったなんて事は気が付かない。まあ、漫画だからな。詳しくは『新・巨人の星』を読め。何の話だっけ？　そ、そうそう、ヘッドも同じ様に誰にも気付かれなかった、って事。それぐらい自然だった、って事だよ。アキお前もそう思うだろ？」

「………」

「なあ、アキ、そう思ってたろ」

「………」秋山が快諾しない。

「何だよ、違うって思ってたのかよ」

「サーブ以外はな。でもサーブは、ヘッド、やっぱりサーブは難しいですか？」秋山が途中から夏木に話を振った。春日は会話の置いてきぼりになる。

「う〜ん、難しい、特にトスがな、意外と上手く上がんないだよ」

「そうですか。でも素人相手じゃほとんど見分けられないですよ」秋山は夏木のサーブだけが少し不自然なフォームである事を見破っていた。夏木はストロークをフォアもバックも両手で打つ事ができるし、片手で打つ事もできる。ボレーも然り。どっちでもいける。どれもどっちも不自然さはない。だが、サーブは、自分でトスを上げて自分から打ちにいくサーブだけは別だ。どうしても不自然さが出る。それにしても素人には分からない程に努力を重ねた夏木には頭が下がる。秋山はこの点も含め、素人には見分ける事ができない、と発言したのだった。

「そうか、そう言ってくれると嬉しいよ」と夏木。春日は無視されている。

秋山と夏木の会話は続いていた。

「なんかヘッド、ストレス解消みたいで、活き活きしてましたよ」

「そうか、そう見えたか。ハハ、確かに左で全力でサーブしたのは久しぶりだったからなあ」

「凄いキレで、驚きました」

確かに凄いキレだった。だが夏木も四十四歳。中井と対戦した時はもっとキレていた。もっとスピードもあった。その夏木が中井に全く歯が立たなかったのだ。当時の中井がどれだけ凄かったのかがよく分かる。そのまた中井ですらグランドスラムの舞台には未だに立っていない。グランドスラムに出場する、そしてそれに優勝する選手の実力とは斯くもレベルが高いものなのだ。

「おだてるなよ。でもスミスは、スミスのサーブはもっと凄い！」夏木が謙遜する。確かにその通りだ。だからスミスはグランドスラムを何度も勝ち抜いてきたのだ。夏木はスミスの凄さを知っている。それでも何とか中井ペアの役に立ちたかった。少しでも中井なり田中なりにサウスポーのサーブを体感してもらえればと、夏木は夏木なりに全力で打ち込んで見せたのだった。だが今のところ成果が出ない。それが最初の発言だったのだ。

「凄い、って言ったってもう四十六歳じゃないですか。あの四人では一番年長者です。後半はヘバッてきますよ。最後の最後で特訓の成果が絶対出ます！」夏木への慰めではない。秋山は真剣にそう思っていた。春日に比べ、テニスの技術に関しては明らかに秋山の方が観察眼が鋭かった。後半へバる、の予言は後々的中する事になる。残念ながら技術論に関しては、春日は相変わらず置いてきぼりだった。

舞台裏⑷　美澄母・娘　ファミリーボックス

優花は中井ペアのマネージャーであり、コーチでもあり、戦略アナライザーでもあったがこの試合はそれを全部止め、父を応援する一人の娘の立場で臨んだ。貴美子も同じだった。二十三年前に戻り、大好きなイケメンの夫とその親友を見守る事にした。「ファミリー」だ。今日、この試合に限って技術論は要らない。ハラハラドキドキするだけ、祈るだけだ。二人は純粋に、単純に、彼らの素晴らしいプレーには大きな拍手で讃えた。そして大声で声援を送った。「頑張れ!」と。

第一セットはからすみペアの競り勝ち。

一進一退のゲーム展開。田中とスミスはキープ。中井とカラスが各々自分のサーブを落とす展開が続いた。終盤中井ペアから見て《5-6》ファイブシックス。ここで今まで通りカラスが落とせば《6-6》シックスゲームスオールでタイブレークだったが、カラスが踏み止《とど》まって、結局このセットは《7-5》セブンファイブでからすみペアが獲った。

第二セットは中井ペアが取り返す。

全員の集中力が高まり、今度はサービスキープが続く。中井も最後までキープ。第一セットと逆だ。

カラスがキープすればタイブレークだったが、カラスはサービスゲームを落とす。《7－5》セブンファイブで中井ペアが獲った。

会場は大歓声だ。この素晴らしい試合を、まだもう一セット見られる。まだ楽しむ事ができる。この時点でチケット代の元は十分に取れていた。観客はドローのインチキも、中井とカラスの因縁も、田中とスミスの場外乱闘の事もすべて忘れていた。物凄くテニスの上手い四人のオッサンがただただテニスに集中している。第二セットの終盤にもなると、四人に不自然なガッツポーズは無くなった。相手を挑発するような下品な行動も無い。お互いを尊敬し合う紳士同士の戦いに変わっていったのだ。観客も変わった。インプレーは静寂を守った。ヤジも無い。純粋な応援のみだ。相手チームであろうと、素晴らしいプレーには惜しみない拍手を送った。今会場は、完全に一つになっていた。

第二セットから第三セットの間のブレイクタイム。会場の騒めきで、お互いの声は微かにしか聞こえない。それでも「いける！　いけるぞ大将！」中井が静かに吠えた。「オーケー　いける！」そして田中もそれに応えた。

舞台裏⑸　前夜　中井のアパート

「もう結構長い付き合いになってるのに、多分、いや間違いなく、俺初めてですよ、中井さんの所にお邪魔するの」

中井のアパートは、中井のイメージそのままだった。独身？男性一人暮らし特有の埃っぽさ、油っぽさ、汗臭さ、が全く無い。キチンと清掃が行き届いた部屋は、清潔感に溢れていた。田中同様余計な家財は無いが、田中の場合の、経済的に調達できなくて「結果的に」無いのとは違って、中井のそれは「意識的に」無くしていた。壁には落ち着いた雰囲気の風景画が所々に飾ってあった。品がいい、さすがだ。中井の芸術的センスが窺える。そのなかでひときわ目立つ大きなポスターを、田中は目ざとく見つけた。見つけた、というよりは目の前に飛び込んできた、と表現するのが正しいかもしれない。それは、ウィンブルドン全景を上空から撮影した写真、勿論センターコート中心のそれだった。田中は中井の今までの心情を、その一枚の写真ですべて感じ取った。中井が愛おしい。ただ田中はあえてポスターにも、自分の今の感情にも無関心を装うスタンスに徹しようとした。

「そうだっけ、貴美子の所には死ぬ程行ってるけどなあ。尤もお互い用が無いもんな。メシも出てこないし。ハハハ」田中を初めて自分のアパートに呼び込んだ中井は照れ隠しで笑ったが、今日今晩だけは田中とサシで話すと決めていた。今回ばかりは貴美子と優花に同席してもらっては困るのだ。

「………」「………」

「………」「………」

呼び出したはいいが、第一声が出てこない。中井は照れていた。照れの極みにいた。ダメなのだ。

超仲がいいお笑いコンビ、二人は売れて、芸能界でも天辺《テッペン》を獲った。周りが気を遣うようになった。今は楽屋も別々だ。常に二人以外に誰かがいる。二人はいつしか二人きりになる事は無くなり、二人きりの会話は皆無に等しくなった。中井はそんな心境だった。どーにも言葉が出てこない。

「何ですか？　話があるって」田中が口火を切った。田中も馬鹿ではない。話がある、と言われた時点で今晩が特別なものになる事はピンときていた。

「いやー、あのー、そのー、なんだ、今日は大将に言っておきたい事があってよ」まだおちゃらけモードだ。

「何です？」

「いや、その、なんて言うか、今までありがとう」ポロッと零した感じだ。いきなりでいかにも軽い。まだ照れている。

「えっ？　何ですか？」

「いや、だから、今までありがとうございました、って言ったの！」

「何ですか？　改まって」

「だって、今まで大将に感謝の言葉なんて言った事無かったじゃんよ」

「それを言う為にわざわざ俺を呼び出したんですか？」

「いやいや、それだけじゃない。それだけじゃないんだけどよ、先ずは大将にお礼を言わなきゃならないと思ってさ」

「そうですか。それはそれは。いや、こちらこそ、ありがとうございました」

「待て待て、大将にお礼を言ってもらうのが目的じゃないんだよ。今日は一方的に俺がお礼を言う日なの！」

「だから何なんですか？　どうしたんですか、一体？」

「分かった分かった、じゃ言うよ。真面目に言うから」やっと腹を括った。

「………」

「今日来てもらったのはよ、まあ、何て言うか、大体終わりだからさ」

「終わり？」

「終わりって言うか、一区切りって言うか、いや、やっぱり終わりだな」

「？？？」

「俺の目標、エヘン、オホン、あの、その『ウィンブルドンのセンターコート』に向けてのやるべき事、っていうのは、明日の試合で終わりだ」中井が自分自身でハッキリと自分の目標を口にしたのは初めてだった。恥ずかしかった。中井にとっては羞恥の極みだった。

「………」

「もう無いんだよ、その先は」

「先が、無い？」

「あっ、いや大将が今後も現役でプレーを続けたい、って言うのなら話は別だよ。だけど少なくとも俺は、俺の中ではその先は無い。その先の光景が、俺には見えない」

「………」

「そこで俺の中の、あくまでも俺の中でしかないけど、ここでケジメを付ける事にした」

「………」

「大将今まで、今まで俺に付いてきてくれて、ありがとう、いや、ありがとうございました。それから俺の我儘に付き合わせてしまって、本当に、すまなかった、いや、本当に申し訳ありませんでした」

ここら辺りからムードがおかしくなってきた。中井が丁寧な言葉を意識して使い始めている。ヤバい、真面目モードだ。泣きそうだ。でも田中ももうおちゃらけている場合ではない。とぼけている場合ではない。話を逸らす訳にはいかなくなった。

「いや、我儘なんてそんな、お礼を言うのはこっちの方です」

「大将はどう思ってるの？　本音で答えてよ！　まだ続ける気はあるの？」

「一緒です。俺にもその先の景色が見えません」

「そうか良かった。いや、大将も同じ、って確信はしてたんだけどね、だけどもしかして、もしかして万が一でも現役続行、っていう芽が残ってるんだとしたらチョットややこしい事になるなあ、って思ってたんだ」

「中井さんが辞める時が俺の辞める時ですよ。ジャガーズの時で辞めると言えば辞めたし、全日本で辞めると言えば俺も一緒に辞めるつもりでいました」本当にそう思っていた。ただ本人の前で口にしたのは初めてだ。口にして自分の気持ちに嘘は無かった事を実感した。そうなのだ。中井無しに自分は無い。田中は改めてそう確信した。

中井が真剣に自分の進退を田中に明言した以上、田中も中井に自分自身の進退を真剣に答えざるを得なかった。二人は超真面目モードになっていた。二人共、特に中井はこういうムードは苦手だ。実際に二人の間に会話は無かったが、中井は目で訴えていた。（何だよ大将、なに真面目モードで応えているんだよ）、と。だが田中も目で訴え返していた。（こういうムードにしたのはあなた自身じゃないですか）、と。

「そ、そうですか、いや、やっぱりタメ口で話そう。そ、そうか、そこまで考えていてくれたんだ。ありがとう、ご、ございました」中井はタメ口で話すと自分で言っておきながら、最後の、ございました、を付け加えない訳にはいかなかった。これを省略するのは田中に対して無条件で失礼だと思ったのだ。思えば中井は今日の今日まで田中に敬語で話した事は無い。ただ今日だけは別だった。敬意を払うべき相手が目の前にいるのだ。タメ口で話す方がむしろ不自然だった。このあとの中井は敬語とタメ口の入り混じった話し方になる。普通の社会人としては失格の話し方だが、田中には中井の精一杯の気遣いが十分に伝わった。中井なりに話してくれればそれで良い。田中はそう思っていた。

「そ、それと大将、もう一つ話しておく事があるんですけど」

「何でしょう?」

「あの日、覚えてる? 俺と貴美子が揉めたあの晩の事」

「勿論覚えてますよ。あの日は派手にやった。忘れろって言われても忘れられる訳がない」

「そ、そう、その日の事なんですけどね、俺も貴美子に責められちゃってて『何の為に(テニスを)やるんだ!』って口走っちゃってよ」

「ああ、何か聞いたような(気がします)」

「あの時は俺も興奮してたから、でもここ、ここは大事だ、で、ですよね。何の為にやるのかって事」

「そうですね」

「で、今更なんだけど、大将は何の為に(テニスを)やるの? やってきたの?」

そう言われて田中はギクッとなった。改めて問われると明確なものが無い。

「いや、そう言われると、パッと答えが出てきません。正直改まって考えた事無かったです。何の為？　何の為に？」これだ！と言えるものが田中には無かった。田中は引き続き思いを張り巡らせていたが、中井はそれに構わず自分の事を語り出した。田中の結論が出る出ないは、この時の中井には大きな問題では無かった。中井はとにかく今日は、この事を田中に伝えよう、と心に決めてきたのだ。

「大将自分で聞いておいてゴメン、まっ、それはいいや。大将自身の事はあとでゆっくり考えてもらうとしてだな、今日は俺の、俺自身の（何の為にテニスをするのかって）事を大将に伝えよう、って思ってたん、ですよ」

「そうですか、それは興味があります」

「その前に、いやあ、恥ずかしい話だけどさあ、あのファミレスの帰り道」

「ファミレスの帰り道？　あっ、あああっ！」思い出した。

「中島みゆきの、『ファイト！』だっけ？　あれには参ったな」

「俺も、グサッときましたよ。あれは効いた！」

「歌詞が、歌詞の内容がさあ、まるっきり俺達の事じゃないの。もう止めてくれー！って思ったよ。涙が、涙がどーにも止まんなくなっちゃってさ」

「同じです」

「そうだ、その通りだ。俺達はみんなに笑われてるんだ。そう思った。『四十四歳です。僕の夢はウィンブルドンのセンターコートです』そりゃ笑われるわなぁ」

「…………」

「笑う奴の方が普通なんだよ。しかも笑う奴の方が圧倒的多数でさ。俺達の方が異常で、頭がおかしい方がこっちなんだよ。でもなあ」

「でも、なんです？」

「笑わない奴がいる。少数だけどな、確かにいる」

「いますね。頭がおかしい側だけど」この時点で田中は中井が何を言おうとしているのかが分かった。それは確信だった。

「へへ、何人かいる。俺の場合は、他人もいるんだけど、身近に、身内にいる。います」

「…………」田中に言葉は無かった。あとは中井に喋らせてあげるだけだ。

「で、大将、明日の事だけど、勿論俺は全力を尽くす。でも勝負は時の運だ。どうなるか分からない。あ、決して弱気と取るなよ。勿論勝ちにいく、結果は大事、凄く大事、大事なんだけどよ、でももうここまできたら、その為に（勝つ事を目標に）、その為だけに（テニスを）やってる訳じゃないんだよ」

「…………」田中は無言。

　だが大体分かった。中井の言わんとしている事が、田中には理解できていた。田中は中井が（大将、俺が戦うのは、俺が今何の為にテニスをしているのかは、応援してくれている、支えてくれている、サポートしてくれるみんなへの感謝の気持ちなんだよ。それを形にしていく為なんだよ）的な事を言うものだと予想していた。あのひねくれ者の中井が、立派になった、成長した、ぐらいの気持ちでいた。それはそれで間違いではない。間違いではないが、実際中井が口にした、自分は何の為にテニスをするのか？の回答は趣が大分違っていた。それは田中が予想したものよりはシンプルで、そして素敵なものだった。

「で、大将、何の為にやるか？　なんだけどよ」

「そうですね。それですね」そうそう。それを今話しているのだ。

「俺達は勝負の世界にいる。だから負けたらダメだ」

「そうですね。負けたらダメですね」

「負けたらダメなんだけどよう、負ける時だってあるわな」

「そりゃあ確かにそういう時だってありますよね」田中はチョットだけ、何を今更、と思った。

「応援団がさあ、勝つ時だけは応援して、負けそうになったら途端に止めちゃったらプレーヤーとしてはヤル気無くしちゃうよな。そんなのは偽物で、勝とうが負けようが、最初から最後まで叱咤激励を続けてくれるのが、本当の応援団じゃないか。俺は今まで応援団なんて糞喰らえって思ってたんだけど、応援してくれる人が身近にいるといないんじゃ、全然モチベーションが違ってくるって事を最近知ったんだ」

「………」

「それで恥ずかしいんだけどよ。俺にも応援団が付いてくれたんだよ。その人の為に頑張ろう、頑張ってみよう、そういう気になった。俺が何の為に戦うのか？ってのは、それが理由だ」

分かった様な、分からない様な。ただ中井がとにかく恥ずかしそうにしているのは分かる。分かるが、田中は（もう少し具体的に言ってくれ）といった表情だった。中井がそれを察した。

「分かんねえよなあ。大将、もし、もしもだよ、明日の試合に勝ったら」

「もし勝ったら？」田中は中井がえらく謙虚だなあと思った。謙虚過ぎるぐらいだ。

「もし勝ったら、女房が、あ、『元』だけど」

「貴美子さんが？」

「『おめでとう！』って、言ってくれる。俺を褒めてくれる。それと」顔が真っ赤だ。

「それと？」

「それと、いや、勝つのが一番いいよ。勝てるに越した事無いけど、もし勝てなくても俺が一生懸命やれば」中井は恥ずかしかった。まさか自分の口から自分自身について「一生懸命」などという言葉が出てくるとは思わなかったのだ。だが続けるしかない。どんなに恥ずかしくても、今日はこの事を田中に伝えると決めてきたのだから。

「一生懸命やっている姿を優花に見せれば」

「優花ちゃんに見せれば？」

「優花が、娘が『お父さん、頑張って！』って、俺に声援を送ってくれる。俺を励ましてくれる。だからそれが俺の……」

言った。遂に言った。人は長年秘密にしてきた事、隠してきた事を信頼できる身内なり親友なりに吐露すると、急に力が抜ける。中井もそうだった。中井はこの事を田中に白状すると、まるで憑き物が落ちた様になった。はにかんでいたのはそのままだったが、その顔は晴れやかで、穏やかだった。

何の為にテニスをするのか？

中井の回答はシンプルだった。愛する人に褒めてもらいたいから、そして、愛する人が励ましてくれるから、それだけだった。

「……………」

田中に言葉は無い。中井の一世一代の告白に軽々に言葉を発すべきではないとも思っていたのだ。沈黙が怖い。そう田中が困っているのを中井が察し、

「駄目ですか？」と、問い掛けた。そう助け舟を出した。そう中井なりに謙虚な姿勢を示したのだ。

この一言の持つ意味を田中は瞬時に理解した。そして柄にもない中井の今の状態を改めて愛おしいと思った。中井は、（こんな単純な理由でいいかい？　こんな恥ずかしい動機でいいかい？　こんな小さな事でいいかい？　大将には大将の人生があって、もっと崇高な目的があったろうに、こんなちっぽけな俺に今までずうーっと付き合わせてしまった過去についても許してもらえるかい？　そして勝手だけれども、もう少し、あともう少しだけ、そう、ウィンブルドンまで、付き合ってもらえるかい？）そう言っていた。実際には一言も言っていない。でもこの「駄目ですか？」の、中井らしい表現に、そのすべてが集約されていた。一言も言っていないが、全部言っているのだ。長年（でもないが超濃密）の付き合いで、それを察する事ができない程田中は鈍感ではなかった。この「駄目ですか？」の問い掛けに、田中も真剣に、シンプルに、そして誠実に答えた。泣きそうだったが意識して表情を崩さずこう言った。

「いえ、十分です。その理由だけで十分です！」と。

本人を目の前にして、あなたに付いていきます！の、改めての意思表示だった。

「ありがとう、ご、ございます。た、田中さん」

中井は今まで田中を茶化して田中さん、と呼んだ事は何度かあった。だが、今回の田中さん、は初めて真面目な、敬意を表した田中さん、だった。おそらく最初で最後の「田中さん」だろう。二人は二人共、本当はここで大泣きしたかった。だがさすが親友、さすが一心同体、さすが運命共同体。二人の気持ちは以心伝心で全く一緒だった。


ここで大泣きはお互い気持ち悪い。

結論が出た以上サッサと解散した方が良い、と二人は判断し、田中は自分のアパートに帰った。その後は二人共興奮して、睡眠時間はほとんど取れなかったが、熟睡してしまって下手にだらけるよりは、むしろ多少緊張状態が継続しているぐらいで丁度良かった。からすみとの決戦は、第三セットに突入していた。

第三セット。中井が躍動する。田中が爆発する。

良い循環だった。中井のギャンブル気味のネットプレーが悉く決まった。中井が前で何とかしてくれるので田中は俄然楽になった。その場を大きく移動する必要が無い。サーブ、ストローク、落ち着いてできた。あとはフルスイングで、得意のビッグショットを重ねるだけだった。ゲームカウントは中井ペアから見て《4－1》フォーワン。次は問題の、スミスのサーブだった。ここまでスミスのサービスゲームだけブレイクできていない。ブレイクは、勝利の為には絶対必要不可欠な条件だった。

スミスの対策とは詰まる所、田中が守るアドコートのワイドへのスライスサーブだった。サウスポーのテニスプレーヤーが試合で勝つ為の生命線とは、このアドコートのワイドへのスライスサーブ、といっても過言ではない。勿論スミスも例外ではなかった。例外ではないどころか、スミスはこのスライスサーブでグランドスラムのタイトルを獲ってきたのだ。さすがはスミス。夏木が仮想スミスで打ったサーブとは一線を画しており、ここまではキレもスピードも、スミスの方が上だった。

だがさすがのスミスも現在四十六歳。ファイナルセットは疲労しており、明らかにその打球は威力が落ちていた。アドバンテージレシーバーになった。このゲームを取るか取られるかは、田中のリターンに掛かっていた。スミスがサーブを打つ前の玉突きを行う。顔を上げて相手コートに眼を見やる。その時だった。スミスが打ち込むサービスボックスの後方にいるはずの田中がいない。スミスは慌ててサーブのルーティーンを中断した。会場がザワつく。

「めちゃめちゃギャンブルじゃん田中さん」春日が吠える。

「うん、確かにポジショニングの想定練習はしたけど、あそこまで極端じゃなかった。ヘッドはどう思います？」

「お前らはどう思う？」逆質問だ。

「センターがガラ空きですから、さすがにそこ（センター）に打つんじゃないですか？」

「う～ん、スミスが田中さんの挑発に乗るかどうかですね。やっぱりワイドには打てないんじゃないでしょうか。ここはハルの言う通りセンター（に打っておく方）が無難ですよね。あそこまで田中さんがワイド（に飛んでくると予想して）で張ってると、そこまで速い打球を（センターに）打つ必要無いし」

センターに打った方がポイントを取れる確率が高い。だからスミスはセンターに打つべきだ。打つだろう。二人はそう言っているのだった。ところが夏木は二人の意見に真っ向から反対する。

「センターには打てないよ！　この勝負、田中さんの勝ちだ！」

「？？？？」「？？？」二人は夏木の言わんとしている事が全く分からなかった。だが今は試合の真っ只中、しかもポイントとポイントの間の僅かの時間だ。二人の何故？に夏木が解説している暇はない。そうこうしているうちにスミスはルーティーンを仕切り直し、サーブを打つ直前だった。解説は後回し。今は夏木の予言の確認が先だ。確認するのに十年二十年は必要無い。三秒で十分だ。三秒後には結果が分かる。果たして結果は？

スミスは、ワイドに打った。ワイドに得意のスライスサーブを打った。センターがガラ空きだったのに、あえてそれを選択せず、ワイドに打った。しかも田中が予め、極端にワイド側を締めてポジショニングしていたにも拘らず、その、ワイド側に打った。ここに罠がありますよ、という所に自ら飛び込んでいったのだ。

田中は？　一歩も動かなかった。動く必要が無かったから全く動かなかった。当然だ。待っていた所にわざわざ向こうから来てくれたのだ。あとは両手バックハンドのリターンを、全力で相手コートに叩き込むだけだった。スイートスポットにジャストミート。ただ余りにもワイド側に寄っていたので、その打球はネットの上を通らない。田中の打球は、ポールの遥か外側から、からすみペアのアレーコートに突き刺さった。絵に描いた様な「ポール回し」だった。勿論ノータッチのリターンウィナー。ここで初めて田中がスミスのサーブをブレイク。その瞬間、会場はまた大歓声。ゲームカウントは中井ペアから見て《5－1》ファイブワン。中井チームは圧倒的優勢に立った。

「わあああぁぁ！　本当に（センターに）打たなかった！　ヘッドの言った通りになった！」

「す、す、凄えええぇ！　ポ、ポ、ポール回し！」

そう言いながら二人は夏木を見た。夏木は「ドヤ顔」の見本の様な顔をしていた。

「教えてください！」「俺も、お、教えてください！　ヘッド」

二人共、何故夏木の予言通りになったのか、今すぐ教えてもらいたかった。例によって夏木は質問を質問で返した。

「スミスにとって一番嫌な形って、どんな形だと思う？」

「いや、今のが一番嫌な形じゃないですか？」春日の見解だ。（田中の罠にまんまと嵌っちゃったじゃないですか！）と言いたかったのだ。

「アキは？」

「う〜ん、覚悟の上だったのかな？」答えになっていない。なっていないが夏木の評価はやはり秋山に軍配が上がった。（アキは少しは分かってるみたいだな）と。止むを得ず、初心者でも分かる様に、夏木は解説を始めた。

「スミスにとって一番嫌なパターンは、中途半端にセンターに入れにいって、田中さんのカウンターを喰らう事だ」

「どういう事ですか？」

「スミスがサーブを打つ直前に田中さんがポジションをチェンジしてセンターに移動。それで田中さんのフォアの強打でカウンターだ！」秋山が答えた。夏木が（オッ、分かってるな）という表情だった。

「中途半端に、って前提でしょ。だったら後悔しない様にセンターに思いっ切りフラットで打てばいいじゃないですか？」

「打てればな。だけどハル、打てないんだよ。スミスはフラットサーブをセンターに打てない！」夏木は意外な事を言う。

「何故、何故ですか？」春日が食い下がる。

「レフティーのアドコートからのフラット、って難しいんですか？」秋山が別角度の質問をした。

「難しい。特に試合の終盤だと尚更難しい。難しいっていうか、苦しいんだよ」

「抑えが効かない、みたいな」秋山。夏木に確認だ。

「その通り！　だからハル、あの場面じゃスミスはフラットサーブを『全力で』打ち込む事ができないんだ。田中さんが直前にポジションチェンジをしたとしてもそんなの無視できるぐらいの『自信がある』フラットを打てりゃ、いいよ。試合の序盤とか若い頃だったらそれができたはずだ。でも今の、オッサンのスミスには無理だ。レフティーのアドコートのワイドのスライスを効果的にするのは、センターへのフラットとセットなんだ。レシーバーに、たまにセンターにくる、っていう意識があるからワイドが取れないんだよ」

「じゃ、もし全力のフラット（サーブ）が入っちゃったら」

「その場合はしょうがないな。ゴメンナサイ、で終わりだよ。でもあの場面でスミスのフラットがエースになる確率は、極めて極めて低い」夏木の解説だ。

「元々（スミスは）フラットが得意じゃないですからね」秋山。夏木の解説のダメ押しだ。

「そうか、だったら得意のスライスをワイドに打った方がいいか。後悔したくないもんな」春日。

「田中さんがポジションチェンジしてくれれば儲けもの、って感覚で打ったんじゃないの」秋山。

「その通り。その通りなんだけど、何てったってあの場面で一番偉かったのは田中さんだ」夏木。

「センターを捨てて」春日。

「ワイド一本に絞って」秋山。

「そして一発で決めた。あれで決まらなくてデュースになっちゃうと厄介なんだよ。凄い精神力だ。なかなかできる事じゃない。それにしてもポール回しとは田中さん、予想の遥か上を行ったな」夏木。

「ヘッドとの練習の賜《たまもの》ですよ！」

「ありがとう！　アキの予言も当たったな」

コーチ陣もいいムードだった。次の中井のサービスゲームをキープすれば中井ペアの勝利だ。ウィンブルドンだ。手放しで喜びたかった。事実春日はそう思っていた。

だから、

「あとは中井さんのサーブ。行けますね！」と、発言したのだ。

「………」「………」ところが、二人が応えない。春日はアレッと思った。（ヨシ、行ける！　絶対行ける！）と言ってくれるとばかり思っていたのに……。

行けなかった。そう簡単には行けない。二人の悪い予感は的中した。

中井のサービスゲームはブレイクされる確率が高い。それは織り込み済みだ。キープできれば儲けもの。だから開き直ってやろう。ベアーズの戦略会議で、そう打ち合わせしたはずだ。これまではそうしてきた。事実上手くいっていたのだ。ただそれが継続するのは中井が無心で、無欲でプレーする、という事が前提だった。

封印していたビビりの中井が発現。ダブルフォールトを重ねる。

意識するな！という方が無理かもしれない。だがそれでもやはり中井は意識してしまった。普通にやればいいんだよ！　周りは簡単にそう言うだろう。だがとことんまで中井の立場に立ってみる。

サービングフォーザマッチ。サービングフォーザチャンピオンシップ。サービングフォーザウィンブルドン。そうだ、夢を掴みかけているのだ。ただその夢は昨日今日抱いたものではない。昨日今日設定したものではない。二十三年越しの夢なのだ。その夢が実現できるかどうかが自分のサーブに掛かっている。もはや自分の夢は自分だけのものではない。夢を一緒に見てくれている面々。真っ先にパートナーの田中。次に家族、貴美子、優花。支えてくれたコーチ陣、夏木、秋山、春日。お世話になった大先輩、近藤、佐藤、伊藤。裏で動いてくれた人、菊地。間接的に応援してくれる人達、ベアーズのスタッフ、キャプソンの社員、納品業者。田中の関係者、野村製作所の皆さん。そしていつの間にか中井のファンになっていた見ず知らずの不特定多数の人達。

彼らは中井を応援はしているものの、今の彼らには（田中だけチョット例外だが）何もできない。

いや、田中も例外ではない。中井が相手のサービスボックスにサーブを打ち込むまでは、田中ですら何もできない。何も手伝ってやる事ができない。田中も含め、今彼ら全員ができる事は「祈る事」しかないのだ。

中井はそのすべての人の祈りを背負っている。これで平常心でサーブを打てる人間の方がどうかしているのだ。中井は残念ながらどうかしていなかった。良い意味でどうかしておいて欲しかったが、どうかしていなかった。因みにどうかしている人達にしか、グランドスラムの優勝トロフィーは手にする事ができない。カラスもスミスもどうかしている人の内の一人、二人だ。中井はこの、どうかしている人達の仲間には、まだ入れていなかった。


中井連続ダブルフォールト。（0－30）ラブサーティ。

ここで中井に余計な思案が生じた。まさしく余計な事だった。このまま四連続ダブルフォールトでは、田中に申し訳ない、という気持ちが芽生えてしまったのだ。まさかこの形でゲームを落とす訳にはいかない。そこで中井が選択したのは、確実にファーストサーブを入れにいく、だった。完全なる選択ミスだが、ビビりの中井にはこれしか思い付かなかったのだ。

そんな甘いサーブを相手が見逃してくれるはずがない。カラスもスミスもこれを強打。ボレーが苦手の田中を襲った。見破られた。これまで中井に協力し、中井のミスをカバーしていた田中が、初めて中井の足を引っ張る形のプレーをしてしまったのだ。しかし田中にそれ程の罪は無い。罪があるとすれば、それは中途半端なサーブを打ってしまった中井の方だ。中井自身が一番それを感じていた。

田中に与えてしまった余計な負荷を、今度は自分が取り除いてあげなければならない。結果このゲームを中井ペアはラブゲームで落とす。ゲームカウントは中井ペアから見て《5－2》ファイブツー。スコア上は、まだ中井ペアは余裕のはずだ。

だが次のゲームから、中井にミスが集中する。綻びは、ギャンブルが裏目に出始めたポーチからだった。中井は自分のサービスダウンの責任を取るべく積極的にポーチに出た。これは悪くない。しかし不思議なもので、自分達のリズムでない時のポーチは悉く逆を突かれる。ポーチは諸刃の剣だ。成功すればプラス2倍、失敗すればマイナス2倍の意味を持つ。セット序盤まで田中を救っていた中井のポーチが、今は却って田中の邪魔をし、田中を混乱させる逆効果のものになってしまっていた。こうなると中井はポーチに出る事ができない。からすみペアは助かった。どっしりと構えてゲームに臨める。精神的にも技術的にも。

流れが変わる。次のゲーム、カラスはキープ。そして今まで唯一キープをし続けていた田中が遂にブレイクされた。

パニックだ。テニスのダブルスでは、いや、テニスだけではない。卓球でもバドミントンでもビーチバレーでも、みんな同じだ。二人が二人共、試合開始から終了まですべて絶好調という事は有り得ない。好不調の波の中で、お互いがお互いをカバーし合う。それが（今更陳腐な表現になってしまうが）チームワークというものなのだ。中井ペアはそれができていた。少なくとも中井のチキンハートから生じるミスを田中がカバーし、田中が砦になっていたのだ。だがその砦さえ破壊された今、中井ペアに成す術は無くなった。

次のゲームはスミスがキープ。せっかくこの前スミスのサーブをブレイクしたのに、それも帳消しにしてしまう様な事態に中井ペア、特に中井が追い込まれていた。

ゲームカウントは《5－5》ファイブオール。数字上はイーブンだが、これを額面通り受け取る者は、誰一人存在していなかった。会場がザワザワし始めた。「陽」ではない。よくない「陰」の方のザワザワだ。田中はしっかりしているが、中井の様子がおかしい。顔は真っ青。何処かで見た光景だ。二十三年前の悪夢が蘇る。

中井のサービスゲーム。落とせない。絶対に落とせない。

ザワザワが止まった。今、会場は静寂そのもので、試合開始直後の、ショーを楽しむ雰囲気は完全に無くなっていた。中井の極度の緊張が会場中に伝播し、雑音は一切無い。サーブ前の玉突きの、ポンポンという極小さな音ですら、観客は明確に聞き取る事ができた。異常な静けさだ。中井の心臓音までが聞こえてきそうだった。このゲームを落とせばほぼ間違いなく中井チームに勝利は無い。ここで、このゲームで何とかするしかない。どうする中井、どうする田中。敵味方関係なく、すべての観客が四人の一挙手一投足に注目した。

第一ポイント。

「スパーン！」

ラケットを振り抜いた。会心の当たりだ。サービスボックスのセンターライン上を捉える。エース！

「ウオオォォ！！」緊張から解き放たれた会場は大歓声と大拍手。スピード表示が出た。一九四km／h。中井四十四歳にして、生涯最速だった。

「ヨシッ！」「ヨッシャー！」チームベアーズ全員立ち上がる。

　第二ポイント。「ズバーン！」第三ポイント。「バキューン！」連続。三連続エースだ。会場は「ワッショイ！　ワッショイ！」のお祭り騒ぎ。あと一本、雰囲気としては四連続エースのノリだった。第四ポイント。中井がアドコートへ、つまりスミスに打ち込む。

「バコーン！」エース！「やった！」誰もが思った。サーブが相手サービスボックスに突き刺さり、スミスがその打球をやり過ごした時には、大歓声が起こった。ノータッチのエース、と誰もが思ったのだ。だがそれは認められなかった。スミスのレシーブ体勢が取れていない。スミスは「ノットレディ」を主張。これが審判に認められた。サーブやり直し。結果ダブルフォールト。中井の勢いは止まった。

　おかしかった。確かに中井のリズムはおかしかった。サーブと次に打つサーブの間《ま》があまりにも短かったのだ。第二ポイントも第三ポイントもそうだった。からすみペアはここまでは容認したが、さすがに最後のポイントは許さなかった。ブーイングが起こるかと思ったがそうでもなかった。中井のテンポは第三者から見ても、明らかに異常に速かった（早かった）のだ。そうなのだ。中井は極度の緊張から、いつものルーティーンを見失っていたのだった。中井は二十三年前のイップスを思い出していた。あの時の反省。緊張して余計な間を作ってしまうと碌な事が無い。あれこれ考え過ぎてしまうぐらいなら、エイヤッで打ってしまった方が良い。そう思い付いたのだ。思い付く、というのは聞こえが良いが、要するに怖かったのだ。中井の脳は本能的に、この恐怖回避を行っていた。今、この現実を「意識」してしまうと、中井の感情はそれに耐えられない。そこで中井の脳は中井の感情中枢に、今この現実を「実感」させない様に命令をした。しかしその代わり体は、身体だけはいつも通りに、いや、いつも以上に発現せよ、とも命じていた。

つまり中井は、ボクシングの試合中に強烈なパンチを浴びて、意識を完全に失っているにも拘らず、体だけは相手選手に向かっていっている選手の状態だったのだ。中井の眼、がそれを証明していた。所謂、眼がイっちゃっているという奴だ。その姿はカメラ越しにアップで捉えられた。この場面に限っては、肉眼で見る観客席よりも、むしろテレビ視聴者の方が臨場感があった。

中井は次のサーブもダブルフォールト。ポイント（40－30）フォーティサーティ。マズい！ 中井の夢遊病者状態は、三連続サービスエースまでは良い方向に働いたが、今は逆だ。このままではすべてダブルフォールトで自滅してしまう。観客も、中井の異常状態に気が付いてきた。まともじゃない。何とか目を覚ましてもらうしかない。それは一番身近にいる田中が、最も敏感に感じている事だった。

田中は自分の前衛のポジションから、中井のいるポジションまで下がって中井に近づく。ザワザワしているから耳元で何か囁いた。中井は聞こえているのかいないのか、視線は遠く、目は虚ろだった。その姿をカメラが追った。田中は中井に対し、目を覚ませ！的なアクションだったが、その内容は分からない。視聴者としては読唇術でも使いたいところだった。

（ポイント間だからあまり時間は使えないぞ。どうするんだろう？）

観客全員がそう思っていた。何かやり取りをしているのは分かる。田中が困っている、焦っている、何とかしなければならないと思っているのもよく分かる。中井、目を覚ませ！　これをやらなければならない事も分かっている。だが一番の問題はその手段をどう取るべきか?だった。時間は使えない。どうする田中?

田中の発する声は、結構な大声だった。それでも何を言っているのか分からない。会場がザワザワで、異常な雰囲気だったからだ。時間が無い。二人の会話もここまでだ。田中が中井から離れそうだったので、結局説得失敗か、と観客は受け取った。田中が中井から離れる、その、離れ際だった。観客は信じられない光景を目の当たりにする。

「バシーン！」

その音は会場中に響いた。何と田中が中井の横っ面を、思い切り平手打ちしたのだ。「オ、オォー」全員度肝を抜かれる。会場は騒然だ。

それは会場の最後尾の席からも分かった。中井が目を覚ました。田中は最も短時間で、最も効果的な目覚まし時計のベルを鳴らしたのだ。中井の顔の色が青から白、白から肌色（ああ、この表現ではダメか。ペールオレンジ色）、肌色（要するに薄い橙色）から赤色（頬っぺた）へ、見る見る変化していく。そして定まらなかったその焦点が、次第に目の前の田中の顔に定まっていく。二人が見つめ合った。田中がこう言った。会場は騒然としたままだったのでほとんどの観客は聞き取れなかっただろうが、アップで捉えたカメラには、田中の口の動きが分かった。田中はこう言っていたのだ。

「ビビってんじゃねえよ、このチキン野郎！　俺が何とかするからとにかくサーブだけ入れろ！」と。

中井は黙って頷くだけだった。ただ我に返っている事だけは確かだった。そして我に返ったのは中井だけではない。田中の一発で会場も我に返った。仕切り直しだ。もう一度中井のサーブを待つ。

中井が行うべき事は、ただただ田中の指示に従う事だけだった。エースは要らない。田中の言う通り、とにかくサーブをサービスボックスに入れる。それだけだった。

中井のサーブはお世辞にも、グッドサーブとはいえなかった。だがこのサーブには田中の魂が注入されていた。スミスが一発でリターンウィナーを取れる程甘くはない。

田中は戦略会議を思い出していた。（大将はネットにベタ詰めしちゃってくれ。前気味で勝負するしかない）ネット、ベタ詰め、前気味で勝負、前気味、前、前、前。スミス、リターン。ポーチ！田中がネットに出た。ネットプレーが苦手の田中がネットで勝負したのだ。結果は？　綺麗ではないが気合でもぎ取ったポイントだった。打球はスミスとカラスの丁度中間地点、つまり二人共手が届かないところに着地した。やった！　キープだ！　田中は公言通り、何とかした。中井を救ったのだ。また大歓声が上がった。ゲームカウント《6－5》シックスファイブ。この試合、また中井チームがリードした。

最後のチェンジコート。

この日一番のザワザワだ。ザワザワする要素が山ほどある。夢遊病者中井、無意識の連続サービスエース、無意識の生涯最速スピード、無意識の連続ダブルフォールト。そして田中の強烈な平手打ち、思い切ったポーチ。観客の全員が、一緒に観戦している隣の席の友人知人に、恋人に、家族に、あるいは全く見ず知らずの人に、興奮して語り掛ける。ファミリーボックスのコーチ陣、夏木、秋山、春日、そして貴美子、優花も例外でなかった。

「ビビ、ビ、ビンタしましたよ！　み、み、見ました!?」勿論こういう時最初に口を開くのは春日だ。

「あの大人しい田中さんが、信じられない！」秋山も興奮している。

「………」「………」「………」夏木も貴美子も優花も声が出ない。あるいは出さないのか？

「どうなってるんだよ？　田中さん、何て言ってたのかな？　何か表情だけ見てると田中さんが中井さんを叱りつけてたみたいだったぞ。そうだよな、ビンタするぐらいなんだから。あんな感じの二人、初めて見た。貴美子さん、いや、優花でもいいや、あの二人の本当の上下関係ってどうなってるの？あと、アキ、ポーチに出たぞ田中さん。お前いつ教えたんだ？　へ、ヘッド、どう思います？」

春日がまだ黙らない。とにかく誰でもいいから、何でもいいから答えてくれ、というメッセージだ。人は興奮すると、お喋りになるタイプと黙るタイプがあるが、春日は典型的な前者だった。

「あんなもんよ！」優花が先ず口を開いた。

「えっ？」

「あんなもん、って言ったの！　田中さんとお父さんの本当の関係はあんなものなのよ」ちょっとキレた感じの言い方の優花に、その横で貴美子が苦笑いをしながら小さく小刻みに頷いていた。

「えっ、どういう事？」

「普段はお父さんが殿様で、田中さんが家来みたいな感じだけど、本当は違うの！　お殿様はイザとなると物事が決められないの。小心者なのよ。大事な所は、最後は家来の意見に従うの！　本当に肝が据わってるのは田中さんの方なのよ」優花が分かり易く説明した。

「そうなんだ。じゃ、何て言ってたのかな？　さっき」

「『しっかりしろ、このチキン野郎！』ってなところじゃないの」優花ドンピシャリ。大正解だ。

「じゃ、あのポーチは？」

「その流れだと『とにかくサーブだけ入れろ！　あとは俺が何とかしてやる！』みたいな事を言ったんじゃないか？」今度は秋山。こっちも正解だ。

「有言実行。大したもんだ！　なあ、キミちゃん」夏木がキミちゃん、と呼び掛けた。もうコーチとしてやるべき事はとっくに終わっている。ファミリーボックスに座っているメンバーは文字通りファミリーだ。

「そうね、優花の、皆さんの言う通り。中井も正気に戻ったみたいだし。あと私たちにできる事は精一杯応援するだけね」

その通りだ。試合は大詰め。ファミリーボックス内のメンバーも、観客も、近づいているエンディングに向け、ただただ純粋に声援を送るだけだった。

試合開始当初、スミスは勿論、カラスもここまで真剣にプレーするとは思いも寄らなかった。莫大なギャラを持って帰るだけでいいと思っていた。ショーだと思っていた。何が何でも勝たなくてはならないというシチュエーションでもなかった。この対戦での敗戦は、彼らのキャリアに何の影響も無かった。だから中井ペアに花を持たせてやってもいい。彼らの技術を持ってすれば、観客にバレない程度に力を抜いて、中井ペアに惜敗という芝居もできなくはなかったのだ。だがその考えは変わった。

それは中井ペアに失礼だと思ったのだ。全力で臨む事。これが中井ペアへの礼儀だった。そして、カラス最後のサービスゲームを迎えた。

第一ポイント、カラスエース。第二ポイント、田中リターンウィナーで取り返す。第三ポイント、中井のアングルショットが決まる。第四ポイント、カラスがエース級のサーブ、田中はラケットに当てるもネット。会場は大歓声と大きな溜息の繰り返しだった。貴美子と優花は見ていられない。両手五本指を胸の前で組んで、祈るだけだった。

（30－30）サーティオールになった。勝負はサーティオールからだ。

少し間ができた。偶然両チーム共に、ペアの片方がもう片方の相方に駆け寄った。最後の作戦会議だ。何処へ打つ？　球種はどうする？　ポジションはどうする？　どう動く？　その確認だった。

「何処へ打つ？」

スミスがチラリと中井たちのコートを窺いながら言った。

「センターに打つ。気弱なナカイは強打できない！　奴は、最後の最後は得意のロブを選択する」

「分かった。じゃ、前に詰め過ぎない方がいいな」

「ああ、中途半端なロブだったらスマッシュで打ち込んじゃってくれ」

「ＯＫ！」

力強く頷いて、二人はそれぞれのポジションに戻った。一方の中井と田中も二人で作戦を詰める。

「どうする？　やっぱりロブか？」

「いや、中井さん、ここは……」

少し言いよどむ田中の様子から中井は何かを察したが、あえてその先を田中に口にさせようとした。

「ここは？」

「打ってください！　相手はセンターでしょうから（あなたの片手バックハンドでは力が入りにくくて）キツイでしょうけど、スミス目掛けて打ってください」

田中が初めて戦略的な事で中井に指示をした。仮にロブでなくても中途半端なブロックリターンは前衛のスミスの餌食になると判断したのだ。今、中井ペアの司令塔は完全に田中だった。中井も決めた。田中の決定にすべて従うと。


カラスのサーブはデュースコートのセンターへ。ヨシッ、悪くない！　からすみ陣営はそう思った。強打のリターンは難しい。だからお前らにはロブを打つしかないだろう、というメッセージの込もったコースとスピードだった。スミスが本来の位置からややバック、ネット前にスペースができた。その時だった。

「パッーン!!」

中井は片手バックハンドで振り抜いた。フラットドライブ。打球はネットスレスレでスミスの真正面へ。ドライブが掛かっている。ネットとスミスの間に距離がある。

そして、打球がスミスの足元にストンと、急激に落ちた。スミスはラケットを宛がったがもう間に合わない。スイートスポットに当てられない。フレームになって返せない。ネット。ポイント中井ペア。マッチポイント！

「ワアアアアアーーー」大歓声だ。からすみペアが困惑した表情でお互いの顔を見合わせている。

（やられた！）と。

普通ならこれで終わりだ。だが、カラスはグランドスラムを何度も奪取してきた猛者だ。マッチポイントを取られても揺るがない。二十三年前もそうだった。先にマッチポイントを握ったのはナカイだった。だが、最後に勝ったのはカラスだ。少なくともカラスが自分自身に負ける事は無い。自滅する事は無い。なんとカラスはこの大ピンチ、アドコートの田中から、ノータッチのサービスエース。デュース！　仕切り直しだ。そしてなんとなんとカラスはデュースから、今度は中井からノータッチのエースを奪い返す。何という根性。何という精神力。敵ながらアッパレというしかない。ゲームカウントアドバンテージからすみ。あと一ポイント取ればセットオールでタイブレークに突入だ。中井ペアは何としてもそれは避けたかった。

また、両陣営ともにミニ作戦会議になった。構図は先程と同じだが、決定的に違うのがサイドだ。レシーバーだ。問題は田中のリターンだった。

「どうする？」

「タナカは強打専門だ。奴は気が強い。絶対打ってくる」

「ヨシッ！　ナカイと逆で、前を詰めた方がいいな」

「ああ、タナカがどんなに強打しようとも絶対に抜かれない様にネットを固めよう」

「ＯＫ！」

からすみペアは、所定のポジションに戻る。一方の中井ペア……。

「どうする？」

「悔いの残らない様にしますよ」

「分かった。ここは大将に任せるよ」

中井は信じていた。悔いが残らない、という事は田中は必ず強打すると。そういえばベアーズの戦略会議でも田中のリターンは強打、で決まっていた。田中が強打して、もし万が一ミスになっても俺は一切責めるつもりはない。田中で負けたのなら仕方がない。そう思っていたのだ。

アドバンテージからすみ、カラスサーブ。

カラスが選択したコースはセンターだった。強打して来い！　だがアレーコートには打たせない！という意思表示だった。カラスもスミスも田中の強打に真っ向勝負の姿勢だ。通常よりネットへの詰めが早い（速い）。ネットへの寄りがより強い。その瞬間、

「ポン」

田中はラケットを振り抜かない。軽打。田中が選択したショットは、ロブだった。滅多に見ない、いや、少なくともチームベアーズが公式戦で見た限りでは初めて見た「意識的に打った、戦略的意図を持った」田中のロブだった。中井と違ってそれは芸術的ではない。だが、会場の誰もが意表を突かれた。それは、チームメイトの中井も一緒だった。田中は味方の中井すら欺いたのだ。そして世界中で最も意表を突かれたのがからすみペアだった。それ程厳しくないコースの田中のロブが、嘘の様

に決まった。勿論スミスのラケットにも、カラスのラケットにも掠らせもしない。文句ナシの、ノータッチのロブリターンウィナーだった。歓声。その後ザワザワ。ただこのザワザワが中井ペアにとって「陽」だった。陽のザワザワが戻ってきたのだ。

デュース。からすみは混乱する。

中井の強打と軽打の確率が二分の一、田中も強打と軽打の確率が二分の一。二つを掛けると確率が四分の一になった。つまりからすみペアは、相手が選択する戦法の絞り込みに、四倍考慮、苦慮する事になる。中井の強打、田中の軽打は次のショットの大きな伏線になった。こういったトライは、トライそのものが必ずしも成功しなくとも、相手には大きなプレッシャーになる。「迷う」からだ。からすみペアは迷っていた。迷ったプレーヤーが良い結果を出したのを聞いた事が無い。グランドスラムを多数獲得している、この、目の前のからすみペアも例外ではなかった。

両ペアがまた打ち合わせ。時間が無い。中井ペアは短時間で結論が出た。からすみペアはこれといった策が無いままインプレーへ。

迷った末のカラスのサーブは中途半端なスピードになった。これなら強打できる。強打されてしまう。からすみペアは身構えた。しかし中井は、

「ポン」

ロブ。からすみは、二人共慌てて回れ右（回れ左）して逆走するも間に合わない。追いつかない。ノットアップを審判が宣告した。その宣告と同時に、

「ウオオオオオォォ！！！」また、また、また、大歓声だ。ただこの歓声は質が違う。中井ペアの勝利を確信させる歓声だった。違う。明らかに今までとは雰囲気が違う。アドバンテージレシーバー。つまりアドバンテージ中井ペア、アドバンテージ田中。そしてこの試合二回目のマッチポイント。二回目のチャンピオンシップポイント、そしてそしてウィンブルドンポイントだった。歓声が治まらない。治まらない。治まらない。外国人アンパイアがコールする。「クワイエット、プリーズ、サンキュー、クワイエット、プリーズ！」治まらない。それでも治まらない。

混乱の中、中井と田中はファミリーボックスに眼を遣る。視線が合う。貴美子が、優花が両こぶしを上げて叫んでいる。大歓声で聞こえない。だが分かる。口元で分かる。ハッキリ分かる。「頑張れ！」「お父さん、頑張って！」と、声を振り絞っているのだ。二人はもう一度、そして最後の打ち合わせをした。それは大歓声に掻き消されそうだったが、二人の間では問題無かった。二人はやるべき事を決めていた。以心伝心だった。二人は二人共この試合初めて、そして最後の「ゾーン」状態だったのだ。大歓声、次の二人の会話は二人以外誰にも聞こえない。

「どうする？」

「悔いの残らない様にしますよ」

「分かった。ここ『も』大将に任せるよ」

ここまではさっきと全く一緒だ。だが田中が付け加えた。

「中井さんも、悔いを残さない様に……」

中井が無言で大きく頷いた。

歓声が静まるのにどれだけの時間を要したのだろう。アンパイアが痺れを切らし「クワイエット、プリーズ！」のあと「シズカニシテクダサーイ！」と大声でアナウンスしたのが切っ掛けだったろうか。やっと、やっと会場は静けさを取り戻した。反動だ。ざわめきが大きければ大きい程その静寂は際立った。間違いなくこの日一番、観客、からすみペア、そして中井ペアがプレーに集中した。例によってカラスの玉突きのポンポンという音が会場に響き渡る。

最後のポイント。ファーストサーブ、フォールト。「嗚呼！」凄い音量の溜息。セカンドサーブ、運命のセカンドサーブ。スピンが田中のバック側へ。田中は思い出す。中井とのあの日のレッスン。「フォアで打て！　廻り込んでフォアで打ち込め！」そうだフォアだ。田中は大きく廻り込んでフォアで強打した。逆クロス。打球は鋭いフラットドライブで、サービスダッシュしてきたカラスの足元を強襲する。ショートバウンド。並の選手なら返せない。だが、カラスはそれを見事に処理する。その時だった。ここまで会場は打球音以外無音だ。そこによく通る、若い女子の、物凄い大声が会場中に響いた。


「出て！」


優花だった。優花が叫んだ。中井に（ポーチに出て！）と叫んでいたのだ。

中井は？

出た！　優花の合図で、いや、優花に言われずとも最初から中井は決めていた。田中のリターンが沈んだら、必ずポーチに出る！と決めていたのだ。果たして打球は？

やった！　カラスもスミスも全く触れない。見事だ。美しい。見本の様な、芸術的なバックボレーのポーチだった。かつて田中が表現していたモハメッド・アリ。蝶の様に舞い、蜂の様に刺す。その姿そのものだった。そのポーチは中井のテニス人生の集大成だった。結局美味しい所はこの男が全部持っていくのであった。

「ワアアアアアァァ！！！」この日一番の、超特大の歓声に会場が包まれた。

ゲーム、セット、ザ、マッチ。ウィナー、ミスターナカイ&ミスタータナカ。セットカウント【2-1】ツーワン。中井は試合を制した。それはカラスへの二十三年越しのリベンジだった。そしてこの勝利は同時に、ウィンブルドン本選の出場通知獲得をも意味していた。

中井は泣いた。今は人目を憚らず、大手を振って泣いて良い時だ。声を上げて大声で泣いた。ワンワン泣いた。二十三年分溜め込んだ（ファミレスの帰り道少し漏らしてしまったが）涙をすべてここで吐き出す様に泣いた。田中も泣いた。生まれて初めて声を出して泣いた。生まれて初めて嬉しくて泣いた。そして勿論貴美子も、出て！と叫んだ優花も泣いた。夏木も、秋山も、春日も泣いた。裏で動いていた大人たちも泣いた。表の美しさ、表の輝きに、その眩しさに泣いた。生で試合を観戦していた人は勿論、テレビの画面越しに泣いた人も数え切れない。日本中とまでは言わないが、とにかくたくさんの人が泣いたのだ。

中井ペアは興奮してファミリーボックスに目を向けガッツポーズをする。なかなか終わらない。優勝慣れしていないから仕方無いとはいえ、異常な長さだ。すると優花が（後ろ、後ろ！）とジェスチャーをしていた。（からすみペアに挨拶しなさい！）と言っているのだ。いけない。一刻も早く彼らにお礼とお詫びを言わなければならない。二人は慌てて急いでからすみペアの所に向かった。からすみペアがネットを越えて中井ペアに近づいてきた。ネットを越えてまで対戦相手に近づくという事は最大限の賛辞と敬意だ。中井がジェスチャーをした。（本来であればこちらから出向かなければいけないのに、いや、興奮して、取り乱してしまって申し訳ない）という意味だった。からすみペアはそんな事は百も承知だった。満面の笑みで返す。ここで初めて四人は四人全員とガッチリ握手をした。

中井は少しだけ英語が話せる。

先ずはカラスが中井ペアに労をねぎらい、スミスがそれに続いた。

「おめでとう！　ミスターナカイ、ミスタータナカ」「おめでとう！　ミスターナカイ、ミスタータナカ。ナイスゲームだった」

「ありがとう！　ミスタースミス、ミスターカラス。今日戦っていただけた事に感謝する。そしてこれまでの非礼をこの場を借りてお詫びする。すまなかった。どうか許してほしい」

「二人の本心はとっくに分かっていた。気にするな！」「正直最初は商売のつもりだったが、俺達は本気でやって本気で負けた。二人は素晴らしい。ウィンブルドンでは頑張ってくれ」

「ありがとう！　アナタたちの分まで頑張る！」

そう中井が言うと四人が全員笑った。田中は喋れないが、この程度ならヒアリングできる。ほんの僅かの時間だったが、四人はこれまでの表の事、そして裏の事も全部承知、理解していた事を確認した。素晴らしい大人たちだった。マスコミに作り上げられた対立も確執も、一瞬で昇華してしまっていたのだ。観客は勿論何を言っているのかは分からない。だが四人の笑顔が、何を物語るのかが分からない程愚かではなかった。

二十三年間の時の流れは各々だ。中井はやっとわだかまりから解放された。カラスもそうだ。だからもう二度とシニアツアーに復帰する事は無い。

ウィナーズスピーチ。

普通であれば、先ず準優勝者、そして優勝者の順番だ。からすみペアはそれを遠慮した。当然田中にはその気は全く無い。従ってウィナーズスピーチは代表して中井が行った。そこには不貞腐れた、捻くれた、皮肉屋の中井の姿は無かった。

「初めに、今日対戦をしていただいたジョン・スミス選手、エミール・カラス選手に感謝申し上げます。サンキューミスタースミス、サンキューミスターカラス」

中井がからすみペアを、尊敬と情愛の眼差しで見つめながら最初の言葉を述べる。ここで会場は拍手。因縁の相手はカラスだが、四人の中では一番年長のスミスを立てた。拍手が一段落して、

「そしてお忙しい中、こんなオッサン四人の為に、沢山の方々がわざわざ会場に足を運んでいただき、誠にありがとうございました」ここで会場にドッと笑いが起きた。と、同時に拍手喝采。田中は苦笑い。からすみペアの傍らには通訳が付いている。彼らは一呼吸置いて大笑いした。

「私とカラス選手の歴史については皆様ご承知の通りです。詳しくはネットをご覧ください」また笑

いが起こった。

「当時私は若かった。そしてカラス選手も若かった。発言については若気の至りという奴です。それにしてもそんな昔の事を穿り返してしまって、カラス選手にとっては大変ご迷惑であったと思います。ソーリー、ミスターカラス」中井がカラスを見ながら英語も交えスピーチする。カラスは手を横に振って（いえいえとんでもない）といった仕草。

「そして、無視していただいてもいいのに、対戦に応じていただき、しかも日本でそれが実現できた事に、お礼申し上げます。サンキューカラス！」カラスが頷く。

「本来であれば私とカラス選手の、シングルス戦で決着を付けなければならないのですが、二人共トシなんで」また笑いが起こる。

「そこで変則ではありますが、ダブルスの戦いの運びとなりました。正直当初はダブルスの発想は無かったんですが、例の、ジャガーズさんとの、遊星君と、翔太君との戦いがヒントになって、その時えらい騒ぎになって。あ、通訳の方、全部訳さなくていいですよ」会場にクスクス笑いが起こった。

「ここにいる田中君とペアを組んで、それで偶然カラス選手がスミス選手とペアを組んでベテランツアーを回っていらっしゃるという情報を得まして、スミス選手とは本来無関係だったんですが、スミス選手が何故かウチの田中君をえらく気に入っちゃったみたいで、じゃあダブルスで挑戦させてもらおう、という事になって、今日に至りました。スミマセン、（経過を）大分端折っちゃって」笑いが絶えない。

「そんな訳でスミス選手にも感謝申し上げます。サンキューミスタースミス」スミスが大きく頷く。

ここで拍手。

「今日勝てた事は勿論大変嬉しいのですが、それよりも何よりもスミス選手とカラス選手がシニアツアーとして、正式に、真剣勝負していただいた事に重ねてお礼申し上げます。そして、ペアの田中選手にも……ここまで僕の我儘に付き合ってくれて、改めてお礼申し上げます。田中君、ありがとう」

田中は付録だった。田中への件《くだり》は早口で、そのトーンは素っ気なく、ぶっきらぼうだった。中井は恥ずかしかったのだ。こういう場面では一応ペアに感謝している旨のパフォーマンスをしなければならない。カラスとスミスを讃えておいて、田中だけスルーする訳にはいかない。だからこの程度だった。言ってみればカラスとスミスはゲストだが、田中は身内だ。だから中井は身内にはこの程度でいいだろうという認識だった。田中も分かっていた。十分だった。中井は続ける……。

「そして私たちを支えてくださったコーチの皆様、夏木君、秋山君、春日くん、トレーナー、練習場所を提供してくださったベアーズテニス倶楽部並びにスタッフの皆様、スポンサーのキャプソン様、野村製作所様、慶聖大学様、ＴＶ亜細亜様、大会主催者様、その他関係者のすべての皆様に感謝申し上げます。そして最後に」一呼吸、いや、二呼吸置いて……。

「貴美子、優花、今までありがとう。来週、行ってきます」行ってきます、は、ウィンブルドンに、という意味だった。貴美子と優花がそれに答え、大きく大きくウンウンと頷いていた。ファミリーボックスは、涙というよりはどちらかというと笑いが勝っていた。嬉し涙は取り敢えず一段落していた。皆、笑顔、笑顔、笑顔、だった。

中井のスピーチが終わる。次はインタビューだ。からすみペアはこれも断った。いや、カラスが一言だけ答えた。
「遠慮しておこう。口は災いの元だからな」通訳が日本語に直してそれをアナウンスすると、会場は爆笑と拍手の嵐だった。カラスはスミスと共にそのままスッと会場を後にする。何というスマートさ、何というカッコ良さ。二十三年間を掛けて（いや、もっとずっと前からだ。彼も苦労した。特にチェコ人からアメリカ人への帰化の時は最も苦しい時期だったのだ。その時期辺りから、その時期を経て）彼はすっかり紳士になった。エミール・カラス。彼は本物のスポーツマンだった。

勝利者インタビュー。TV亜細亜が用意した女性アナウンサーはテニスに疎く、それはグダグダだった。内容は大体、中井のウィナーズスピーチのお浚《さら》いに過ぎなかった。

第二セットの第八ゲーム、あのブレイクポイントの時、セカンドサーブのコースをフォアバック、どちらを読んでいたんですか？ぐらいの質問をしてくれれば中井も具体的に答えただろう。だがカラス選手の事をどう思っていますか？なんて言う寝言を今更聞かれても困る。二一〜二三年前の中井なら、（そんなもん、見てりゃ分かるだろ、このボケが！）ぐらいの事は言っていただろう。だが今日の中井は悲しい程真面目に、誠実に答えていた。そんなグダグダの質問に、中井は一個一個丁寧に答えていたのだった。そしてその質問が家族の事に及ぶと、中井はいよいよダメだった。涙を浮かべて「みんなのお陰です。感謝してます」を繰り返すばかりだった。

普通になった。

普通だ。中井は普通の人に戻った。中井は普通に敬語で応対し、普通に関係者や家族に感謝を示す人間になっていた。そこには剥き出しの、怒りの感情をぶつけていた中井はもういない。中井は普通の四十四歳の、常識ある一社会人に戻ったのだ。

良い事だ。素晴らしい事だ。だが、視聴者は物足りなかった。中井に求めるのはもっと捻くれた態度だ。皮肉を込めたコメントだ。それを引き出せなかったインタビュアーにも問題があるが、この時点でもはや中井は「戦う人」では無かった。そしてこのインタビューは放送終了間際、時間が無くなり、視聴者のイライラが限界に達し、そろそろ痺れが切れる寸前で、やっとまともな、やっとマシな質問をぶつけた。質問は中井にではない。田中にだった。

「試合の終盤、中井選手に平手打ちをしましたよね。大変驚きました。あれはどういう事だったんですか？　また、あの時どんな事を仰っていたんですか？」と。

会場と視聴者は（ヨシッ！）となった。やっと興味がそそられる質問をしてくれる。田中は答えた。

「あっ、あの時ですか。あの時、実は、会場に『蚊』が飛んでおりまして。おそらく皆さんには見えなかったと思うんですが、中井君の所に駆け寄ったら、その、中井君の頬に止まったんですよ、蚊が、で、中井君動かないで！って言って。中井君、僕の言う通りじっとしていてくれて。いやあ、ずっと気になっていたんですよ。それで上手い事退治できて。ストレスが無くなって、そこから（試合内容が）好転しました」

「ええ？　そんなあ」

と、いう所でプツッと映像が途絶えた。時間切れ。放送終了だ。終了後は案の定抗議の電話が止まなかった。結果論だが、中井に時間を取り過ぎたのだ。だが後の祭りだ。今頃になって、何で田中に質問しなかった！と言ってももう遅い。

時間が経った。すると田中が再注目され始めた。あの返し、なかなか良かったんじゃない、と言う声が広がってきたのだ。馬鹿正直、糞真面目に答えるだけが良い事では無いと、田中が再評価されたのだ。後悔したのは菊地だった。菊地は地団駄を踏んで悔しがった。

どうしてもっと田中に注目しなかったのか、どうしてもっと以前から田中を押さえておかなかったのか。菊地は自分で自分を責めた。俺はまだまだテレビマンとして未熟だ、と。菊地はこう再認識していた。（中井ペアで本当に面白いのは中井じゃなかった！　田中だった！）と。

ウィンブルドン

六月下旬。チームベアーズの全員がウィンブルドン入りした。緑の絨毯が眩しかった。全員夢心地だったが、ダブルスのドローは、少しだけ残念だった。

「チョット残念でしたね」田中は中井の心中を察し、中井を気遣う発言をした、つもりだった。

「何言ってるんだよ、ここに来れただけで十分さ」

意外なリアクションだった。中井は本当に謙虚になった。中井の言葉に嘘は無い。中井は本当にここに来る事ができただけで満足だった。だが周囲はチョットだけ違っていた。今回は、この「周囲」

に田中も含まれる。周囲は中井に好意的だった。その周囲は、少しだけ欲張りだった。周囲は中井に「センターコート」を用意する事ができなくて残念がっていたのである。センターコートはやり過ぎにしても、もう少し観客が入るコートを期待していたのだ。だがこれはさすがに図々しい欲望だった。予選をギリギリのポイントで（しかもかなり怪しい経緯で）上がってきた、グランドスラムの実績の全く無い、アジアからのオッサンペアに観客が入るコート、ましてやセンターコートでのプレーを許可する程、ウィンブルドンは甘くなかった。

中井ペアに与えられたコートNo.は６。妥当だ。中井自身が一番客観的にこの事実を受け止めていた。むしろ中井が周囲のガッカリを慰めている様な有り様だったのだ。

「とっくに引退してるスミスとカラスに勝ったって、冷静な目で判断すれば大したことじゃねえよ。俺達が勝ったのは『過去の人』だからな。主催者はこう思ってるはずさ。『スミスとカラスはワザと負けた』ってな。ジャパンマネーに眼が眩んだんだろう、そのぐらいにしか思っちゃいないさ。正直まだまだ人種差別はある。東洋のイエローモンキー如きが、ここテニスの聖地でプレーさせてもらえるだけで有難いと思え！　そんなところだよ」

自虐的だが、あながち見当外れなものの見方でもなかった。だが中井はそれでもいいと思っていた。自分で自分を貶めていながら、それでもウィンブルドンでプレーさせていただけるだけでも十分です！という気持ちで一杯だったのだ。

「どうしたんだ中井さん、人が変わっちゃったみたいじゃないか」春日。

「分からん？　俺には分からん？　ヘッドはどう思います？」秋山。

「俺にも分からん！」夏木。

「エエエェッ！！！」

三人の会話を聞いていたチームベアーズ全員が突っ込んだ。ここまで中井について、中井に関する質問ならすべて答え、そしてすべてを正解してきた夏木が分からない、と言ったのだ。周囲が驚かないはずがなかった。だが夏木の次の言葉で全員が納得した。なるほどその通りだ。中井が一番冷静で、一番自分自身を俯瞰で見ていたのだ。浮足立っていたのは、本来中井を支えるべきチームベアーズのその他全員の方だった。

「だって、俺ウィンブルドンに出た事無いもん」

そうだ、その通りだ。この言葉で皆納得し、反省した。誰もウィンブルドンの経験など無いのだ。ましてやセンターコートに立つ事、プレーする事など、とんでもない事だ。ここに来れただけでも十分なのだ。我々は驕っていた。自惚れていた。我々はここに連れてきてもらった中井（と田中）に感謝するだけだ。そして我々がすべきは、No.6コートの中井ペアを精一杯応援する事のみなのだ、という事を皆再確認したのであった。

無欲である事と、やる気が無いは別物である。中井は無欲ではあったが、やる気が無い訳ではなかった。からすみとの対戦で、田中が一時的にペアの主導権を握ったが、それでもやはりこのペアの主動力は中井であって、中井のテンションがそのままペアのテンションになる。中井が上機嫌であれば田中も上機嫌だし、その逆はそのまま田中に反映されていた。田中は言ってみれば白い画用紙の様なものだったのだ。中井色はこれまでいつも強烈な色彩を放ってきた。それは必ずしも明るい色ばかりではないが、どの既存の色とも合致しない強烈な個性の色である事は間違いなかった。

ところが今回はどうだ。中井自身が真っ白だった。無色透明であるといっても良い。悪い事では無いが、これでは作品として出品できない。中井はウィンブルドンの戦いに、この精神状態で臨んだ。


実際の中井ペアの試合開始時刻は午後七時。曇天だった。

現実とはこんなものか。ロンドンの緯度は高い。従って日没が日本より遥かに遅い。遅いがこれは酷い。中井ペアは、全体の試合消化スケジュールの一つの駒にしか過ぎなかった。大会側は、選手の体調やご機嫌と相談して試合の予定を組んでいる訳ではない。それが考慮されるのは、トップシードの極々一部の選手のみだ。そしてロンドンは雨が多い。屋根付きコートが幾つか建設されたが、それ以外のコートは雨による中断を余儀なくされる。昔に比べ大分よくなったとはいえ、コート№、試合の日時、開始時刻が変更になる事が、まだまだ避けられない状況に変わりはなかった。要するに大会側は（試合が）できる時にはサッササと済ませて欲しいのである。それは大会序盤である程顕著だ。勿論中井ペアも例外ではなかった。

中井ペアにも当初、試合開始時刻の正式なスケジュールの割り振りがあったが、これは有って無い様なものだった。現実には雨による中断でそれが延び延びとなり、午後七時開始となったのが事の次第である。しかも曇天。中井ペアはいつ雨が降り出すか分からない状況下での試合開始となった。

それでも中井は嬉しかった。とにかく試合ができる。№6コートとはいえ、緑の天然芝でプレーできるだけで幸せな気分だった。田中は？　田中は中井がハッピーならそれで良かった。

試合開始。田中のサーブ。

二〇〇km／hのサーブは健在だった。相手が予測していない限り、このサーブは絶対取れない。球足の速い芝のコートでは尚更で、最大の武器だった。中井は前衛でウットリしていた。そうだ、このサーブをイメージしていたのだ。田中に出会ってから今日この日まで、中井はずう～っと、ずう～っとこの場面を想像していたのだ。そして願わくば、このサーブを自分も打ってみたいとずう～っと思っていた。残念ながらそれはできなかった。が、相方の田中が実現してくれた事で半分夢が叶ったような心地だったのだ。

田中ほどではないが、中井のサーブも悪くなかった。特にスライスが有効だった。低い弾道でボールが弾まない。しかもよく滑る。中井はグランドスラムの大舞台で、自分のサーブが世界で通用した事に、内心狂喜乱舞していた。

中井チームは悪くない。だから負けない。だからもしかして勝てるのでは？とチームベアーズは一瞬だけ思った。だがその儚い夢は、相手チームの強烈なサーブによって見事に粉砕される。

リターンが返らない。

返らない、なんてもんじゃなかった。ラケットに、掠りもしない。からすみとやったコートは遅かった。だからスミスのサーブでも何とか（後半）返せたのだ。そしてからすみとの打ち合いは、何とかチャンバラの体を成していた。真剣（文字通り真剣）で、危険ではあるが、何とか双方で「攻防」をしていたのだ。だがここは違う。防弾チョッキ無しで、近距離でピストルの撃ち合いをしている様なものだった。サーブだけでほとんど終わり。ラリーは皆無だった。このサーフェスで一つのプレイクゲームが何故命取りになるのか、二人は身をもって知らされた。

中井チームは悪くない。チームベアーズの面々も、思ったよりボロボロにはならないなあ、意外と一方的なゲームカウントにならないなあ、とは感じていた。だから負けてはいない。負けている訳ではないのだ。だが、では勝てるかというと、それは別問題だった。勝てるか?という議論になれば、勝てない、という結論にどうしてもなってしまう。我々の代表はどうやっても勝てない、とチームベアーズ全員が(変な言い方だが)確信していた。それは、当事者であるコート上の中井ペアも例外ではなかった。いや、コート上の二人が一番実感していたのだ。何故ならば、二人がコート上で浴びているのはテニスボールではなく、ピストルの弾丸の嵐だからだ。一体ピストルの弾をどうやって避ければいい? どうやって防御すればいいのだ。それはありえない。ここでは、戦略や作戦は意味を持たない。努力や工夫が入り込む余地は無い。また、根性とか執念とか、そういった、人が人として戦う為の原動力は必要が無かったのだ。

試合は全く盛り上がらなかった。サーブの「ドーン」リターンの「パーン」そして精々ボレーの「ポン」で終わりだ。屋外だから音が思ったよりも響かない。隣にもそのまた隣にも、その周りにもコートがある。あちこちで疎らに歓声が上がる。だからイマイチ集中できない。中井ペアの置かれた立場は、男子シングルス、女子シングルス、男子ダブルス、女子ダブルス、混合ダブルス、と無数にプログラムされた試合の中の一つに過ぎなかった。そして観客は(センターコートや№1コートの様なメインコートを除いて)その無数にプログラムされた数々の試合の中から、その日にどの試合を観戦するのかを気まぐれに選択する。従って今見ている試合に、必ずしも入れ込んでいる訳ではなかった。中井ペアの試合もそうだった。そうなのだ。ウィンブルドンにはトップ中のトップが集結する。残念ながら中井ペアはそういう中にあっては「雑魚」に過ぎなかったのだ。

試合は拍子抜けする程淡々と進んだ。中井ペアは「意外と」自分達のサービスゲームをキープできてはいたが、相手のサービスゲームをブレイクできないでいた。ここまでの経過。第一セットは中井がブレイクされて《6－4》シックスフォーで、第二セットは田中がブレイクされて《7－5》で失い、セットカウント【2－0】ツーゼロ。普通の大会なら中井ペアのストレート負けで終わり。だが、ここはグランドスラム、ウィンブルドン。5《ファイブ》セットマッチだ。だから勝利の為には3《スリー》セットを取らなくてはならない。そう、負けてはいない。終わってはいない。だからサポーターはもっと応援しなくてはならない。もっと声援を送らなければいけないのだ。

だが現実は違っていた。何故か燃えない。何故か気合が入らなかった。晴れの舞台に立っているのだ。もっと気持ちは高揚するはずだった。もっと興奮するはずだった。そしてもっと感動するはずだった。憧れのウィンブルドンで用意していた様々な感情を、今はチームベアーズの全員が体感できない。これは大問題だ。勝負云々ではなく、それ以前の問題だったのだ。

「ヤベェな、このまま何にも起こらず（ウィンブルドンが）終わっちゃうぞ」春日がその感情の代弁者になって口火を切る。

「全くだ。ゲームカウントそのものは競ってるんだけどな。何か淡白なんだよな。ラリーの、ラの字も無い。サーブ一発でほとんど終わりだ。ヘッドはどう思います？」秋山。いつものパターンの会話だ。

「……」夏木は終始無言だった。秋山の質問を無視しているとも取れるし、これといった明確な意見が述べられない、とも取れる態度だった。夏木はこう思っていた。夏木にしては絶望的な思いだった。そしてこの後ろ向きな意見を、口に出してはいけないと思っていた。だから黙っていたのだ。

（ダメだ、勝てない。絶対に勝てない。俺は今まで中井には憎まれ口を叩いてきた。それでも中井を本当に見放した事は無い。中井ならやれる。中井なら結局最後は何とかしてくれる。そう信じていた。事実今までやってきてくれた。全日本も、からすみとの対戦も、あいつは奇跡を起こしてくれた。でも今回はダメだ。何故って、中井に欲が無い。欲が無い、っていうのは良い方向に作用する事が多いけれど、今日は悪い方向に作用だ。中井、欲を持て！　勝って勝って勝ち抜いて、そして自分の力でセンターコートの権利を奪い取れ！　本当はそう言ってやりたい。だけど無理だ。二人の技術では、二人の実力では無理だ。俺には分かる。無理だともっと分かってる奴がいる。中井だ。中井自身だ。そしてそれを一番身近に感じている人もいる。田中さんだ。田中さんのモチベーションは中井のモチベーションだ。中井がダメだ、無理だ、と感じてしまっている以上、田中さんのモチベーションは上がりようが無い。二人は無心で戦っている。それは悪くない。でも二人にギラギラしたものを感じられない。二人は満足している。勝ち進んでやろうなんて気は更々無い。だけどそんな二人を今更叱咤激励してどうなる？　彼らにとって余計な重荷になるだけだ。そうだ、もう十分だ。二人は十分戦った。俺達がしてやれる事は、最後まで二人の戦いを見守るだけだ）

チームベアーズも何となくそれは感じていた。からすみとの対戦の時は、優花は大声で、貴美子は声を枯らして声援を送った。コーチ陣も裏方も皆そうだった。何故か？　彼らは全員中井の勝利を疑わなかった。ハラハラドキドキしながらも、最後の最後は、中井ならきっとやってくれると信じ続けていたからだった。そしてそれは実現した。「祈れば通ずる」を、彼らは身を持って体現していた。だがここでは、ここウィンブルドンでは、その祈りさえ無意味である事を実感していた。

ライオンや虎に草食動物が捕らわれる。本能で、彼ら（肉食獣）は、草食動物の喉元にその牙を突き立てる。窒息させる為だ。初めは体をバタバタと動かし、抵抗していた草食動物の動きが、次第に鈍くなる。観念し、そしていつしか自分の死を悟り、抵抗を止め、その時が来た時、彼ら（草食動物）は天を仰ぐ。残酷な光景かもしれない。だがそれは、見ようによっては彼らの恍惚の表情と見て取れない事も無い。死に逝く瞬間に、神が与えた唯一の慈悲と言っても良いのではなかろうか。

チームベアーズもそんな心境だった。残酷かもしれないが、散りゆく中井ペアを黙って見守ってやる、それだけしかできない様な雰囲気に支配されていたのだ。

第三セット、第五ゲーム、中井のサービスゲームがブレイクされて、中井側から見てゲームカウント《2－3》ツースリー。このカウントになった辺りでその雰囲気は顕著になった。もう負けは決まりだ。何故ならここはウィンブルドンだ。グランドスラムだ。勝利の為にはあと3セット連取しなければならない。そんな奇跡は絶対起こらない。中井・田中、二人共よくやった。あとは相手チームがサービスゲームをキープしていって終わりだ。俺達にウィンブルドンをありがとう！という空気だったのだ。

だが、チェンジコートの時、その異変が起こった。いや、厳密にいうと、その異変はゲーム中に起こっていた。少ない観客ではあるが、そのほとんどが私語を発している。何やらザワザワしているのである。

「何だ？　何かザワザワしてるぞ」春日。

「そうなんだよ。ゲーム中から何か落ち着かないんだよな」秋山。

「何があったの？」優花。

「何があったのかしら？」貴美子。

チームベアーズ以外の、中井ペアの勝敗に関係の無い観客が、何やら皆下を向いている。自分の携帯に目を凝らしているのであった。

「調べてみろ！」夏木が春日と秋山に指示をする。二人は夏木の指示に従い、自分の携帯を見てみた。分からない。だが周辺の見ず知らずの観客がその画面に見入っている。春日は失礼を承知で、そして得意のお愛想を振り撒きながら、隣席の英国レディーの携帯を覗き込んだ。

ツイッターだった。勿論英文だ。何者かが発信している。だが春日も秋山も残念ながら英語には疎い。

「誰かが発信してるみたいなんですけど、だけど英文で、えへへ」春日。

「右に同じ」秋山。

だらしがない男コーチ陣を他所に、今度は優花が英国紳士の携帯を覗き込む。こっちも目一杯の愛嬌を振り撒いて。エクスキューズミー……。

分かった。

英語に堪能な優花の目に飛び込んできたそのツイートはカラスから。エミール・カラスがその発信元だった。それは……。

【親愛なるミスターナカイへ　ウィンブルドン出場おめでとう。貴方の勇姿をセンターコートで見られる事を楽しみにしています】といった内容だった。そして僅かの時間を置いて、全く同じ内容のそれが発信される。スミス。ジョン・スミスからだった。

【親愛なるミスタータナカへ　ウィンブルドン出場おめでとう。貴方の勇姿をセンターコートで見られる事を楽しみにしています】発信者がカラスからスミスに、そしてミスターナカイがミスタータナカに変わっただけだった。

二人申し合わせたかのような、同時発信だった。観客は確信した。申し合わせたかのように、ではない。二人は申し合わせたのだ。そしてその後もその発信は続いた。

【ミスターナカイのデビューは私と同じ年だ。だが私は引退してしまっている。ミスターナカイは本来私のライバルとなるべき選手だった。私は知っている。彼の夢を知っている。それは彼がデビューした時から今日まで変わらない。彼の夢はここウィンブルドンのセンターコートだ！】その直後、今度はスミスから。

【ミスタータナカもセンターコートに連れていってやってくれ！】と短いツイート。

だからああしろ、だからこうしろ、とは彼らは一言も言っていない。だがここウィンブルドンでも、優勝トロフィーを何度も分け合った二人の発言の影響力は計りしれない。そうなのだ。二人は大会側にそれとなく、さり気なく、しかし相当の圧力を掛けていたのであった。

勘のいい観客は、そのメッセージの意味を一瞬で理解できた。からすみは、日没、あるいは雨でこのゲームをサスペンデッドにしてしまって、続きは仕切り直せ、そしてその続きはセンターコートでやれ！と言っているのだ、と。

当然チームベアーズは浮足立った。

「プ、プ、プ、プレッシャーじゃないですか！　大会側に、そ、そ、そんな事できるの？」春日。「そういう事なんだろうなあ。からすみ、ってそんな凄い力持ってるのかよ？　どうなんです、ヘッド？」秋山。カラスとスミスの呼称は、もうすっかり、からすみ、だ。

「んな事、俺に聞かれたって知るかよ！　だけどここウィンブルドンじゃ凄い発言力を持ってるのは確かだ。何てったって二人合わせて九回優勝してるからな」夏木。

「それはいいんだけど」優花が参入してきた。「それはいいんだけど、何だよ？」春日。「それはいいんだけど、よくないんだけど、まあどっちでもいいや。そんな事より、このままじゃセンターコートどころじゃないよ。試合が終わっちゃうよ」優花。「確かにその通りだ。ハル、センターコートどころじゃないぞ。日没までまだ時間がある、雨も大丈夫そうだ……大丈夫っていうのは違うか。雨も期待できない。となると、ヤバい、ヤバいぞ、何としてもこのセット取らないと、ブレイクバックしないと、あっさりストレート負け。センターコートの夢は水の泡だ」秋山。「そうか。クソッ！　何でロンドンはこんなに日が長いんだよ」春日。「あとは雨だけど、何だよ、こういう時に限って降らねえんだもんなあ」秋山。「そういう事になったとしても次、センターコートでやれるとは限らないぞ」夏木。「そうだけど、そんな事言っていてもしょうがないわ」優花。それを受ける様に「私たちができる事は応援するだけ。チョット今まで大人し過ぎたわよね。もう遅きに失したかもしれないけれど、とにかく応援しましょうよ！　ねっ！　頑張って声援を送りましょう！」と貴美子が皆を喚起した。

夏木の表情が変わった。貴美子の言う通りだ、と。そしてその言葉を受けて、チームベアーズは今更ながらだが、やっとだが、目が覚めた。そうだ、俺達、何をやっていたんだ。俺達が諦めてどうする。そんな雰囲気が漲ってきた。

コート上。チェンジコート時のベンチの二人。

「何か、ザワザワしてるぞ。何かあったのか？」

「そうなんですよ。試合中から、何かおかしいんですよね」

「観客の誰かが倒れちゃったとか、そういう感じでもないな」

「何か、みんな携帯見てますよ」

「ニュース速報？　誰かイギリスの偉い人でも死んだのかな？」

「だったらもっと大騒ぎしてるでしょ」

当然二人には分からない。ただ悲報とか、そういう類ではなさそうだ。何だ？　何が起こっているんだ？　それが解明されないままにゲームは再開された。二人はスッキリしなかった。スッキリはしていなかったが、再開後、明らかに変わった事がある。チームベアーズの声援だ。応援だ。手のひら返し。その表現が適切でないのなら、今までオフにしていたスイッチを、いきなり急にオンにしたかの様な彼らの豹変ぶりだった。一ポイント一ポイント、何なら一球毎に声援を送っている様な感じだった。だがプレー中の中井ペアの本音はこうだった。

(何だあいつら急に大声出しやがって。もう手遅れだよ。だったら最初からそうしろよ)中井。(何だ何だ? 急に、急にだぞ。まあ、応援は有難いけど、本当に有難いけど、こんな事思っちゃいけないんだけど、今回はムリだな、勝てないよ。だって中井さんが燃えてないもん。別にやる気が無い訳じゃないんだけど、皆だって分かってたでしょ。これから3セット逆転なんて、無理に決まってるじゃん。ああ、まだ大声出してる。何? 何? 何が目的でそんな応援してるの?)田中。

それは中井のプレー時だった。それ程勝負に執着の無い中井は、逆を突かれた打球を追わなかった。確かに追って追えない打球ではない。だが返球したところで、百パーセント相手にやられてしまう状況だったのは確かだった。従ってそれ程、それ程責められるプレーではない。ところがそのプレーを中井がした瞬間……。

「ブウウウゥゥ!!!」凄いブーイングだ。敵チームからではない。味方からだった。それも味方も味方、そのブーイングは、世界で一番中井を応援しているはずのチームベアーズから沸き上がったのだ。それだけではない。彼らはハッキリと単語にして、中井にクレームを付けていた。それも「何やってるんだ中井!」「諦めるな!」「最後まで追え!」といった辛辣なものばかりだったのだ。中井は我が耳を疑った。(な、な、何なんだあいつら、どういうつもりだ! お前ら味方だろうが!)そんな心境だった。

熱い。とにかくチームベアーズは急に熱くなった。この異変を相手ペアも感じ取った。田中のレシーブ、彼らは珍しくダブルフォールトを犯してしまう。その時だった。

「イエェェ！」大声、そして拍手。いけない。これはいけない。これはやってはいけない行為だ。チームベアーズは、なんと相手チームのミスを喜んだパフォーマンスをしてしまったのだ。（あぁぁ！　やってもうた！　やってしまったぞ。うちの応援団、気持ちは分かるけど、これはチョットやり過ぎだよ）田中の偽らざる気持ちだった。チームベアーズはチームベアーズで揺れていた。

「オイオイ、いいのかよ？　相手のミスだぞ。それを明白《あからさま》に。これじゃ中井が昔、チェコの応援団にやられたのと同じじゃねえか！」伊藤。

「確かに、チョットマズいかもな」佐藤。

「いいんだよ！　この際なりふり構っていられるか！」近藤。

「何？　何？　何？　何が起こってるの？」伊藤には情報が伝わっていなかった。

「中井ペアにセンターコートの芽が出てきたんだよ」ベアーズのオーナー近藤には伝わっていた。同じベアーズテニス倶楽部のヘッドコーチ、夏木経由で伝わっていたのだ。

「嘘？　マジ？」佐藤も分かっていなかった。「どういう事？」と伊藤が問いかけたが今はゲームの真っ只中だ。近藤がこう返した。

「細かい事は今説明してられねえ！　いいか、とにかく二人を応援しろ！　相手ペアにプレッシャーを掛けろ！　とにかくこのセットで終わる訳にはいかねえんだよ！」鬼気迫る、凄い迫力だった。そうこうしているうちにゲームは進む。

「中井何とかしろ！」「とにかく絶対返せ！」「諦めるんじゃねえぞ！」この声の主《ぬし》は何と何と夏木だった。ブーイングも、相手のミスの拍手も、これを先導していたのは夏木だった。夏木が、あのジェントルマン夏木が、寄りによってグランドスラムで一番マナーに厳しいウィンブルドンでこの様な行為をしている。春日も、秋山も、優花も、そして貴美子も驚いた。だがそれよりも何よりも驚いていたのはコート上の二人だった。

（え！　マジ！　あの夏木が？）中井。（な、な、夏木さん！　ど、ど、どうしちゃったの？）田中。

夏木の気迫にチームベアーズは圧倒され、そして全員引っ張られる。最初は迷ったが、春日も秋山も夏木に続いた。二人が中井に対しても、田中に対しても、彼らを試合中に野次ったのは生まれて初めての事だった。そうだ俺達のすべき事は決まった。この際手段は、どーでもいい。俺達のすべき事は、何が何でも中井をセンターコートに連れていく事だ。その為には絶対に、絶対に日没前に試合を終了させてはいけない（今現在の時刻から計算すると、今日中のゲームセットはそのまま相手チームの勝利を意味する）。だから俺達のやるべき事は、とにかく時間稼ぎをして、試合を長引かせて、日没までは、このゲームを終了させない事だ。そう目標が、目的が決まった。そしてチームベアーズのメンバーのすべきは、その為の手段をどう取るかだけだった。あとは各々自分で考えて、自分で行動しろ！　夏木はそう思っていた。夏木は皆に指示をした訳ではない。ただ、自分だったらこうする！を実践しているだけだったのだ。

ブレイクバックが必要だ。このままキープされると、相手チームから見てゲームカウント《4－2》フォーツー。絶望的になる。《3－3》スリーオールと《4－2》フォーツーでは天国と地獄程の差がある。地獄を見たくなければブレイクだ。リターンだ。応援席から檄が飛ぶ。またしても夏木からだった。

「中井、戦略会議を思い出せ！　基本に返れ！」大声でよく聞こえる。

コート上の二人は何だか分からないが、とにかく夏木の言う通りにした。中井はロブ、田中は強打。上手くいった。二人のラケットに夏木の執念が乗り移ったのだ。そして遂にブレイクバック！　次のゲームは田中がサーブをキープ！　ゲームカウント《4－3》フォースリー。このセット初めて、中井ペアがリードした。

「ヨシッ！」チームベアーズ全員ガッツポーズ。その気合の入り方は、直接関係の無い英国人観客からは滑稽に見える程だった。だが気にしない。そんな周りの目など全く気にならない程、チームベアーズは一丸となっていた。


チェンジコート。

「あー、何か夏木の気合に押されてブレイクしちまったけどよう。どうなってるんだアイツ」

「いいじゃないですか、結果ブレイクできたんですから」

「ハハ、まあ、そうだよな。今まで相手のサーブなんて全然見えなかったんだけどよう、何故かさっき（直前のリターンゲーム）だけは球筋が読めたんだよ」

「俺もです」

不思議な感覚だった。自分の体が自分ではない様だった。個々のプレーもそうだった。選択したショットは自分が打ったものであっても、自分で打っていない様な感覚だった。そうだ。打っているのではない。打たされているのだ。中井も田中も今は、チームベアーズのすべての「気」に包まれ、守られ、そして前に進むべき背中を押されている。それを中井は無意識に、いみじくも「夏木の気合に押された」と発言したのだった。

あとは時間との勝負だ。時間との勝負、という表現を使った場合、この時間内に、これこれこういう事をしなければならない、というニュアンスで使用される事が多いが、今、この場面ではその逆だ。時間内に(日没までに)試合を終わらせてはいけない。その為の必須事項は、残りのゲームの絶対サービスキープだ。そしてブレイクできるに越した事はないが、それができないのなら、最低、最低タイブレークに持ち込まなければならない。


ゲーム再開。チームベアーズの声援が続く。

「なかいぃ〜っ! 粘れえぇ!」「たなかぁ〜っ! 繋げ!」「諦めるなよ〜!」「まだ終わりじゃねえぞおぉ〜!」「いけぇ〜!」こういった類の声援だった。「頑張れ」とか「ベストを尽くせ」とかいう上品な声援は無い。この時点ではコート上の二人は、センターコートの芽がある事をまだ分かっていなかった。

(うるせえなあ、何ていう下品な声援だよ。頑張れーとか、ファイトォ!とかもうちょっとカッコいい言葉にしろよ)中井。

(声援っていう感じじゃないな。俺たち競走馬だよ。鞭打たれてるみたいだ)田中。

その通り。そしてチームベアーズの叫びは、競馬場のガラの悪い観客そのものだった。なけなしのお金をこの最終レースに注ぎ込んで、このレースに負ければ一文無しになる。そんな感じの、悲愴感溢れるものだったのだ。ただ、上品下品は別にして、彼らの声援が、二人の「尻を叩いた」のは確かだった。次の二ゲームはお互いにサービスゲームをキープ。ゲームカウントは《5－4》ファイブフォーになった。スタンドは大盛り上がりだった。

チェンジコート。

「オイオイオイ、だから何が起こってるんだよ？　尋常じゃねえぞ、この雰囲気は」

「全くです。こういう声援は今までのどの雰囲気とも違う。一体何が起きてるんですかねえ？」

二人は戸惑ってはいたが、ゲーム内容そのものは悪くなかった。次のゲームをブレイクすれば中井ペアがセットを取る。いい流れだ。大チャンスだ。勿論チームベアーズもそう思っていた。ただまたしてもこの男が「結果的に」余計な事をしてしまう。そう、結果的に、だ。その男の名は、春日大地、という。この男は良かれと思ってコート上の二人にこう大声で叫んだ、叫んでしまった。

「中井さ～ん！　このセット取って日没になれば、明日はセンターコートですよー！」と。

この声で場内のザワザワが一気に顕在化する。今までのザワザワは半信半疑のザワザワだった。サスペンデッド後のセンターコートなど、全くの未確認情報だったのだ。言ってみればこの段階ではガセネタだ。だが春日の大声で（センターコート、というワードは英語も日本語も一緒だ。春日が何を叫んだのかは、日本語が分からない英国紳士淑女にも十分理解できた）この嘘情報が独り歩きする。明日は（中井ペアが日没まで粘れば、という条件付きだが）センターコートだ、という事が会場全体で既成事実化してしまったのだ。春日の叫びは勿論二人の耳に入った。その瞬間、二人は真空状態になる。特に中井にとっては強烈な叫びだった。もうダメだ。中井の脳内は「センターコート」という言葉で埋め尽くされる。

（ん？　ハル今なんて言った？　センターコート？　えっ？　このセット取れば？　え？　日没？　明日はセンターコート？　何？　何？　何か分かんないけど、センターコート、って言ったぞ。センターコート、センターコート、センターコート、センターコート、センターコート）ベンチ上で中井の動きが止まった。目は開いているが、何処も、何も、見ていない。漠然と前を向いているだけだ。

「中井さん」田中が呼び掛ける。

「………」中井は反応しない。

「中井さん」

「………」

「中井さん！」

「………」

「中井！」

（ハッ！）中井は田中にナカイ！と呼び捨てられて、やっと反応した。

「アッ、ゴメン。な、何？」

「聞こえました？」

「あっ、あ、う、うん、き、聞こえた」動揺が尋常でない。

「『センターコート』って言ってましたよね」

「い、言った。確かに言った、様な気がする」

「気がする、じゃないですよ。確かに、間違いなくセンターコート、って言いましたよ。前からのザワザワはずうーっと、この事だったんですよ。（ベアーズの）連中もその事を知って、だから……」

田中のこの言葉を聞いて、中井の脳内の知恵の輪が外れた。（そうか、そういう意味か！　そういう事だったのか！）と。もうこうなってくるとガセネタを確認する発想など全く無い。この時点で二人（今回は二人共だ。田中も含めてだ。冷静な田中ですら）は、俺たちは日没まで粘れば、明日はセンターコートだ、と信じ切ってしまっていた。

ガセネタであろうが今の二人には関係無い。信じ切っているのだ。光が見えてきたのだ。精神的な影響が無かろうはずが無い。そしてこういう光が見えた途端、ビビりの顔が表に出てしまう人が約一名いる。その人の名は「中井貴文」といった。


ゲーム再開。

相手チームはあっさりキープ。相手のブレイクどころではなかった。《5－5》ファイブオールから の第十一ゲーム、中井の絵に描いた様なビビりで、中井チームはこのゲームをブレイクされる。そして形勢は一気に逆転。相手チームから見て《6－5》シックスファイブ。相手チームにとってはレシービングフォーザマッチ、となってしまった。

チームベアーズ陣営。

（嗚呼！）

凄い、凄い溜息だった。欧米人だったら、オーノー！　オーマイガー！っと言ったところか。またしても、またしても、チームベアーズはこの男に運命を委ねられる。弄ばれる。

「な、な、中井さん。頼むよ、勘弁してくれよ。もうこれ以上心臓に悪い事はしないでくれよ」春日。

「………」「………」秋山・夏木。二人共無言だ。だが心中は（中井テメエー、何やってんだ！　この大馬鹿野郎！）だった。


チェンジコート。

「ウオオオォォ！」突然歓声が沸き上がった。大会側からだった。この試合が本日中に決着しない場合の日程、明日のセンターコート第一試合十時開始、が決定され、発表されたのだ。からすみのツイートがどう影響したのかは分からない。だかとにかく「瓢箪から駒」で冗談は本当に、「嘘から出た真」でガセネタは公式情報になってしまったのだ。だが冷静にならなくてはいけない。すべての前提は、今日中に決着が付かなかった場合、のみだ。今日中どころか、この後あっという間に試合が終わってしまう可能性が極めて高いのだ。もしかしたら、穿った見方（本来の、穿った見方、の意味でも、ほとんどの人が本来からすれば、誤った使用法をしている、穿った見方、の、どっちでもいい）をすれば、大会側はこれを見込んでの発表だったのかもしれない。何故ならばどうせダメ元だし、もし中井ペアが粘れば粋な計らいとも取られるし、どっちに転んでも大会側が評価される決定だからだ。

大会側はどっちでも良かった。だがベアーズ陣営はそうはいかない。どっちでもよくない。このままあっさりとウィンブルドンからサヨナラする訳にはいかないのだ。

その時だった。

ポツッ、ポツッ……空から水滴が、僅かではあるが水滴が落ちてきた。

「雨だ！」春日が目ざとかった。

「嘘？　マジ？」秋山。

「ヨシッ、もっと降れ、もっと降れ！」夏木。

夏木は競馬でいうところの「かかり気味」の状態だった。春日と秋山からすれば、少し引いてしまうぐらいの入れ込みようだった。だが無理もない。直接自分の事ではないとはいえ、自分が関わった選手がセンターコートでプレーするという事は、超ビッグイベントである。夏木はこのチャンスを逃せばもう無い、二度と無い、一生無い、と本能的に感じていた。だからこその爆走だったのだ。だが暴走気味の夏木に対し、春日と秋山はまだ冷静だった。この場に限り、二人と夏木の関係性は、いつもの逆だった。二人は口には出さないが、こう思っていた。

（雨、っていってもなあ、チョット水滴が落ちてる程度だよ。滑ったりとか、プレーには影響無い。この程度ならほとんど無視できるレベルだな）春日。

（ハルに言われなきゃ気付かなかったぜ。雨雲に（空）全体が覆われている訳じゃないし。まあザーザー振りになるって事は無い。だから、ヘッドの期待通りにはならないな）秋山。

プレー再開。雨は一応降っている。

春日と秋山の推察通り、コート上に雨の影響は無かった、と思われた。実は、やっぱり本当は、真実は（影響は）無かったのだ。だが無理矢理雨の影響がある様にアピールした男子選手が約一名いた。今度は中井ではない。その男の名は「田中健次」といった。

中井がレシーブポジションへ、そして田中がサービスライン付近にポジショニングを取ろうとしたその瞬間だった。田中が小走り、そして……。

（ズルッ！）

田中がスベッた。田中がコケた。まるでドリフターズのズッコケのようなオーバーなアクションだった。

芝居だった。その後の田中のアクションに観客は唖然とした。立ち上がると、田中は日本人がやると滑稽な、見ようによっては興醒めする様なポーズを取った。「NO！」両手の平を上向きにして肩を竦める、いかにも外人がやるポーズ、洋画でよく見るポーズだった。ムリだヨ！　お手あげだゼ！のポーズを取ったのだ。

見え見えだった。最初驚いた観客、そして相手チームだったが、その後は苦笑いだった。（しょうがねえなぁ）という雰囲気だった。田中のアピールが、何故か受け入れられたのだ。だがこれこそが田中の狙いだった。田中の行動目的は、相手の集中を削ぐ事だった。何でも良かった。なりふり構わず、の最大限のパフォーマンスをコート上の田中がして見せたのだ。そしてこのゲームはなんとなんと……。

ブレイクバック。中井ペアは粘った。相手チームは田中のズッコケで、このゲームの出鼻を挫かれた。従って一気にゲームセットまでは持っていけなかった。何度かデュースになったが中井が頑張った。アドバンテージサーバーにはならない。つまり相手チームのマッチポイントは握らせなかったのだ。そして最後に、逆にアドバンテージレシーバーのポイントを田中がものにする。

「シックスゲームオール。タイブレイク！」アンパイアがコール。やった！　追いついた。遂に追いついた。遂にタイブレークに突入だ。時刻は九時を回っていた。

「タ、タ、タイブレークまで持ち込みましたよ。す、す、凄い！」春日。

「ヤバいヨ、ヤバいヨ！」秋山。こっちのヤバい、は良い意味の方のヤバい、だ。

「……」夏木、無言。だがこう思っていた。

（た、た、田中さん。マジかよ、あんなパフォーマンスするのかよ。凄い、凄すぎる。中井が田中さんを手放さなかったのが今になって、今頃になってよく分かるぜ。よくぞタイブレークまで持ち込んでくれた。だけど、まだ大丈夫か？　まだプレーできるか（できてしまうか）。普通にセットが終わったんだったら、絶対ここで中断で明日に持ち越しなんだけど……タイブレークだからな。やる（続けちゃう）んだろうな、やっちゃうんだろうな。ここで中断って事は無いな。相手チームも気持ち入れ替えてくるだろうし、サービス力は相手の方が上だし、ここで終わりか？　やっぱりセンターコートは無理か？）

よく頑張った。だが冷静に考え直してみると、やっぱりダメか？と思えてきた。今まで先頭を切ってきた夏木でさえそう思ってしまったのだ。ベアーズ陣営全員が同じ様に思っていた。冷静に考えて、このタイブレークは厳しい、と。奇跡はそう何回も続かない、と。

奇跡は起きた、起こらなかった。ん？　どっちだ？　いややっぱり奇跡は起きた。田中が無理矢理奇跡を起こしたのだ。

タイブレーク開始、田中のサーブから。サーブのルーティーン。トスを上げた時だった。

「イテテテッ！」田中が大声を上げた。突然太腿を抱えて蹲る。痛くて痛くて仕方がない、といった表情だった、を、作った。「あしが！　あしが！」とアピールしている。悶絶している、苦悶している、脂汗を流している……様に見せている。脚が痙攣して、とてもプレーは無理だと言っている。そして「今すぐトレーナーを呼んでくれ！」と要求している。それは田中の全身全霊を込めての、一世一代の大芝居だった。

（嘘つけ！）と誰もが思った。だが本人が痛い、と言っているのだ。ここはトレーナーを呼ばない訳にはいかない。そして選手には公式にこの権利が認められているのだ。田中はこの権利を行使した。メディカルタイムアウト。田中は「嘘」のテーピングをしてもらい、その時間を目一杯使う。

ザワザワ、またしてもまたしてもザワザワだ。会場は呆れた様な、ちょっと怒ったようなザワザワだった。田中は覚悟していた。どんなバッシングを浴びてもいい、それでも中井をセンターコートに連れていく。その一心だった。中井が田中を心配して……いる様な素振りの芝居をして、田中に近寄った。田中が横になり、中井は上から見つめている。ベッドの彼女に近寄る彼氏の様だった。今すぐにでもキスができる距離と位置。中井が田中に覆いかぶさる形になって、観客からもテレビからも田中の顔が死角になった時だった。

田中がウインクした。

中井は笑った。笑うしかなかった。今までもそうだったが、今日程こいつがパートナーで良かった、と思う事は無かった。これで十分だ。センターコートは重要だけれど、親友以上の存在ではない。大将ありがとう。ここでタイブレークを落としても、お前がここまでしてくれただけでもう満足だ。中井はそう思っていた。だがウィンブルドンは、さらにこの二人に大きなプレゼントを与える。

田中の時間稼ぎは、二つの自然に影響を与えた。テーピング終了。

ゲーム再開。

田中のサーブ。嘘のテーピングをしているので、却って力は入らなかった。それは平凡なサーブだった。これまでだったら簡単にリターンされてしまう。だがノータッチエースになった。何故か？簡単だ。レシーバーがリターンをしなかったからだ。そしてレシーバーはこうアピールする。

「見えない！」暗くて見えない、とアピールしているのだ。こっちのアピールは本物だ。当然中井ペアは中井ペア自身で大会側に抗議するつもりだった。だがそれよりも前に応援団ベアーズが黙っていなかった。

「中止だ、中止！」「無理無理、もう続行できないよ！」「観客にも全然ボールが見えてねえぞぉ！」

「選手が可哀想だ。もう終わりだよ終わり！」彼らには珍しい、いや、今日に限っては、もう珍しくなくなった「下品」なブーイングだった。ここまでくると観客もベアーズ陣営に同情的だった。（もう、あしたでいいじゃねえか！）という雰囲気になっていたのだ。それは相手チームも同じだった。

何が何でも今日決着を付ける必要は無い。明日に持ち込んでやってもいいぜ、という姿勢が見て取れた。何故か？　相手チームにとっても、センターコートは晴れの舞台であるからだった。

アンパイアだけが冷酷だった。一応第一ポイントのレシーバーのアピールは認めたものの、彼の指示は「リプレイザポイント、ファーストサーブ」だった。（一ポイント目は見なかった事にしてやる。だけどやり直しだ）の公式見解、そして本音は（見えてない訳ないだろう。日没までまだ時間はあるよ。タイブレークなんだからそんなに時間は掛からないだろう。だからサッサと終わりにしちゃってくれよ）だった。

「ブウウウゥゥ！！！」今度は観客総動員のブーイング、勿論アンパイアに対してだ。アンパイアは聞こえないフリをしていた。だが確かにまだできる。打球が見えない訳ではなかった。田中が止むを得ず、サーブの準備に取り掛かる。その時だった。

（ポツッ、ポツッ、ポツッ、ポツッ、ポツッ、ポツッ、ポツポツポツ）

「雨だ！」春日。

「ホントだ、雨だ！」今度は秋山もハッキリ雨と分かった。

「雨よ！」「雨だわ！」優花・貴美子。

「雨だ、雨だ！」三藤。

「雨だ、雨だよオヤジ！」「振ってきたな！」野村息子・父。

「ウオオォ、雨、雨！」菊地。

皆が雨だ、雨だ！と騒いでいるうちに、それはその勢いを増してきた。もうポツリポツリの小雨ではない。あっという間に№6コート上はザーザー振りになる。天気は正真正銘の「雨」になったのだ。

もう試合続行は無理だ。そしてアンパイアが残念そうな、しかし観念したようにアナウンスした。

「ゲームサスペンデッド」やった！　中断します、とは言っているが、この雨では今日の再開は絶対に無理だ。五分も経たないうちに大会側は、今日はこれで終わり、続きは明日、センターコート、午前十時開始、を正式に発表した。やった！　天からの贈り物だった。

中井ペアは、チームベアーズは、遂に奇跡を起こした。一つは日没。そしてもう一つは雨。だがこれは自らの手で捥ぎ取った要素も少なくない。

もしあの時応援を諦めてしまっていたら、もしあの時ゲームを落としてしまっていたら、そして何といっても一番は、もしあの時田中が時間稼ぎをしていなかったら？　ゲームは終わっていた。センターコートは幻になっていただろう。

試合中断、その再開日時、時刻の正式報告を受け、ここまでチームベアーズを牽引してきた夏木が吠えた。あの冷静沈着な夏木が、あの重厚な、物静かな夏木が叫んだ。満を持して、皆の先頭に立って、大声で、こう叫んだのだ。

「ヨッシャアアアアア！！！」

前夜

センターコート前夜。深夜。チームベアーズ。中井、田中、優花、貴美子の中井ファミリーは別室なので、この話し合いには同席していない。

「馬鹿にしてるんじゃないの？」春日が切り出した。馬鹿にしてる！は、センターコートの試合スケジュールを決めた大会主催者に対してだった。

「………」「………」「………」「………」「………」

春日のこの問題提起に、明快明瞭な回答ができるものは誰もいない。春日は試合開始時刻にクレームを付けていた。だがこれは大会側が決めた事だ。今更変更などあり得ない。春日がチームベアーズ内で、いくら力説したところで、どうにもならない事ぐらいは皆百も承知だった。だが春日の言い分は理解できないでもない。だから皆言葉が出てこない。出づらかったのだ。

「ま、確かにそうなんだけどよ」秋山が重い口を開いた。

「確かに、って、じゃどういう事なんだよ」

「ハル、大会側の立場に立ってみろ。あ、いや、別に俺は大会側の人間じゃないぜ、無いけどサ、そんなにムキにならなくてもいいじゃないの、じゃ仮にだよ、ハルが大会側だったら、どんなスケジュールにするの？」

「十三時開始が妥当だろう。それが（余裕を）取り過ぎ、っていうなら精々十二時が許せる範囲だ」

「十三時は取り過ぎだよ。確かに十一時、っていうのは馬鹿にしてるかもな。だけど十一時半、っていうのも半端だし、だから一応十一時にしておいて、中井ペアの試合が長引いたら終わり次第、っていうだな…」秋山の話が終わらないうちに春日が遮って持論をぶつけた。

「じゃ、何か？　大会スケジュールが詰まってる。無理矢理中井ペアをセンターコートにねじ込んだ。

だけどタイブレークだけだ。タイブレークはあっさり終わる。三十分でカタが付く。だから次の試合は十一時開始予定で十分大丈夫だ。（中井ペアが）あっさり負ける、ていう前提じゃないか。大会側の中井ペアに対するリスペクトが全然無いじゃないの！　だから俺は馬鹿にしてる、って言ったんだよ」

「………」「………」「………」「………」

誰も正面切って反論できない。春日の言っている事は正論だ。春日の気持ちも分からなくもない。だが大会側の立場に立ってみよう。仮に第二試合開始時刻を十三時とする。中井ペアがタイブレークを落として試合終了。精々試合時間は「長くて」三十分程度だ。その他諸々、目一杯時間を考慮したとしても十一時には試合は終了する。となると観客は第二試合まで二時間も待たなくてはならない。試合開始時刻は、雨やその前の試合の影響で、遅くなる事はあっても「早まる」事は無いのだ。今大会は雨が多い。現在試合スケジュールがタイトになっている。だから第二試合開始時刻を十一時に設定した事も、そう責められた事ではないのだ。しかも大方の第三者は、これで正解だ、と結論付けていた。

「まあ、俺がここでゴネたところでどうにもなんねえけどよ」春日。秋山以外はベアーズオーナー近藤を始め年上揃いだが、ここは秋山に向けて喋った体を作った。そして春日は、鞘から抜いた刀を誰にも届かない距離で振り回し、誰も切らず、誰からも切られず、そしてまた自らの鞘にそれを納めた格好になった。

別室の中井ファミリーでは、どんな会話があったのかは分からない。ただそれ以外のメンバーでは、前夜この様な会話（会話？　ほとんど春日の一人舞台ではあった）が繰り広げられていたのであった。

当日早朝

「お父さん、凄い！　遊星と翔太からよ」優花が驚いていた。

「嘘！　遊星と翔太、ってあのジャガーズの北野遊星と南野翔太？」貴美子は信じられなかった。

「そうそう、あのジャガーズの北野遊星と南野翔太よ！」優花。

「本当ですか？」田中。「本当よ！」優花。

優花が騒いでいたのはジャガーズ北野遊星と南野翔太からのツイートだった。二人は中井ペアにこんなメッセージを発信していた。

【中井さん、田中さん、覚えていらっしゃいますか？　その節は大変ご迷惑をお掛けいたしました。お二人の近況を聞いて居ても立っても居られず、メッセージを送らせていただきました。ウィンブルドン出場、そしてセンターコート、おめでとうございます。お二人のご活躍を心からお祈り申し上げます】そんな内容だった。

「葉月美麗からもきてるわよ」貴美子。「葉月美麗」からも同じようなツイートがあった。二人（中井と田中）はジャガーズペアと対戦し、二人（北野と南野）とは関わりを持ったが、葉月とは親しくなった覚えはない。明らかに便乗だった。

「へ〜え、珍しい人からきてるな。あいつらも可愛いところあるじゃん」

ジャガーズ騒動後、北野と南野は変わった。あの件を境にして、彼らは一皮剥けたのだ。ドラマ「プリンセステニス」は結果的に大成功。北野と南野は今やジャガーズを代表するタレントに成長し、共演していた葉月美麗も、女優として大きなステップアップを果たしていた。従ってこの三人は、今日本で一番有名な芸能人と言っても過言ではない。その三人のツイートだ。各方面に影響が無い訳が無かった。

「葉月美麗って女優とも何かあったの？」優花。

「何もねえよ、どうせ売名だろ」中井。

「でも葉月美麗っていったら今一番日本でノってる女優さんじゃない。今更売名行為なんてする必要無いんじゃないの？」優花は現役中、特に海外ツアー中は芸能界に疎かったが、最近になってやっと人並みの知識を得ていた。

「そうそう、今度のドラマも大当たりで。優花と同じ位（の歳）なんじゃないの？」貴美子が話に加わる。

「そう、同い年だから二十三（歳）」

「最近凄くキレイになってるわよね。優花もだけど（笑）」

「エへ、ありがとうございます。それよりもどうですか中井選手、今をときめくピチピチ『美人』女優から応援メッセージをいただいて……悪い気はしないんじゃないの？」優花が例によってお道化る。

「まあな、でも優花程じゃねえよ」中井はあえてぶっきらぼうに言った。

「えっ、どういう意味?」皮肉でも嫌味でもない。優花は本当にどういう意味?と思った。中井がそれに答えても良かったが、それを代弁するに最適任者が隣にいた。田中だった。

「葉月美麗は確かに若くて奇麗で美人だけど、優花ちゃん程ではない、って言ったんですよ」

それを聞いて、優花と貴美子がプッと噴き出した。中井ではない。田中がそう答えたのだ。まただ。田中にはこういう所がある。思わぬタイミングで、皆を和ませる。そして中井の言った、優花程ではない、にはもう一つの意味があった。確かに今日本一の女優さんからの応援メッセージは有難い。悪い気はしない。だがそんな女優さんであろうが有名芸能人であろうが、一番傍にいる、身近にいる優花の応援には敵わない、と言っているのだった。

中井ファミリーは前夜から当日の朝にかけて、終始こういう雰囲気だった。戦略的な事、技術的な事の打ち合わせは一切無かった。だが、中井と田中の中で再確認した事がある。悔いを残さない様にしよう。これはいつも通りだが、それにあたって、一つだけ具体的な事を決めた。それは、お見合いだけは無い様にしよう、だった。

ダブルスの試合ではよくある事だ。お互い十分に追いついているのに、お互いがお互いを譲り合ってしまい、結果打球に触れる事無く、相手にみすみすポイントを渡してしまう現象。所謂テニス用語(ダブルス用語)の「お見合い」だ。中井が特にこれをしないよう強く提案した。勿論田中はこれに大賛成、同意した。

「この形が一番後悔するんだよ。あー、こんな事なら俺が打っときゃ良かった、って思う事が多々あるんだなあ。だからさあ大将」そのあと中井が何て言うのかを田中が察して、

「分かりました。お見合いをして後悔をするぐらいなら、二人同時に打っちゃいましょう！」と言ったのだ。
これもよくある。二人のラケットがぶつかって、ガシャーンという音。打球が上手く飛んでいく可能性は極めて低いが、それでも二人はお見合いよりはマシ、と決めたのだ。中井ペアの試合前の決め事はこれだけだった。二人の心には一点の曇りも無かった。

センターコート

当日。センターコートは二人の心と同じ様に、晴天に恵まれた。昨日の雨が嘘の様な快晴だった（これ以上ない陳腐な表現だが、この表現以外無い程にセンターコートは晴れた。雲一つなかった。昨日と違い、雨の心配は無かった。いや、屋根付きなのだから勿論雨の事は考えなくて良い。考えなくて良いが、晴れているに越した事は無い。そして今日は晴れた。晴れたのだ。晴れたから屋根は当然開放した。センターコートは屋根付きだが、やっぱり晴天の下、開放感を持ってプレーしたい。そんなプレーヤーの希望をすべて兼ね備えたセンターコートの状態だった。二十三年前の有明とは正反対の、満点のセンターコートだった）。

選手入場。

「パチパチ！」「パチパチパチ！！」「パチパチパチパチ！！！」「パチパチパチパチパチパチパチ‼」「パチパチパチパチパチ‼‼」「パチパチパチパチパチパチパチパチパチ‼‼‼‼」

拍手が鳴り止まない。二人は、いや、相手チームの二人も含め四人共、素直に感動していた。

会場を見渡す。ファミリーボックス。全員目一杯の拍手。貴美子がいる。優花がいる。勿論満面の笑みだ。夏木が、春日が、秋山がいる。そして有栖が来ていた。あのフロントガール有栖綾音だ。田中は感慨深かった。あの時有栖に出会っていなかったら、今、ここには俺はいない。そう思っていた。近藤がいる。佐藤が、伊藤がいる。野村父息子の姿も。また、今回は仕事抜きで菊地の姿もあった。皆晴れやかな表情だった。そして解説席には……何とカラスとスミスがいた。その他にもテニス界のレジェント達の姿が、スタンドの所々に見受けられる。

紆余曲折があった。必ずしも正攻法でこの地を踏んだ訳ではない。危ない橋も渡った。春日に言わせれば「インチキ」をしたかもしれない。「裏の力」を使ったかもしれない。だが二人は遂にこの地に立ったのだ。中井にしてみれば、二十三年間待ち焦がれた、憧れのセンターコートの地に、遂に、遂に立ったのだった。

「す、す、凄ええ！　ちょ、ちょ、超満員じゃないですか！」

春日の率直な感想だった。昨日悪態をついた事は、完全に忘れていた。チームベアーズ全員が、小学生の様に興奮していた。気持ちは春日と一緒だ。その気持ちをただ春日が口に出したに過ぎない。

会場が満員になったのにはカラクリがある。第二試合の存在だ。第二試合には男子シングルス第三シードで、ウィンブルドン一番の人気選手〇〇△△が出場する。観客のお目当ての半分以上、いや、八～九割方がそれだったのだ。チームベアーズの面々はその事が分かっていた。それが分かった上での昨日の夜の話し合い？だったのだ。皆の胸の内はこうだった。（雨が続いたからなあ。スケジュールがタイトになって、本来〇〇△△はもっと前に出場予定だったんだけど。だけどこれだけの人気選手だから他のコートでやらす訳にはいかないもんな。それをカラスとスミスのプレッシャーで無理矢理我々を捻じ込んで。〇〇△△にしてみればいい迷惑かな。サッサと終われって思ってるかも……まあいずれにしても中井ペアは前座だな）と。

この件について当の本人達はどう思っていたか？　中井は意外と客観的な目で見ていた。

試合前のベンチ。

「凄い！　満員ですよ。まさか満員のセンターコートでプレーできるとは夢にも思わなかった」田中が興奮してこう中井に切り出した。

「みんな次の〇〇△△が目当てだよ。俺達なんて前座だよ、前座！」

この見解はチームベアーズと一致していた。不思議だ。中井は不思議な程目の前の事象を冷静な目で見ていた。ここにはビビりでチキン野郎の、中井貴文の姿は無い。その姿を田中は別の意味で不思議に感じていた。二十三年間待ち焦がれたセンターコートなのだ。もっと中井はフワフワするだろうと予想していた。だがその予想に反して中井がしっかりしていた。地に足が付いていたのだ。中井のテンションイコール田中のテンションは、ここセンターコートでも変わりない。中井の落ち着きで、田中も落ち着きを取り戻した。そして二人は試合前の、現役の、最後の打ち合わせをした。それは田中にとって意外なものだった。中井が話し掛けてきた。

「大将、タイブレークのルール知ってる？」そんな事はいくら田中でも百も承知だ。中井も、田中がそんな事は百も承知である事は百も承知だった。田中も分かっている。百も承知である事を百も承知で、中井は中井なりの謎掛けをしているのだ、と。そして、田中はそれを百パーセント理解した上で、それでもあえて普通に答えた。廻って廻って結局ストレートに答えたのだ。シンプルに、

「7ポイント先取！」と。中井がそれを受けてこう続ける。

「7ポイントもできる」

「えっ？」唐突だった。中井がさらに続けた。同じ事を言った。

「7ポイント『も』できる」

『も』は田中の心の中で増幅された言葉だった。実際は中井はそれ程大きく、『も』とは発声していない。ただこの文章の肝は間違いなく、『も』だった。田中がそれを察した。阿吽の呼吸だった。もはやこの二人はこの大舞台で、冗談を遣り合える程のプロテニスプレーヤーになっていたのだ。

「偉く謙虚じゃないですか」

「んな事あ無いよ。十分ですよ、田中さん」

「タイブレーク取って、第四と第五（セット）取れば、上手くいけばあと二時間ぐらいはここ（センターコート）に居れますよ（笑）」

「ハハハ、それは観客が許さねえだろう」

　そんな会話をしているうちに、段取りは試合前のウォーミングアップに移行していた。ストロークラリー。ストローク＆ボレー。ストローク＆スマッシュ。このあたりでアンパイアの「2《ツー》ミニッツ！」

のコール。サーブ練習。「1《ワン》ミニッツ！」田中のサーブで試合が始まる。田中のサーブで試合が再開する。中井が前衛の位置からサービスライン付近の田中に駆け寄る。耳打ちする。最後だった。中井が田中に最後の言葉を掛けた。

「ボーナスだ！」

「えっ？」

「大将、今までありがとう。こっから先のポイントは全部ボーナスだよ」

今度はハッキリ聞こえた。田中は大きく大きく頷いた。アンパイアのゲームを開始するコール。

「6《シックス》ゲームオール、タイブレイク、プレイ！」

第一ポイント。

「ドカーン!!」二〇〇km／h。エース！　1ポイント取った、1ポイント取った。だから中井ペアは、少なくとも累計8ポイントはゲームできる事になる。7ポイントは謙虚過ぎだ。結果中井ペアは累計もう少しポイントをプレーできる事になる。この試合は、このタイブレークは、中井ペアの集大成だった。中井ペアが獲得したポイントは、この田中のフラットサーブのノータッチエース、中井のスライスサーブ、田中の強打のリターン、中井のロブ、田中のストロークの強打から中井のポーチ、累計5ポイントだった。中井ペアはポイントを獲得する度にハイタッチでお互いを讃えた。そしてその度にファミリーボックスにアピール。勿論ファミリーボックスのチームベアーズは立ち上がって、両拳《こぶし》を天に突き上げてガッツポーズ。大善戦だ。だがそれまでだった。それ以外のショットは通用しなかった。それ以外のポイントは、すべて相手チームに奪われてしまったのだ。

相手のマッチポイント。最後の1ポイントは、こうして奪われた。

お互いにロブ、お互いにアングルショットなどがあってポジショニングがぐちゃぐちゃになる。そして巡り巡って陣形は、プロのダブルスとしては珍しく、並行陣ではなく雁行陣になった。田中後ろ、中井前、田中のアドコートで相手ペアとの後衛同士のストローク戦。均衡がなかなか破れないラリーが続いた。田中のストローク力に、次第に相手ストローカーが押される。このままではやられる、と判断した相手ストローカーは、ラリー中にネットダッシュ、ネットを取る。陣形は中井ペアの雁行陣対相手ペアの並行陣になった。田中のストロークが相手並行陣の後衛のバック側へ。相手のアレーコートに近かった。当然中井は打球方向に合わせて自陣のアレーコートをケアする。田中はストロークを打った瞬間にネットに詰めるべきだったが、エンドライン付近にステイバック。その時だった。

相手後衛はバックハンドボレーを逆サイドに浅く切り返す。つまり中井にとっては左方向に逆を突かれ、田中にとっては前方に逆を突かれた形になった。ボールの落下点は二人の丁度中間だった。中井は逆を突かれた体勢を必死に立て直して、一方田中は猛然と前方へダッシュした。二人共ギリギリボールに触れるか触れられないかの距離だった。ワンバウンドした。ツーバウンドした時点で試合終了だ。中井が先に追いついた。ダイビングして目一杯腕を伸ばす。ラケットに当たる、り、そうになる。だが仮にラケットに当たったとしても、それを上に持ち上げて相手コートに返す力は無かった。中井一人の力ではゲームセットだ。だがその時、田中が猛然と滑り込んできた。野球のヘッドスライディングの様に。ひとつ違うのは野球のヘッドスライディングの両手は、地面側が手の平だが、田中のそれは「天」側が手の平だった。打球を「上」に持ち上げなければならない。さらに田中のラケットは中井が差し出したラケットのまたさらに下側を潜《くぐ》った。中井のラケットを下から支え、下から上方向への力を貸したのだ。

（カシャーン！）ラケットとラケットがぶつかる音がした。田中は中井のサポートをしているが「実際に」ボールを打っているのは中井の方だ。打球はツーバウンドはしなかった。地面スレスレでそれを拾う。何とか相手コートに返った。だが二人共スライディングしていて両足共地に着いていない。寝転がったままだ。力の無い打球はフラフラッと相手コートに。相手チームが強打して終わり。そのはずだった。だが武士の情け、相手プレーヤーは中井ペアに対し敬意を表し、強打はしなかった。

（ポン）

山なりの打球を寝転がっている二人の後方に打った。終わりだ。絶対に間に合わない。誰しもがそう思った。だが諦めの悪いオッサン二人がまだコート上にいた。二人は打球を追い掛ける。田中は回れ右。中井は回れ左。自分の後ろ方向の打球を追い掛ける。必死で追い掛ける。諦めずに追い掛ける。諦めなければ追いつく。気持ちだけはそう思っていた。だが実際は……。二人同時だった。二人のアクション、二人の姿は全く一緒、まるで鏡写しの様だった。

（ズルッ！）足元が滑る。今度は田中は芝居をしていない。泥濘《ぬかるみ》に嵌った訳でもない。勿論緑の天然芝に滑った訳ではない。雨は降っていない。芝は乾燥していた。グリップはしっかりしていた。それでも二人は滑った。二人はコケた。二人は同じ様に、絵に描いた様に、スッテンコロリをした。トシだった。二人は子供の運動会で、数年ぶりに急な運動をしたお父さんが足が縺《もつ》れて転ぶ、あの状態だったのだ。打球は2《ツー》バウンド、3《スリー》バウンド、4《フォー》バウンドぐらいまでしてコロコロと後ろの壁に。二人はそれを眺めていた。中井にとっては二十三年前の、あの時と同じだ。ただあの時と違う事がある。滑った地面は有明のコンクリートとは違って優しかった。温かかった。そして決定的に違う事がある。あの時は一人だった。孤独だった。惨めだった。だが今自分の傍らには全く同じ様にコケたパートナーがいる。一人では無い。寂しくは無い。惨めな気持ちは微塵も無い。むしろ誇らしい位だった。負けて爽やかだった。実に清々しい気分だったのだ。

緑の絨毯の上で、二人は大の字になった。天を仰いで笑った。空が青かった。そしてどちらともなく、二人は二人の五本指を絡ませ合った。この時、二人は世界で一番贅沢な時間を過ごしているテニスプレーヤーになったのだ。

ゲームセット。二人のセンターコートが、ウィンブルドンが、そしてプロテニスプレーヤーとしてのキャリアが、すべてが終わった瞬間だった。

タイブレークのルールは中井の（田中の）言った通り7ポイント先取。中井ペアの獲得したポイントは5ポイント。だから中井ペアは累計12ポイントもセンターコートでプレーした事になる。多過ぎる程のボーナスだった。幸せだ。このまま永久にこの緑の絨毯の上で寝転がっていたい。そんな気持ちだった。相手ペアが駆け寄ってきた。各々に手を差し伸べて、二人が立ち上がる手助けをした。差し伸べた手はそのまま硬い握手になり、両ペアはお互いの健闘を讃え合い、抱擁した。

「サンク、ユー！」中井にも田中にも、自然とこの言葉が出た。感謝だ。相手ペアには勿論、すべての人に感謝したかった。

いつまでも、いつまでも拍手は鳴り止まなかった。観客は思わぬ素晴らしい内容の「前座」戦に感動していた。果たして運営側は？

主催者の見立てた予定は、予想は、見事に的中した。中井ペアがセンターコートに入場して、そしてセンターコートを後にするのに一時間は掛からなかった。第二試合は予定通り、十一時から開始された。


選手の控室に戻る前に、ファミリーボックスに。全員号泣していた。

各々が声を掛け合う。中井が大声で言った。

「ありがとう！　みんなありがとう！　ここに来れたのは全部みんなのお陰だ！」

「お疲れ様でした！」貴美子は分かっていた。もうこれ以上の先は無い事を。

「お父さん、カッコ良かったよ！」優花は普通に中井の娘に戻った。テニスの事とか、勝敗はどうでも良かった。自分の父、自慢の父。優花は只々カッコイイお父さんの事が誇らしかった。この人の娘で本当に良かった、と思っていた。

コーチ陣も恩師の方々も感動して泣いている。そして大声で色々何か言っている。ただ中井にしても田中にしても、オッサンとジジイの涙はノーサンキューだった。この期に及んでも汚いものは汚い。興醒めだ。やっぱりこういう時は穢の無い美しい涙に限る。

そしてどちらかと言うと、いや、このペアはいつもだが、良きに付け悪しきに付け中井の方に注目が集まる。この感動の極みの場面でもそれは例外では無かった。「中井！」「中井く～ん！」「中井さ～ん！」中井ばっかりだ。田中は承知していたが、本音を言うとチョット、チョットだけ寂しかった。あれだけ自分に好意を持ってくれていたかと思っていた優花も、最後の最後は父「中井貴文」だけしか見ていなかった。今更だが、俺は優花の恋愛対象ではなかったんだ、とチョットがっかりした。だから誰でもいいから俺にも声を掛けてくれよ！　そうチョットだけ思っていたのだ。ファミリーボックスに別れを告げ、控室に戻る直前だった。一人だけ、一人だけ田中に大声で話し掛ける若い女性がいた。最初は皆の大声に紛れて聞こえなかった。

「田中さん！」

「………」田中は聞こえない。

「田中さ～ん！」

「………」なおも聞こえない。

「た、な、か、さあ～ん！！！」目一杯の大声を振り絞った。

（エッ誰？）やっと気が付いた。若い女の声だ。優花ではない。勿論貴美子でもない。（アッ、アッ、アア）田中と目が合った。それはベアーズのクラブハウスに入った瞬間、いつも笑顔で迎え入れてくれる小柄で素敵な女性だった。その女性は田中がベアーズに入館してから、いや、入館の前からずうーっと田中を見つめ、見守ってくれていた優しい女性だった。意外だった。これは意表を突かれた。その女性の名は「有栖綾音」。そう、あの時のアリスだった。田中が確認する。そして声を掛けた。一人だけ自分の事を注目してくれていた女性だ。少し照れ臭かった。どさくさだった。

「な、何？　どうした？」

「大好き！」

エピローグ

日本。ベアーズ。

「いいのか？　俺で良ければ審判を務めるぜ」

「そうですよ中井さん、ヘッドに主審（チェアアンパイア）をしてもらって、俺たちは線審（ラインパーソン）をやりますから。なあ、アキ？」

「あ、ああ……」

「いいよいいよ、俺たちゃセルフジャッジでやるから。お前らは（コートの）後ろで見てろよ」夏木と春日の申し出を、中井はキッパリと断った。

チームベアーズが日本に帰国して数週間が経った。その間、中井と田中は勿論、一同はテレビ出演、雑誌取材の対応等にてんやわんやだった。マスコミのお祭り騒ぎがやっと一段落した頃、田中が中井に放ったセリフがこれだった。

「それじゃ中井さん、タイマンって事で、よろしくお願いします」

中井は一瞬ギクッとしたが、呆気に取られる気持ちも同時に味わっていた（大将がこんな事を言ってくるなんて……）。タイマンとは、つまりシングルスでの対戦だ。田中は不敵にも、中井に一対一の挑戦状を叩きつけたのだ。

センターコートを経験した中井と田中の関係は微妙に変化していた。目標を達成した中井は、頗る穏やかになった。皮肉屋で捻くれ者だった姿はもうここには無い。中井は皆から愛されるようになった。素晴らしい事だ。だが中井はいまひとつ気に食わない。愛されるがゆえに、中井はいつの間にか、いじられキャラに変貌してしまったのだ。出会った頃には考えられなかった、田中が中井をいじる事も最近では珍しくなくなった。田中との漫才コンビは、いってみれば田中がボケで中井がツッコミであったが、今ではすっかりその立場が逆転してしまっていた。この、タイマン発言は、田中のツッコミに他ならない。

（この野郎、調子に乗りやがって……）

そう、田中は調子に乗っていた。調子に乗り始めたのは記者会見あたりからだった。

イギリス。ウィンブルドン。試合直後の記者会見。外国人記者席。英語。

外＝外国人記者　中＝中井　田＝田中

外：ミスターナカイ&ミスタータナカ、センターコートでの戦いお疲れ様。先ずは今の率直な感想を聞きたい。

中：ありがとう。すべてをやり終えた。今はとても満足している。

外：センターコートでプレーする事はいつ知った？
中：昨日の試合中に何となく……しかし正式に聞いたのは試合後だ。
外：どんな気持ちだった？
中：信じられなかった。月並みな感想で申し訳ないが、信じられないとしか言いようがない。
外：あなたの長年の夢だった……。
中：その通りだ。
外：カラスとスミスが推薦したようだが……。
中：それは分からない。それは我々の関知する所ではない。ただ我々はラッキーだった。
外：と言うと？
中：センターコートでプレーできたのは我々だけの力では無い。相手ペアの協力もあった。
外：相手ペアの協力？
中：ああ、彼らがその気になれば昨日のもっと早い時間帯で我々を一蹴できたはずだ。だが彼らはそれをしなかった。
外：どういう意味だ？
中：これは私の推測だが、彼らもセンターコートの地を踏みたかったんじゃないだろうか……それは第三セットの終盤で感じた。
後に分かった事だがこれは中井の推測通りだった。相手ペアも経験が浅かった。ウィンブルドンのセンターコートは、彼らにとっても憧れの地である事に変わりは無かったのだ。

外：失礼だが四十四歳のあなた達がここまでやれるとは思っていなかった。我々はその事に驚き、そして感動している。これ程までにあなた達を奮い立たせたものは何だったのか？

中：私もここまでやってこられるとは思っていなかった。一番驚いているのは、私たち自身だ。

ここで大きな笑いが起こった。

中：原動力については……。

中井が宙を見つめる。

中：先ずはパートナーの存在だ。ここにいるミスタータナカに感謝する。シングルスではとても無理だった。ダブルスだからこそのセンターコートだった。次に私たちのコーチ陣、恩師、裏方、ファンの皆様、そして……。

また間が空いて……。

中：私の妻、娘に感謝する。彼女達は、特に、私たちを励まし続けてくれた。これらすべての人達が私たちの力の源だ……。

スペシャル、というワードを使っていた。そのあと、中井が即訂正する。

中：ソーリー……妻ではなく「元」妻だが……。

ここで大爆笑になった。こういう記者会見では関係者への感謝を述べる。そして自分を落としてユーモアを交える。ありきたりだが、ここまでは満点だ。

外：次の目標は？

中：無い！

ナッシング！と言い切った。会場が響めく。雰囲気が一変した。
外：目標が無い？　どういう意味だ？
中：もう終わりだ。私たちは今日この場で引退を表明する。
フィニッシュ、と、リタイア、という単語がハッキリと聞き取れた。さらに会場が響めいた。
外：引退？　唐突だが何故？
中：我々はもう戦えない。戦う資格が無い。
外：戦う資格が無い？　何故？　そんな事は無い。まだまだできる！
社交辞令だ。中井はその事を重々承知していたが、質問には真正面から向き合い、そして大真面目に回答した。英語なので訥々と語る形になったが、内容そのものは実にしっかりしていた。
中：ウィンブルドンは、これからセカンドウィークに突入する。優勝を目指す者達にとっては、これからが本番だ。グランドスラム出場者には、二つの違いのあるグループが存在する。その二つの間には大きな壁がある。一つはファーストウィークでコートを去るグループ。もう一つが、セカンドウィークに残るグループで、我々は間違いなく前者だ。我々はウィンブルドン入りしただけで十分だったのに、センターコートというボーナスまで貰ってしまった。しかしこのボーナスは正当ではない。我々は不当にこのボーナスを頂戴してしまった。相手チームに、主催者に、あるいはもしかしたらミスターカラスとミスタースミスに、だ。我々はこのボーナスに対して同等の働きをしていない。我々は敗北した。勿論全力では戦ったが、残念な事に敗戦の悔しさは無かった。ウィンブルドンは、いや、ウィンブルドンだけではなくすべてのグランドスラムは、本来は戦いの場なのだ。戦いの場において、負けて悔しくない人間など居てはいけないのだ。我々の様な存在は、戦いの場に真摯に臨む勇者達にとって、大変失礼に当たる。

従って我々は、この舞台を立ち去るしかないのだ。

要約するとこんな感じだった。記者団は大いに納得した。だが確認する事がある。中井は終始「we……我々」という主語を使った。我々という事は、田中も、という事だ。中井が中井ペアを代表している事は重々承知しているが、今まで終始無言だった田中にも一言二言喋って欲しい。そんな空気だった。それを察して外国人記者団の他の代表が訊ねた。

外：ミスターータナカ、アナタは？

田：同じ。

ズッコケた。中井の長文大演説に対して、田中のそれはあまりにも素っ気無かった。英語が苦手とはいえ、もうちょっと言い方があるだろう、といった感じだった。仕方なく中井に再質問。

外：リタイア後のアナタの人生は？

中：会社員に戻る。真面目にやり直す。

苦笑いだった。自分で自分の発言が可笑しかった。

外：ミスターータナカ、アナタは？

中井が耳打ちした。「大将、引退後はどうするか？だって……」田中がそれを聞いて（オーゥッなるほど）と合点のいった表情になってまたしても……。

田：同じ。

と答えた。これには記者団も、そして中井も困惑の表情だった。これでは田中はただの置物だ。そこで記者団は、田中にも何か答えさせようと企てた。ちょっと意地悪な質問だった。

外：ミスタータナカ、アナタはミスターナカイの何なのか？

存在意義を尋ねたのだ。中井がまた耳打ちする。「俺にとって大将はどういう存在か？だってさ」

先程と同じやり取り。また田中が大袈裟にリアクションし……。

田：Nakai is MOTOUKE. I am SITAUKE.

と言った。中井は元請けで俺は下請けだ、と言ったのだ。当然会場は？？？だった。中井は頭を抱えた。中井はあえて翻訳しなかった。中井が小声で田中に訴える。田中がやはり小声でそれに呼応する。ここから先は中井と田中のやり取りだ。二人の会話の内容は、当然外国人記者には分からない。だが何やらちょっとした内輪揉めをしている様子は分かる。

「やめろ大将。この内容が全世界に流れるんだぞ。ふざけてる場合じゃないんだ！」

「ええ？　ふざけてませんよ。だって事実そうじゃないですか。テニスを辞めたら俺たちの関係は……」

「確かにそうだけどよう、それじゃ絵にならないんだよ。俺がバシッと決めたんだから、大将にも締めてもらわないと……」

中井は田中に期待していた。引退後の進路は、田中自身で決め、田中自身の言葉で語って欲しいのだ。田中は常々自虐的に自分の事をこう語っていた。「俺なんて中井さんの金魚の糞みたいなもんですから」と。この発言は日本では、謙虚でいい、と受け取ってもらえるかもしれない。でもここでは通用しない。世界の場では謙虚イコール素晴らしい、ではないのだ。中井はその事を小声で手短に説明した。そして続ける。

「大将、俺に合わせる必要はない。俺が翻訳するから、大将は大将の言葉で引退後の事をスピーチしてくれ！」と。納得した田中は小声ではあったが、しっかりとした口調で中井に「分かりました」と答えた。

とは言ったものの、田中はノープランだった。中井のような立派なコメントは用意していない。だがその時だった。田中の脳裏に仏教のある一説が浮かぶ。まさしくそれは「降りてきた」内容だった。ヨシッ、この事を話そう。そう決心すると、田中はマイクに向かって語り掛けた。

その内容は驚愕だった。中井が同時通訳する。生涯で最高に難しい翻訳だった。しかしその内容に記者団は圧倒される。唐突の滑り出しだった。

田：お釈迦様の一番弟子に阿難《あなん》という者がおります。その阿難がお釈迦様に尋ねました。「善き友を得る事は、教えの半ばですか？」と。お釈迦様はこう答えます。「阿難よ、それは違う。善き友を得る事は、教えのすべてである！」と。生涯に渡って、それぐらい友を得る事は難しく、尊い事なのです。私は、それを得る事ができました。記者団の皆さん！「親友」という日本語を覚えて帰ってください。そして改めて質問に答えます。中井にとって私は（おこがましいが）、私にとって中井は（これは確信をもって）紛れもない「親友」です。そして……。

普通だったら照れて言えない。だが田中は腹を括った。あえて真横の中井を「こいつは俺の親友だ！」と全世界にアピールしたのだ。翻訳した中井も同じ心境だった。日本語だったらとても「そうさ、俺たち親友さ！」とは恥ずかしくて言えない。だが英語なら言える。「He is my best friend.」でいい。厳密にいうと、仏教用語の善き友は、単純な「ともだち」とはちょっと意味が違う。だが田中も中井もこの説明で十分だと思った。ここはお寺ではない。外国人プレスルームでは、これぐらいのシンプルな翻訳でいいのだ。

田中は続ける……。

田：私も今日で（プロ）テニスプレーヤーは引退する。引退は残念だが、友人を失うほど重要な事ではない。今後の私の生活の中心はテニスではなくなるだろう。だが今まで私を支えてくれた、中井を始めとする信頼すべき仲間や恩師との関係はそのままだ。だから……。

さらに続く……。

田：だから日本に戻れば私は一《いち》社会人になる。地に足のついた、普通のオジサンに戻りたい。

田中には狙いがあった。キャンディーズのパクリだ。中井の翻訳はさらに続いている。翻訳すれば何という事はない内容だ。ここの部分は日本人にだけ分かればいいのだ。

そして……。

田：日本に戻ったら会社員として、一から勉強し直したい。上司からの教えを請い、部下にそれを伝えたい。税金を納め、地域社会に貢献したい。

一呼吸置いて、話のトーンを意識的に変えて……。

田：私には中井という「男性」のパートナーを得る事はできたが、残念ながら今のところ「女性」のパートナーはいない。私の様なオジサンでも、今からでも、もし許されるものならば、普

通に恋愛をし、結婚をし、子供を授かり、幸せな家庭を築きたいと願っている。強いて言えば、
私の次の目標はこれだ。

そしてさらに一呼吸置いて最後に……。

田：中井が羨ましい……。

と付け加えた。

ここまで訳して笑いが起きた。訳しながら、中井の表情が複雑な変化を見せていた。それが会場内の笑いを倍増させていたのだ。田中はここでスピーチを終えた。どこからともなく会場から拍手が沸き上がった。

二人ともやり終えた、という表情だった。田中は自身のスピーチを、中井はその翻訳を……。中井が田中の横顔を改めて見る。中井は思った。この男には何度も何度も驚かされる事があったが、今日ほどそれを強く感じた事はない、と。そしてさらに今回はいつもとの違いがある。中井は（やられた！）と思っていたのだ。

二人は一礼し、会場をあとにする。出口が田中の方だったので、田中が前、後が中井だった。後ろ姿の田中の後頭部に向かって中井が静かに語り掛けた。歩きながらの会話だ。例によって音量は小さく、プレスには聞こえない。中井と田中だけの世界だ。

「大将！」

「エッ？」田中、チョット振り向く。

「やるじゃねえか……」

再び日本。ベアーズ。会員専用の一番端のコート。

「他に誰もいないんだから、真ん中のコートでやればいいのに……」

「いいのよ、ベアーズに帰れば、二人にとってはここがセンターコートなんだから」

呆れる貴美子を優花がフォローした。そうだ。中井と田中にとっては、やり慣れたこの一番端がホームコートなのだ。

休館日。田中はチームベアーズのスタッフをメインイベントに招待した。「中井さんと決着を付けますので、皆さん見に来てください」と。ただし観客はいつものメンバー、つまり夏木、秋山、春日、近藤、有栖、野村父、息子、佐藤、伊藤、菊地、優花、そして貴美子のたった十二人。あの日のおよそ一万五千人とは大違いだ。

中井はすっかり丸くなった。国内のインタビュー内容は、優等生そのものだった。良い事なのかもしれない。素晴らしい事なのかもしれない。だが視聴者は不満だった。そして帰国後は、そのメディアの不満の受け皿を、田中が一手に引き受けたのだった。田中は勉めてピエロ役に回り、周囲の期待に応えていった。これを中井は（決して悪く思っていない、ポジティブな意味合いで）「調子に乗っている」と称したのだ。だが田中は本意ではない。仕方がなく役回りを演じただけだ。田中は、そしてチームベアーズも実は全員が、やはり中井に不満を持っていたのだ。優等生の中井には魅力がない、興味がない。ジェントルマン中井は、お呼びでないのだ。

「病みつき」という言葉がある。激辛料理がそれだ。カレーでもいい、ラーメンでもいい。センターコート以前の中井がまさしくそうだった。ところがセンターコート以降の中井はどうだ。刺激が無いどころか、すっかり甘口になってしまっているではないか。物足りない。麻薬の禁断症状だ。その症状はチームベアーズ全員が、そして田中が最も顕著だった。中井いじりは、あの刺激よもう一度、に他ならなかったのだ。中井を挑発するしかなかった。それが田中の……

「中井、俺とタイマン勝負しろ！」発言だったのだ。田中は用意周到にこの日を迎えた。

「なんだよ、改まって……」

「いや、今言った通りですよ。そういえば全日本の決着が付いてないじゃないですか」

「全日本？」

「そうです、全日本です。中井さんが途中でコケちゃったやつ……あのまま勝ち進んでたら、俺たち決勝であたる予定だったじゃないですか」

「コケちゃったたって、なんだよその言い草は！　大将だってそうだったろうよ！」

「準々決勝は本気でやってませんよ」

「本気でやってない？　お前全日本を何だと思ってるんだよ！」

「何とも……ただ中井さん抜きの全日本を獲ったって、何の価値もないですからね……」元々謙虚な田中は、そんな事は全く思っていないが、中井を挑発する為にはやむを得ない物言いだった。

「オイオイ、じゃ俺に勝てば全日本優勝と同じ事、って言いてえのか！」

「そうです。その通り」

「テメエ、俺をおちょくってんのか？　俺に挑戦するなんて百年早いよ！」

「おちょくってませんよ。それに百年も待てません。今すぐここで勝負してください。まさか逃げるって事はないでしょうね？」

（この野郎、調子に乗りやがって……）今度の調子に乗る、はネガティブな意味の方だ。さすがに中井も感情が動いた。もう黙っていられない。ここまでは挑発成功だ。

「逃げるだと！　誰に向かって言ってるんだ！」直接やる！とは言っていないが中井がこの発言をした時には既に自然とラケットを取り出していた。体は嘘を付けない。挑戦に応じる、の意思表示だったのだ。

このやり取りをチームベアーズが笑いながら見ていた。その流れでの……「俺でよければ審判するぞ」の夏木発言だったのだ。そして最後の最後に、またしてもこの男が茶々を入れる。やっぱり春日だった。

「中井さん！」

「ん？」

「ただ勝負するだけじゃ面白くないですよ。どうです？　負けた方は罰ゲームって事で……」余計な事を言いやがって、とは誰も思わなかった。チームベアーズ全員が実は、ナイスハル！と思っていたのだ。それでも当の本人、つまり中井と田中はそれに応じないと思っていた。だが予想に反して中井が乗り気だった。

「いいね！　罰ゲーム、結構だ。オイ大将！　お前さんの方から言い出したんだからそれで文句無いな！」逆挑発、のつもりだった。中井は田中が怖気づくと思っていたのだ。ところが……。

「いいですよ」の涼しい返事。これが中井の逆鱗に触れた。（この野郎おおぉぉ！）

「（みんな）聞いたか！　ヨシッ、じゃこれだ！　焼肉パーティーだ！　大将、負けたら全員に奢りだ！　飲み放題、食い放題だ！」十二人、いや、中井と田中の分も含めれば十四人。相当な金額だ。（イヒヒ、どうだ参ったか！）中井は我ながら名案と思っていた。

一同がオー！となった。季節は夏。ビールで喉を潤したあとの焼肉。堪らない。この提案は悪くない。誰しもがそう思った。だが田中が言い返す。

「それで結構です。でも中井さんが負けた時の罰ゲームは違う内容でお願いします」

今度は一同がオッ！となった。田中の提案は聞く価値がある。

「中井さんが負けた場合は、一週間敬語で話す、というのはどうでしょう。勿論その間我々は、中井さんに対してタメ口です！」

「ウオオオオォォォー!!」大歓声と大拍手だった。しばらく鳴り止まない。この提案に最も強く反応したのが秋山だった。

「ナイス！　田中さん！」思わず口に出してしまった。秋山は、中井のそのザマを想像しただけで興奮してしまったのだ。その声が中井の耳に入ってしまった。中井が怒りに震える。（テメエらあぁぁ！）田中は構わず続ける。

「どうです?」（やるの？　やらないの？　条件がどんなに気に食わなくても、アンタが勝てば問題無いじゃないの！）のニュアンスが込められていた。

「上等だ！　やってやる！　あとで吠え面かくなよ！」中井節が戻ってきた。それでこそ中井だ。田中はニコニコしたままだ。

試合前のストロークラリー。田中のサービスゲームで開始が決まる。観客全員（たった十二人しかいない）が、それを固唾を呑んで見守った。実は試合開始までの僅かの時間に、この不謹慎な集団は、どっちが勝つかの賭けをしていた。最初はほとんど全員が田中に賭けた。焼肉は捨てがたいが、中井の敬語はもっと魅力的だったのだ。春日が仕切る。「これじゃ（賭けが）成立しないよ。誰か中井さんに賭ける人いないの？」この言葉に促されて、大人たちが妥協。つまり中井より年上組（敬語で話されてもそれほどのメリットは無い連中）は、中井に、中井より年下組（中井に敬語で話してもらうのもいいが、中井にタメ口で話せるのはもっと快感と夢見る連中）は、田中に賭けた。

ウォーミングアップもそこそこに、ゲームは、いや、中井と田中の真剣勝負は即、開始された。ベストオブスリーセットマッチ。全日本と同じ条件。ただ一つ違うのはセルフジャッジ、それだけだった。田中がサービスポジションに、中井がレシーブポジションに分かれた。田中がトスを上げる。第一セットの第一ポイントだ。全員黙る。シーンとなる。その時だった。田中はサーブを中断する。「あ、そうそう……」何かを思い出したかの様な言い方だった。全員ズッコケる。吉本新喜劇だ。これに腹を立てたのが中井だ。鼻息が荒かった。（馬鹿にしやがって！　かかってこい！）の一心だったのだ。

「何だよ！　まだ何かあるのかよ！」メチャクチャ怒っている。中井は自分を見失っている。対して田中は冷静だった。そして田中は試合前の陽動作戦を実行する。田中は、巌流島の決闘よろしく、武蔵の一連の言動をパロディー化した。「小次郎敗れたり！」のくだりだ。

「中井さん、だいぶ興奮していらっしゃるようですけど、このゲームのルール分かってます？」

「何だよ！　何が言いてえんだよ！」

「セルフジャッジです。だから……」

「だから何だよ！」

「ズルは駄目ですよズルは。正々堂々と戦わないと……」

「馬鹿野郎！　こっちのセリフだ！　サッサと打ってこい！」

（それじゃ遠慮なく……）今度こそ間違いなく試合は開始された。いつもの様にそれは田中のビッグサーブからだった。


ドッカァーーン!!

おわり

センターコート（下）

2021年3月10日　第1刷発行

著　者　　中庭球児
発行人　　久保田貴幸

発行元　　株式会社 幻冬舎メディアコンサルティング
〒151-0051　東京都渋谷区千駄ヶ谷4-9-7
電話　03-5411-6440（編集）

発売元　　株式会社 幻冬舎
〒151-0051　東京都渋谷区千駄ヶ谷4-9-7
電話　03-5411-6222（営業）

印刷・製本　中央精版印刷株式会社
装　丁　　三浦文我

検印廃止

Printed in Japan
ISBN 978-4-344-93290-6 C0093
幻冬舎メディアコンサルティングHP
http://www.gentosha-mc.com/